Liebesroman

Nur ein Funke

Poppy J. Anderson

1. Auflage Juli 2017

Covergestaltung: Catrin Sommer rausch-gold.com

Unter Verwendung von © casther – shutterstock.com

Korrektorat: SW Korrekturen e.U.

www.poppyjanderson.de

poppyj.anderson@googlemail.com

Besuchen Sie mich auf Facebook:

www.facebook.com/pages/Poppy-J-Anderson

Impressum

Poppy J. Anderson
c/o copywrite Literaturagentur
Georg Simader
Woogstr. 43
60431 Frankfurt

Newsletter

Liebe Leserinnen und Leser,

möchtet ihr die Ersten sein, die brandheiße Neuigkeiten zu meinen Büchern, Verlosungen und Aktionen erhalten? Und möchtet ihr jeden Monat die Chance auf einen Taschenbuchgewinn haben?
Dann tragt euch in meinen Newsletter ein:

http://poppyjanderson.de/newsletter.html

Eure Poppy

Buchinhalt

Als Lauren McPherson von Kentucky nach Connecticut zieht, um ihr altes Leben hinter sich zu lassen und neu anzufangen, lernt sie prompt Stuart Ashcroft kennen und erregt seine Aufmerksamkeit. Mit einem reichen Playboy, der zur High Society der Ostküste gehört und einen protzigen Sportwagen fährt, kann die bodenständige Lauren nichts anfangen, selbst wenn dieser reiche Playboy extrem gut aussieht und sie zum Lachen bringt. Nein, mit Männern seiner Sorte will die zurückgezogen lebende Tierärztin nichts zu tun haben und verbringt ihre Zeit lieber damit, nachts in einem Kuhstall zu hocken und bei der Geburt eines Kälbchens zu helfen, als Cocktailpartys reicher Leute zu besuchen.

Stuart erweist sich jedoch als hartnäckig und keinesfalls als der schnöselige Playboy, für den sie ihn anfangs hielt. Gegen seinen Charme und seinen Humor ist Lauren nicht immun. In seiner Gegenwart kann sie sich nicht nur entspannen, sondern genießt es auch, mit ihm zusammen zu sein. Und ihr Herz setzt jedes Mal aus, sobald er sie anlächelt.

Ihr Glück könnte endlich perfekt sein, wenn ihr nicht plötzlich der Boden unter den Füßen weggezogen würde – und wenn sie keine Angst haben müsste, Stuart zu verlieren.

Prolog

Das Fohlen würde einmal ein Champion werden. Davon war Lauren überzeugt.

Zufrieden betrachtete sie Mutter und Kind, die beide friedlich in der mit frischem Stroh ausgelegten Box standen, und verabschiedete sich von der bildschönen fuchsfarbenen Stute und ihrem fünf Tage alten Fohlen, das die anstrengende Geburt fabelhaft überstanden hatte. Dass es Mutter und Sohn gut ging, erleichterte Lauren ungemein. Sie würde sich niemals daran gewöhnen können, Patienten zu verlieren. Zu Tieren hatte sie schon immer eine besonders enge Bindung gehabt. Und *Shining Star* war ihr in den letzten Monaten, in denen sie die trächtige Stute betreut hatte, sehr ans Herz gewachsen.

Während der anstrengenden Geburt mitten in der Nacht hatte es zeitweise nicht gut um die niederländische Warmblutstute ausgesehen. Neben der schwierigen ersten Geburt der prämierten Grandprix-Siegerin von Spruce Meadows waren es vor allem die riesigen Erwartungen des Besitzers gewesen, der einen exorbitanten Betrag für den Deckakt mit einem ebenfalls prämierten Warmbluthengst bezahlt hatte, die Lauren unter Druck gesetzt hatten. Sie hatte Stute und Fohlen unbeschadet durch die Geburt bekommen wollen – Richard Hollow, *Shining Stars* Besitzer, war es vor allem um die Investition gegangen. Aber so war der Reitsport nun einmal.

Leise schloss sie die Boxentür hinter sich, stellte sich auf die Zehenspitzen und beobachtete Mutter und Kind, die friedlich nebeneinanderstanden. Als das bislang noch namenlose Fohlen den Kopf senkte und damit begann, bei seiner Mutter zu trinken, musste Lauren unwillkürlich lächeln.

Sie war so in den Anblick der hübschen Füchse vertieft, dass sie dem Geräusch der hohl klingenden Schritte in der Stallgasse keine Beachtung schenkte. Auf einem Gestüt wie dem der Hollows herrschte nun einmal immer viel Betrieb. Lediglich die Stimme des Gestütsbesitzers riss sie aus ihren Gedanken, die sich um *Shining Star* und um Laurens spätere Sprechstunde in ihrer eigenen Praxis drehten. Wenn sie noch nach dem gestern operierten Golden Retriever schauen wollte, durfte sie nicht mehr allzu lange bei den Hollows bleiben, sondern musste sich auf den Weg machen.

„Ah, Sie sind noch hier, Dr. McPherson. Wie macht sich *Shining Star*?“

„Sie macht sich fabelhaft. Das Fohlen ebenso.“ Lauren ließ sich auf die Fersen zurücksinken und setzte ein nichtssagendes Lächeln auf, mit dem sie ihren Arbeitgeber bedenken wollte, der ihr zwar nicht sonderlich sympathisch war, weil er für ihren Geschmack zu sehr auf seinen Profit bedacht war, jedoch wenigstens keine Kosten scheute, um seine *Investitionen* gut zu versorgen.

Das Lächeln blieb ihr im Halse stecken.

Richard Hollow war nämlich nicht allein.

Sie kannte den Mann, der lässig neben dem Gestütsbesitzer herschlenderte und keine Miene verzog.

Während ihr der Schreck in alle Glieder fuhr, machte er nicht den Anschein, als wäre er überrascht, sie hier zu sehen.

Beinahe wäre sie gegen die Boxentür hinter sich getaumelt, als beide Männer vor ihr stehen blieben. Stattdessen starrte sie lediglich paralysiert vor sich hin.

„Das freut mich zu hören. Wir setzen große Erwartungen in das Fohlen.“ Richard legte den Kopf schief und schien ihr Entsetzen nicht zu bemerken, immerhin fragte er neugierig: „Haben Sie nicht früher in Kentucky gearbeitet, Dr. McPherson? Dann müssten Sie meinen Kollegen eigentlich kennen – Jeffrey Davis.“

In ihrem Kopf herrschte absolute Leere und in ihren Ohren rauschte es.

Lauren hörte nicht mehr, was Richard Hollow zu ihr sagte. Sie sah lediglich den anderen Mann an und spürte, dass ihre Kehle trocken wurde. Staubtrocken.

1. Teil

1. Kapitel

6 Monate zuvor

Da war er wieder.

Stuart Ashcroft.

Lauren presste die Lippen aufeinander und zog gleichzeitig den Sattelgurt fest, während sie nicht allzu offensichtlich den dunklen Sportwagen ansehen wollte, der mit röhrendem Motor auf den Hof gefahren kam. Selbst wenn sie nicht gewusst hätte, dass dieser Wagen Stuart Ashcroft gehörte, hätte sie wissen müssen, dass er hinter dem Lenkrad saß. Vermutlich gab es nur einen Menschen auf der Welt, der in einem protzigen Sportwagen auf einen Reiterhof fuhr und einen maßgeschneiderten Anzug sowie feine Lederschuhe trug, während er großspurig durch seine verspiegelte Sonnenbrille sah.

Nur noch schlimmer als der arrogante Lackaffe selbst war die Reaktion der weiblichen Anwesenden, die sofort zu kichern begannen, wenn er hier auftauchte, um seine Nichte vom Reitunterricht abzuholen.

Auch jetzt ging das Getuschel in der Nähe der Sattelkammer los und die Türen der Spinde klapperten nervös.

Innerlich verdrehte Lauren die Augen, denn sie wusste, was das zu bedeuten hatte. Stuart Ashcrofts Motorengeheul hatte den Startschuss dazu gegeben, Lipgloss aufzutragen, sich Stroh aus dem Haar zu picken und die obersten Knöpfe der Polohemden zu öffnen, die unter Freizeitreitern sozusagen zur Standardausrüstung gehörten. Alle Reiterinnen und Pferdebesitzerinnen zwischen achtzehn und achtunddreißig, die noch Single waren, schienen sich in ihrem besten Licht präsentieren zu wollen, sobald der blondhaarige Kerl mit seiner protzigen Karre und dem dicken Portemonnaie hier auftauchte. Es war jedes Mal das Gleiche und wurde langsam albern.

Sie wollte es nicht verschreien, aber Lauren war sich ziemlich sicher, dass sich sogar Beth, die fünfundzwanzigjährige Reitlehrerin, nur dann so sehr in Schale warf und Make-up auftrug, wenn sie wusste, dass sie Audrey Ashcroft Unterricht gab – der Nichte des Mannes, der gerade aus seinem tiefer gelegten Sportwagen stieg und grüßend die Hand hob, als er in Laurens Richtung sah.

Lauren nickte ihm kurz zu und machte dabei ein Gesicht, als wäre sie soeben in einen Hundehaufen getreten. Das sollte ihn eigentlich davon abhalten, zu ihr zu kommen, aber sicher war sie sich nicht. Der Mann war nämlich unberechenbar. Manchmal flirtete er mit ihr, wenn sie aufeinandertrafen, und kurz darauf schien er sich nicht einmal daran erinnern zu können, sie überhaupt zu kennen. Ihr sollte es recht sein. Sie konnte sehr gut darauf verzichten, mit ihm reden zu müssen.

Hatte sie schon erwähnt, dass sie Stuart Ashcroft nicht leiden konnte?

Gut, sie konnte ihn nämlich nicht leiden.

Dabei kannte sie ihn nicht einmal.

Aber das musste sie auch nicht, denn sie kannte Männer wie ihn – reich, selbstsicher, arrogant und gut aussehend. Männer, die glaubten, nur mit dem Finger schnipsen zu müssen, um alles zu bekommen, was sie haben wollten.

„Hallo, Lauren."

Wunderbar! Anscheinend hatte er den Wink mit dem Zaunpfahl nicht verstanden, oder er war eine Niete darin, Gesichtsausdrücke lesen zu können, denn trotz ihrer abweisenden Miene stand er plötzlich vor ihr und sah sie über den Rücken des Schulpferdes hinweg an, das sie gerade sattelte. Das hatte man davon, beim benachbarten Reiterhof auszuhelfen, wenn Not am Mann war und die eigene Tierarztpraxis keine Sprechstunde hatte. Wäre sie doch lieber in ihren eigenen vier Wänden geblieben, um dort den Papierkram oder Inventur zu machen. Dann stünde sie jetzt nicht ihm gegenüber.

„Hallo", erwiderte sie so unfreundlich, dass es selbst ein Gehörloser verstanden hätte.

„Schönes Wetter, nicht wahr?"

Wollte er etwa Small Talk betreiben?

Auch wenn sie sich dafür selbst in den Hintern treten wollte, schaute Lauren kurz auf und bemerkte, dass er seine Sonnenbrille nicht abgenommen hatte. Das brauchte er auch nicht, schließlich wusste sie, dass er ein Paar hellbrauner Augen besaß. Schon bei ihrer ersten Begegnung vor einigen Wochen war ihr die wunderschöne Farbe aufgefallen. Und ja, ihr war auch aufgefallen, dass er so ziemlich der attraktivste Mann war, der ihr jemals begegnet war.

Blondes, kurzes Haar, ebenmäßige Gesichtszüge, leicht gebräunte Haut, beinahe gerade Augenbrauen, dichte Wimpern, ein breites Kinn, verführerische Lippen und Grübchen in den Wangen. Dazu kam ein hochgewachsener Körper mit breiten Schultern und langen Beinen. Stuart Ashcroft hatte das große Genpool-Los gezogen, und mit einer Familie im Rücken, der die halbe Ostküste zu gehören schien, galt er als einer der begehrtesten Junggesellen der ganzen Gegend.

Nicht dass sich Lauren ausgerechnet über ihn und seinen Beziehungsstatus Gedanken gemacht hätte, aber es war ziemlich schwierig, über die Gespräche und Tuscheleien ihrer Umgebung hinwegzuhören, die sich ziemlich oft um ihn drehten. Seit er hier regelmäßig auftauchte, war sogar ihre fünfzigjährige Sprechstundenhilfe ganz aus dem Häuschen und informierte Lauren wöchentlich über die neuesten Gerüchte, die sie über Stuart Ashcroft gehört hatte. Als müsste es noch mehr Gründe geben, ihn in ihren Augen unsympathisch zu machen!

Allem Anschein nach war er für seinen Frauenverschleiß berühmt, ging vor allem mit hohlköpfigen Schönheiten aus, deren Ziel es war, durch eine Heirat ausgesorgt zu haben, und galt als notorischer Junggeselle, der nichts anbrennen ließ. Warum ihn das so begehrenswert machte, als wäre er der Kronprinz eines europäischen Landes, war Lauren schleierhaft. Und irgendwie bestätigte das Getuschel um ihn nur den Eindruck, den sie eh von ihm hatte.

Es war zu schade, dass Stuart Ashcroft ein arroganter Fatzke war, denn hübsch anzusehen war er auf jeden Fall.

Weil er noch immer auf eine Antwort wartete, erwiderte sie wenig einladend: „Mr. Ashcroft."

„Autsch." Endlich setzte er seine Sonnenbrille ab und schnitt eine Grimasse. „Sie wissen doch, dass ich Stuart heiße. Wenn Sie mich Mr. Ashcroft nennen, komme ich mir wie mein Vater vor."

Lauren erwiderte nichts, sondern überprüfte die Länge der Steigbügel.

„Eigentlich bin ich davon ausgegangen, dass man sich unter Reitern duzt."

Er war ein furchtbarer Quälgeist. „Sie reiten nicht, sondern holen Ihre Nichte ab, Mr. Ashcroft."

„Vielleicht reite ich hier nicht, aber ich spiele Polo, also bin ich ein Reiter." Er hätte nicht charmanter und zufriedener klingen können. Außerdem wusste sie, dass er Polo spielte, schließlich war sie vor wenigen Wochen dabei gewesen, als er mit seiner Mannschaft den Sieg auf einem Charity-Turnier geholt hatte, das ganz in der Nähe veranstaltet worden war. Polo war eine Sportart für privilegierte Menschen, und eigentlich mied Lauren solche Veranstaltungen, aber Patty hatte sie mitgeschleift, weil die der Meinung war, dass Lauren Kontakte knüpfen sollte. Auf diese Weise war Lauren in den Genuss gekommen, nicht nur Teile der High Society Connecticuts kennenzulernen, sondern auch den fabelhaften Sitz zu bewundern, mit dem Stuart Ashcroft im Sattel saß.

„Wenn mich nicht alles täuscht, reiten Sie auch, Lauren. Richtig?"

„In erster Linie bin ich Tierärztin", versetzte sie beinahe schroff.

„Heißt das, dass Sie nicht reiten?" Er trat noch näher und tätschelte dem gutmütigen Pferd den Hals.

Das Tier wieherte und wandte dem Mann den Kopf zu, der lächelnd ein paar Begrüßungsworte murmelte.

Lauren biss die Zähne zusammen, denn es wurde immer schwieriger, ihn zu ignorieren, wenn er auf der anderen Seite des Schulpferdes stand, dieses derart freundlich begrüßte und sie dabei beobachtete, wie sie zum wiederholten Male kontrollierte, ob der Sattelgurt fest genug war. Lauren hätte das Pferd längst der Reitschülerin übergeben können, aber dann hätte sie sich womöglich mit ihm unterhalten müssen. So machte es wenigstens den Anschein, als hätte sie eine Beschäftigung.

„Ich glaube, ich kann mich daran erinnern, Sie schon einmal reiten gesehen zu haben. Das muss vorletzte Woche gewesen sein."

Sie gab ein undefinierbares Murmeln von sich.

„Ist das ein Ja oder ein Nein?"

Seufzend ließ Lauren von dem Sattel ab und hob den Kopf, um ihn über das Pferd hinweg anzuschauen. „Nichts gegen Sie, Mr. Ashcroft, aber ich habe gerade zu tun und kann deshalb nicht mit Ihnen plaudern."

Er wirkte in keiner Weise beeindruckt oder gar beleidigt. Nein, er wirkte belustigt, da sich seine Mundwinkel zu einem Lächeln kräuselten und seine hellbraunen Augen amüsiert aufblitzten.

„Kontrollieren Sie den Sattelgurt etwa zum gefühlten hundertsten Mal, um nicht mit mir reden zu müssen? Keine Sorge, ich beiße nicht."

Lauren kniff die Augen zusammen, weil dieser Spruch so abgedroschen war, dass kein Mann bei klarem Verstand davon ausgehen durfte, damit Erfolg zu haben.

„Müssen Sie nicht Ihre Nichte abholen?"

„Ja, und während ich darauf warte, dass sich Audrey von den Ponys losreißen kann, unterhalte ich mich mit Ihnen. So hat jeder etwas davon.“

Beinahe hätte sie abfällig geschnaubt und konnte auch nicht verhindern, dass ihr folgender Satz herausrutschte: „Ich dachte, Zeit wäre Geld. Haben Sie nicht etwas Wichtigeres zu tun? Börsenkurse checken oder so?“

Der Mann war ganz eindeutig nicht richtig im Kopf, weil er fröhlich lachte. Dabei war ihr Spruch kein Scherz gewesen, sondern eher eine Beleidigung.

„Börsenkurse? Ich bin Anwalt und kein Broker.“

„Auch das noch“, entgegnete sie und verdrehte die Augen. „Ein Rechtsverdreher. Wieso habe ich das nicht sofort geahnt?“

Seine Miene veränderte sich kein Stück. „Lauren, langsam bekomme ich den Eindruck, dass Sie mich nicht mögen, dabei bin ich wirklich ein liebenswerter Kerl.“

Liebenswert?

Finster runzelte sie die Stirn und maß ihn kritisch. Ihrer Meinung nach waren kleine Hunde und Katzen liebenswert oder Omas in einem Schaukelstuhl, die Socken für ihre Enkel strickten, aber an Stuart Ashcroft war nichts Liebenswertes. Mochte er auch einen putzigen Goldfisch spielen, wusste sie instinktiv, dass unter dieser Oberfläche ein Hai steckte. „Wieso kommen Sie darauf, dass ich Sie nicht mag? Ich kenne Sie doch überhaupt nicht.“

Auf ihren gleichgültigen Tonfall reagierte er mit einem schweren Seufzer. „Ein Umstand, den ich zutiefst bedaure. Wenn Sie mich kennen würden, dann würden Sie nicht jedes Mal das Gesicht verziehen, wenn Sie mich sehen. Vielleicht sollten wir irgendwann zusammen essen gehen, damit Sie merken, wie umgänglich ich sein kann."

Für einen kurzen Moment zögerte Lauren und forschte in seinem Blick, ob er sie nur auf den Arm nehmen wollte, doch er wirkte ernst. Lässig, aber ernst. Stuart Ashcroft lud sie auf ein Date ein? Vermutlich hatte das Fehlen jeglichen Interesses von ihrer Seite seinen Jagdinstinkt geweckt. Anders konnte sie sich seinen Flirtversuch nämlich nicht erklären.

Vielleicht hätte sie den kichernden Frauen, die seinetwegen Lipgloss auftrugen und die Knöpfe ihrer Polohemden öffneten, sagen sollen, dass sie ihm lieber die kalte Schulter zeigen sollten, denn anscheinend stand Stuart Ashcroft genau darauf.

„Das ist keine gute Idee, glaube ich", verneinte sie seine Frage.

„Essen Sie denn nicht?"

„Nur äußerst selten." Auch sie tätschelte dem Reitpferd den Hals. „Außerdem bin ich nicht sehr redselig und schweige die meiste Zeit, um mein Essen zu genießen. Suchen Sie sich lieber eine andere Begleitung, Mr. Ashcroft."

Er verschränkte die Arme vor der Brust. „Wollen Sie mir sagen, dass ich mir an Ihnen die Zähne ausbeiße, Lauren?"

Anstatt zu antworten, zuckte sie lediglich mit der Schulter.

Glücklicherweise wurden sie von der achtjährigen Audrey unterbrochen, die sich anscheinend von den Ponys hatte losreißen können und ihren Onkel entdeckt hatte. Das bezaubernde und pferdeverrückte Mädchen strahlte über das ganze Gesicht und schlang ihm die Arme um die Hüften.

„Onkel Stuart, du errätst nie, was passiert ist!“

Lauren beobachtete, wie der Onkel des Mädchens den Blickkontakt zu ihr abbrach und stattdessen seine Nichte ansah, der er eine Hand auf den schwarzhaarigen Kopf legte.

„Du bist runtergefallen und auf dem Hosenboden gelandet?“

„Nein.“ Fröhlich lachte die Kleine auf. „Ich bin nicht runtergefallen!“

„Zum Glück“, schwor er und schauderte gespielt. „Du kennst doch deinen Dad, Süße. Ich hätte ihm ungern erzählt, dass du vom Pferd gefallen bist. Vielleicht hätte er mir die Schuld gegeben.“

Angesichts des kindlichen Lachens musste Lauren lächeln, denn Audrey Ashcroft war ein entzückendes und aufgewecktes Mädchen, das sie gerne um sich hatte. Wenn die Kleine hier war, war sie Feuer und Flamme für die Tiere, half begeistert bei der Versorgung der Pferde mit und strahlte pure Freude aus.

„Beth hat gesagt, dass ich beim nächsten Mal Dixie reiten darf“, verkündete das Mädchen glücklich. „Dixie ist viel größer als das Pony, das ich heute geritten bin – sie ist ein richtiges Pferd!“

„Na, dann wirst du heute Abend ja viel zu erzählen haben, wenn wir nach Hause kommen.“

Audrey nickte ihrem Onkel zu und grinste über das ganze Gesicht, bevor sie Lauren anstrahlte. „Dixie ist ein tolles Pferd, oder, Lauren?“

Auch wenn sie in Gegenwart von Stuart Ashcroft gerne weiterhin den strengen Gesichtsausdruck beibehalten hätte, kam sie nicht umhin, Audreys Fröhlichkeit zu erwidern. Also lächelte sie das hübsche Mädchen weich an. „Dixie ist toll, Süße – ein richtig tolles Pferd. Ihr werdet euch bestimmt blendend verstehen.“

Anschließend schwebte Audrey förmlich aus dem Stall und hüpfte in Richtung des protzigen Sportwagens, mit dem ihr Onkel sie nach Hause fahren würde.

Dieser folgte seiner Nichte nicht sofort, sondern raunte Lauren zum Abschied zu: „Wenn ich Sie das nächste Mal um ein Date bitte, hätte ich gerne so ein Lächeln zur Antwort. Meinen Sie, das kriegen Sie hin?“

***

Das Erste, was Lauren sah, als sie die Tür ihrer Wohnung öffnete, war eine Flasche Rotwein, die ihr jemand förmlich ins Gesicht hielt.

„Der Anwalt hat angerufen. Wenn alles gut geht, bin ich in wenigen Wochen eine geschiedene Frau.“ Patty klang euphorisch und schob sich an ihr vorbei. Lauren konnte gar nicht anders, als einen Schritt zur Seite zu machen und ihre beste Freundin in die Wohnung hineinzulassen, obwohl sie gerade dabei war, ihre Küche zu putzen, und wenig präsentabel aussah.

Der Ehrlichkeit halber musste jedoch gesagt werden, dass auch Patty dank ihrer Jogginghose und des fleckigen Shirts nicht aussah, als könne sie sich so in der Öffentlichkeit sehen lassen. Vor allem die zerzausten Haare ihrer Freundin schienen seit Tagen keinen Kamm gesehen zu haben. Vermutlich konnte sie von Glück reden, dass sie lediglich vor die Tür und über den Hof hatte gehen müssen, um an Laurens Tür zu klopfen. Und zu dieser Uhrzeit war der Reiterhof wie leer gefegt.

„Komm doch herein", seufzte Lauren und schloss die Tür, nachdem Patty längst in ihrer Wohnung verschwunden war. Auf nackten Sohlen folgte sie ihrer Freundin in ihr Wohnzimmer und sah, dass Patty nach der Fernbedienung griff, um die Lautstärke leiser zu stellen. Das war es wohl mit ihrem Plan, heute Abend gemütlich die neuste Folge von *Game of Thrones* zu schauen, sagte sich Lauren und schlüpfte aus ihren Putzhandschuhen.

„Du ziehst es mit der Scheidung also durch?"

„Denkst du, ich habe ihn nur so aus dem Haus geworfen? Natürlich will ich die Scheidung!" Sichtlich verärgert runzelte Patty die Stirn, stellte die Rotweinflasche auf den niedrigen Couchtisch und ließ sich anschließend in Laurens gemütlichen Sessel fallen. „Hast du zwei Gläser und einen Flaschenöffner hier?"

Lauren verdrehte die Augen und hob beide Hände. Sie wusste, wann man Pattys Wunsch nach einem Themenwechsel respektieren sollte. „Ich glaube, ich habe sogar noch Käse und Cracker da."

„Wunderbar!" Damit schien für Patty alles klar zu sein. Sie griff nämlich nach der Fernbedienung und zappte durch die Kanäle.

Lauren ließ sie allein und lief in die Küche, um dort nach Gläsern und Snacks zu suchen. Obwohl sie seit knapp vier Monaten hier wohnte, waren noch längst nicht alle Dinge an ihren Plätzen. Bis heute hatte sie sich nicht daran gewöhnen können, dass ihre Gläser nicht mehr in der rustikalen Vitrine standen, sondern in einem der Oberschränke verstaut waren. Die wunderschöne Holzvitrine stand nämlich eine Etage tiefer in ihrer Praxis. Hier in der Küche hatte Lauren schlichtweg keinen Platz für sie gehabt. Generell war ihre jetzige Wohnung um einiges kleiner als ihre letzte in Kentucky, jedoch war es für Lauren ein ungewohnter Luxus, in der direkten Nähe zu ihrer Praxis zu leben. Falls es einen Notfall gab, musste sie sich nicht erst in ihr Auto setzen, um in ihre Praxis zu fahren, sondern sie musste lediglich ein paar Stufen hinablaufen und war direkt vor Ort. Auf diese Weise war es auch sehr viel leichter, nach ihren Patienten zu schauen, die operiert waren oder unter Beobachtung in der Praxis bleiben mussten. Früher hatte sie viele Nächte auf einer unbequemen Pritsche schlafen müssen. Heute konnte sie unbesorgt in ihr eigenes Bett gehen und wusste, dass sie nur ein paar Meter laufen musste, um in ihrer Praxis zu sein.

Zudem gefiel es ihr, in der direkten Nachbarschaft ihrer Freundin zu wohnen, denn Patty gehörte der Hofkomplex sowie die Stallungen, in denen ihre Schulpferde als auch Mietpferde standen. Für Lauren war es ein Glücksfall gewesen, dass Patty ihr die Praxisräume sowie die Wohnung vermietet hatte.

In Connecticut fühlte sie sich wohl und konnte sich vorstellen, hier ihre Zukunft zu verbringen. Sie sehnte sich nach Stabilität und Ruhe – sie wollte endlich ankommen. Vielleicht gelang es ihr hier. Mit ihrer gemütlichen Wohnung, der wunderbar gelegenen Praxis mitten auf einem Hof und der stetig wachsenden Zahl an Patienten, die ihr ihre Lieblinge anvertrauten, hatte sie bereits einen tollen Grundstein gelegt.

Mit dem Gefühl, dass alles gut würde, stellte sie einen Teller Cracker, etwas Käse und die Weingläser sowie einen Flaschenöffner auf ein Tablett und trug es beschwingt in ihr Wohnzimmer, wo Patty gerade irgendeine Realityshow ansah.

„Jetzt erzähl mal: Was hat der Anwalt gesagt?"

„Müssen wir ausgerechnet jetzt über meine Scheidung sprechen?"

Lauren stellte das Tablett auf den kleinen Couchtisch und griff nach der Flasche, die sie öffnete, während sie schlicht erwiderte: „Du hast mit dem Thema angefangen."

„Und jetzt würde ich gerne über etwas anderes reden."

„Und worüber?"

„Über die Hungersnot in Äthiopien, die Sturmflut auf den Philippinen oder über die globale Erderwärmung. Jedes dieser Themen finde ich weniger deprimierend als meine Scheidung."

Oha! Das waren ja ganz neue Töne.

Obwohl Lauren wusste, dass sie den Rotwein erst ein wenig hätte atmen lassen sollen, schenkte sie ihnen beiden ein, stellte die Flasche auf den Tisch und setzte sich anschließend auf die kleine Couch. Dort zog sie die Beine unter und betrachtete ihre Freundin, die sie noch von ihrem Veterinärmedizinstudium kannte. Patty hatte damals ebenfalls Tierärztin werden wollen, hatte sich dann aber verliebt und das Studium geschmissen. Die Liebe hatte nicht lange gehalten. Stattdessen hatte sie den Reiterhof eröffnet und sich wieder verliebt. In Russell, ihren Steuerberater, den sie geheiratet und dann vor die Tür gesetzt hatte, als er ihr vorgeschlagen hatte, den Hof und die Pferde zu verkaufen und mit ihm nach San Diego zu ziehen, wo er ein Jobangebot bekommen hatte.

Patty war ein wenig rigoros, was ihre Tiere anging. Russell dagegen verstand noch immer nicht, warum seine Liebste ihn hinausgeworfen hatte und zum Anwalt gegangen war.

Der arme Tropf konnte ihr schon ein wenig leidtun.

Lauren fand zwar, dass ihre Freundin mal wieder ein wenig zu übereilt gehandelt und dabei gewaltig übertrieben hatte, aber Patty war ein Sturkopf, der erst dann über etwas nachdenken würde, wenn sie nicht dazu gezwungen wurde. Deshalb ließ sie ihr den Freiraum, selbst zu erkennen, dass sie vorschnell gewesen war.

„Worüber willst du denn dann reden? Über diesen neuen Actionfilm im Kino?"

„Wie wäre es mit Stuart Ashcroft?"

Wie kam sie nur jetzt ausgerechnet auf Stuart Ashcroft? Lauren griff nach einem Glas Wein und trank einen Schluck. Das tat sie so gemächlich, dass sie hoffte, Patty würde den Wink mit dem Zaunpfahl verstehen und das Thema wechseln.

Was sie natürlich nicht tat. „Also?"

„Also?"

„Was ist mit Stuart Ashcroft?"

„Was soll mit ihm sein?"

Ihre Freundin verdrehte ungeduldig die Augen. „Ich habe euch heute gesehen, Lauren. Der Mann hat mit dir geflirtet!"

„Hat er nicht." Sie runzelte finster die Stirn und warf Patty einen grimmigen Blick zu. „Er hat nicht mit mir geflirtet. Das war ein völlig harmloses Gespräch."

„Tatsächlich? Ich habe nur gesehen, wie er dir ein Lächeln zugeworfen hat, das normalsterbliche Frauen zu Boden wirft. Du hast ihn jedoch angesehen, als habe er dir verraten, dass er eine Hundefleischfabrik in China besitzt.“

„Du spinnst.“

„Ich weiß doch, was ich gesehen habe.“

„Dann brauchst du eine Brille“, urteilte Lauren bemüht ruhig und nahm einen weiteren Schluck.

„Er ist ein attraktiver Mann.“

„Jedenfalls glaubt er das“, murmelte sie verkniffen und nippte an ihrem Glas.

„Oho.“

Sie setzte das Glas ab und fragte mit einem genervten Unterton: „Was soll dieses *Oho* bedeuten?“

„Wieso klingst du so grantig?“

„Tue ich doch gar nicht.“

„Doch, tust du. Hat er dir irgendetwas getan, weshalb du nicht gut auf Stuart Ashcroft zu sprechen bist?“

Das war eine gute Frage.

Nein, er hatte nichts getan, aber das musste er auch nicht. Lauren konnte mit Männern wie ihm nichts anfangen und wollte erst recht nichts mit ihnen zu tun haben. Er war zu reich, zu selbstsicher, zu arrogant und zu sehr von sich selbst überzeugt. Lauren wusste, wie rücksichtslos dieser Menschenschlag war. Männer wie er setzten ihren Willen durch, ganz egal, ob andere Menschen darunter zu leiden hatten.

„Nein, er hat nichts getan.“

„Und wieso benimmst du dich dann ihm gegenüber wie eine Frostbeule?“

„Könnten wir bitte das Thema wechseln?“

„Ich finde ihn eigentlich immer sehr charmant."

Beinahe hätte Lauren abfällig geschnaubt. „Patty, ich habe nicht die Absicht, heute Abend über ihn zu reden. Er interessiert mich nicht."

Es schien, als wäre ihre Freundin auf beiden Ohren taub. „Du solltest seine Flirtversuche beim nächsten Mal erwidern. Wer weiß? Vielleicht habt ihr beide ein Date und du könntest ein bisschen Spaß haben." Sie schaute sie wie eine Mutterglucke an, die über ihr Küken wachte. „Seit du hergezogen bist, habe ich dich mit keinem Mann gesehen. Eine Verabredung täte dir sicherlich gut."

Fast hätte sie den Wein ausgespuckt. „Ein Date mit Stuart Ashcroft?!"

„Wieso nicht? Er sieht nicht wie jemand aus, den man von der Bettkante stoßen würde."

Obwohl ihr tausend Gründe einfielen, mit denen sie gegen den Vorschlag ihrer Freundin protestieren könnte, schaute sie Patty sprachlos an. Sie kam wirklich auf die verrücktesten Ideen. Sie wollte kühl und abgeklärt klingen, hörte jedoch, wie finster ihre Stimme war, als sie erwiderte: „Erzähl mal, Patty. Was treibt Russell momentan? Habe ich ihn nicht erst vorgestern hier herumschleichen sehen? Spätabends? Mit seinen Schuhen in der Hand?"

Augenblicklich wurde Patty knallrot. „Darüber rede ich nicht mit dir!"

„Wieso nicht?" Ihre Mundwinkel zuckten. „Russell sieht nicht wie jemand aus, den man von der Bettkante stoßen würde. Und wenn mich nicht alles täuscht, tust du das auch nicht."

„Lauren ..." Ihre Freundin stockte.

„Ja?“ Angelegentlich betrachtete sie ihre Fingernägel. „Wenn ein Mann sich abends mit seinen Schuhen in den Händen aus einer Wohnung schleicht, dann ist er entweder ein Schuhfetischist, der seine Schuhsohlen schonen will, oder er hatte gerade Sex und will sich schnell verkrümeln. Was trifft denn bei Russell zu?“

Patty seufzte schwer. „Du bist eine Plage.“

Lauren gluckste auf. „Komisch, das Gleiche wollte ich dir auch gerade sagen.“

2. Kapitel

„Solltest du nicht zu Hause sein?“

„Das Gleiche wollte ich dich fragen, Bruderherz.“

Mit einem Lachen schlüpfte Stuart aus seiner Anzugjacke und warf diese über die Lehne des Sessels, der im Wohnzimmer seines Elternhauses stand. „Darf ich nicht besorgt um dich sein? In deinem Zustand ...“

Seine Schwester Barbara unterbrach ihn und rappelte sich mühsam auf, während sie ihm einen majestätischen Blick schenkte, den sie perfekt beherrschte. „Ich bin schwanger und nicht krank, Stuart. Der Stichtag ist erst in ein paar Wochen.“

Dass sie schwanger war, hätte sie nicht betonen müssen, schließlich schob sie eine gewaltige Kugel vor sich her. Stuart musterte sie kurz und erwähnte natürlich nicht, dass er sich – wie der Rest der Familie – Sorgen um sie machte. Dies war die vierte Schwangerschaft seiner älteren Schwester. Bei den ersten beiden Babys, seinen Neffen Hamilton und Scott, die mittlerweile elf und neun Jahre alt waren, hatte alles problemlos geklappt. Aber ihre dritte Schwangerschaft hatte tragisch geendet. Deshalb war die ganze Familie ein wenig nervös. Und je größer die Babykugel wurde, die Barbara vor sich herschob, desto angespannter wurde auch ihr Mann James. Stuart wunderte sich, dass sein Schwager nicht ebenfalls hier war, denn er wachte mit Argusaugen über seine Frau, seit sie herausgefunden hatte, dass ein Baby unterwegs war.

„Wo ist James?“

„Im Büro.“

„Aha.“ Er ließ sich in den Sessel fallen und streckte die Beine von sich. „Und er lässt dich einfach allein durch die Gegend fahren?“

Wieder maß sie ihn mit einem kritischen Blick. „Fang du nicht auch noch damit an! Dein unmöglicher Bruder hat mich gerade auch schon gefragt, ob James es mir erlauben würde, alleine Auto zu fahren.“

Wie die Ruhe in Person fragte er nach: „Über welchen unmöglichen Bruder reden wir?“

„Über Patrick natürlich!“

„Natürlich“, echote er gespielt ernst.

„Reiz mich nicht, Stuart.“ Sie funkelte ihn an. „Mir geht es gut, und ich brauche keinen Mann, der mir *erlaubt*, Auto zu fahren.“

Stuart hob beide Hände in die Höhe und lehnte sich ein Stück zurück, schließlich hatte seine ältere Schwester kämpferisch das Kinn nach vorn geschoben und erinnerte ihn fatal an die Zwölfjährige von früher, die einen Tobsuchtsanfall bekommen hatte, weil er seinen Fußball in ihr Puppenhaus geschossen hatte. „Ich bin ja schon ruhig und werde von jetzt an auch nicht mehr fragen, wie es dir oder dem kleinen Fratz geht.“

„Besser ist das.“ Sie lehnte sich zurück und legte beide Hände auf ihren gewaltigen Bauch. „Ich habe zu Hause schon drei Männer, die mich durch ihre Überfürsorge in den Wahnsinn treiben, also benimm wenigstens du dich normal.“

Fast hätte er gelacht. „Bist du hergekommen, weil du eine Auszeit brauchtest?“

Ihr Blick sprach Bände. „Amy hat sogar vier Kinder und weiß, wie ich mich fühle. Deshalb wollte ich heute ein paar ruhige Stunden hier verbringen, bevor ich nach Hause fahre und dort betüddelt werde.“

„Ich weiß gar nicht, was du hast.“ Stuart betrachtete sie belustigt. „In meinen Ohren klingt es gar nicht so schlecht, ein bisschen verhätschelt zu werden.“

Ihre Antwort bestand aus einem Schnauben, bevor sie wissen wollte: „Und was treibt dich hierher?“

Er zuckte mit der Schulter. „Ich habe Audrey vom Reitunterricht abgeholt.“ Und weil er sich vor seiner Schwester keine Blöße geben wollte, fügte er lässig hinzu: „Ich war gerade in der Gegend.“

Auf Barbaras wissenden Blick reagierte er mit einem Stirnrunzeln. „Was?“

Sie grinste. „Du warst gerade in der Gegend?“

„Genau.“

„Aber du wohnst in Manhattan *und* arbeitest dort.“

Stuart spürte, wie sein Nacken brannte. „Ich weiß selbst, wo ich wohne und arbeite. Kann ein liebender Sohn nicht zu seiner Mom fahren und auf einem Weg seine Nichte vom Reitunterricht abholen?“

„Mom ist gar nicht da“, hob sie hervor und wirkte geradezu schadenfroh. „Sie ist in dieser Woche in Boston und besucht eine Freundin. Als liebender Sohn solltest du das wissen.“ Barbara schnalzte mit der Zunge.

„Schon vergessen, dass ich ein liebender Onkel bin? Mit deinen Sprösslingen bin ich schließlich auch oft genug unterwegs.“

„Wie heißt sie?“

Er spielte den Ratlosen. „Keine Ahnung, wovon du redest. Ist das so etwas wie ein Verfolgungswahn während der Schwangerschaft?“

Kritisch kniff sie die Augenbrauen zusammen. „Verkauf mich nicht für blöd, immerhin kenne ich dich schon ein paar Jahre, Bruderherz. Da steckt doch eine

Frau dahinter." Auffordernd streckte sie ihm die Hände entgegen. „Und jetzt hilf mir bitte."

„Helfen? Wobei?"

Gequält verzog sie den Mund. „Hilf mir auf. Ich muss schon wieder pinkeln."

Betont langsam erhob er sich und griff nach ihren Händen, um ihr aufzuhelfen. Er liebte seine Schwester und wusste, wie zickig sie werden konnte, wenn sie aufs Klo musste. Außerdem wusste er, dass schwangere Frauen ungefähr alle fünf Minuten in Richtung Toilette watschelten, immerhin hatte er das ganze Spektakel schon das eine und andere Mal mit Barbara und seiner Schwägerin Amy mitgemacht.

Die kam gerade mit der zehn Monate alten Abby auf der Hüfte ins Wohnzimmer geschlendert, als Barbara eilig aus dem Raum lief.

„Nanu? Wohin will Barbara denn so eilig?"

Grinsend nahm er ihr seine jüngste Nichte ab, deren Augen bereits auf Halbmast waren, und schloss den Wonneproppen in seine Arme. Er liebte alle seine Nichten und Neffen, aber Abby hatte er besonders ins Herz geschlossen, schließlich hatten sie Freundschaft miteinander geschlossen, als er seine wenige Stunden alte Nichte im Krankenhaus auf dem Schoß gehalten hatte und sie ihn mit ihren riesigen blauen Augen angeschaut und gleichzeitig vollgepinkelt hatte. Seither war er ihr verfallen.

„Die Natur ruft", erwiderte er und küsste Abby auf die schwarzen Locken. „Wie alle fünf Minuten."

Seine blondhaarige Schwägerin lächelte wissend. „Also das vermisse ich nicht."

„Mittlerweile solltest du doch Übung haben. Wie sieht's aus, Amy? Nach Abby könntet ihr doch ..."

Die Frau seines Bruders, die vier kleine Ashcrofts in die Welt gesetzt hatte, machte eine abwehrende Geste. „Vier sind genug. Nein, nein, Eleanor soll sich in Zukunft an dich wenden, wenn sie weitere Enkelkinder haben möchte. Ich bin raus."

Auch wenn es eine Zeit gegeben hatte, in der er auf seine Schwägerin nicht sonderlich gut zu sprechen gewesen war, kam er nicht umhin, Respekt für sie zu empfinden, immerhin hatte sie die ganze Rasselbande perfekt im Griff. Vier Kinder waren wirklich eine Hausnummer, zumal sie immer noch ihrem Beruf nachging. Seine Schwägerin war Malerin – und eine richtig gute dazu. Erst vor zwei Monaten hatte sie eine Einzelausstellung in einer renommierten Galerie gehabt, worüber die ganze Familie entsetzlich stolz war.

Er selbst hatte daheim eines ihrer Bilder hängen. Obwohl er kein Kunstkenner war, wusste er, dass ihr Stil ihm gefiel. Alles andere war ihm egal. Und neben dem Talent mit dem Pinsel erzog sie umgängliche Kinder. Die achtjährige Audrey war das beste Beispiel dafür.

„Ich finde, euch sind die kleinen Racker ziemlich gut gelungen. Audrey ist das höflichste Mädchen, das ich kenne."

„Danke." Sie warf ihm einen langen Blick zu. „Apropos: Wo hast du meine Tochter gelassen?"

Schulterzuckend setzte er sich mit Abby auf dem Schoß auf die Couch. „Ich hatte noch nicht einmal den Motor ausgemacht, da ist sie schon aus dem Auto gehüpft und in Richtung Garten gesprintet."

Amy verdrehte die Augen. „Unser Gärtner hat Babykaninchen, von denen sie ganz begeistert ist. Sie liegt uns von morgens bis abends in den Ohren, wie süß sie doch wären."

Seine Nichte war nicht sonderlich subtil. „Das Kind braucht ein Haustier."

„Das Kind ist fast jeden Tag am Stall", betonte Amy und ließ sich neben ihm nieder, während sie Abby die Socke nach oben zog, die hinuntergerutscht war. „Für ein Haustier hätte sie gar keine Zeit."

„Als ich in ihrem Alter war, hatte ich eine ganze Mäusekolonie. Sie vermehrten sich stündlich – jedenfalls war das mein Eindruck." Er zwinkerte ihr zu. „Damals wusste ich noch nicht, warum es immer mehr wurden oder warum eine Maus auf der anderen hing und Turnübungen veranstaltete."

„O Gott, Stuart." Seine Schwägerin prustete fröhlich. „Bist du so etwa aufgeklärt worden? Durch eine sich vermehrende Mäusekolonie?"

„Tja, Sexualkunde am lebenden Objekt."

„Müssen wir uns Gedanken machen, dass deine erste Erfahrung auf diesem Gebiet mit Nagetieren zu tun hatte? Hatte es Auswirkungen auf deine Vorlieben?"

Stuart rümpfte die Nase und war froh über das warme Bündel auf seinem Schoß, das sich wunderbar tröstlich anfühlte. „Keine Sorge, Amy, mit meinem Sexleben ist alles in bester Ordnung."

„Bist du sicher?"

„Sehr sicher", beschied er. „Ich habe beim Sex weder Heißhunger auf Käse noch bekomme ich Angst, wenn eine Frau in meinem Bett miaut. Aber danke für deine Besorgnis."

Über das Gelächter seiner Schwägerin hinweg hörte er die Stimme seines älteren Bruders, die verwirrt klang. „Wieso redet ihr in Gegenwart meiner Tochter über Sex? Und was hat Käse damit zu tun?“

Grinsend gab Stuart seiner Nichte einen Kuss auf den Kopf und feixte seinen Bruder an. „Deine Frau hat ein gesteigertes Interesse an meinem Liebesleben. Kümmerst du dich nicht gut genug um sie?“

Sein älterer Bruder runzelte prompt die Stirn und sah ihn finster an, während er durch das Wohnzimmer auf ihn zukam. „Ich denke nicht, dass Amy Grund zur Klage hat.“

„Habe ich auch nicht, Schatz“, rief sie ihm fröhlich entgegen.

Stuart musste es sich gefallen lassen, dass Patrick ihm Abby abnahm, und beobachtete, wie sein Bruder das kleine Mädchen an sich drückte, das sich prompt an seinen Dad kuschelte.

„Du verdirbst meine Tochter mit deinem Gequatsche“, hielt ihm sein Bruder gutmütig entgegen und wirkte wie der glücklichste Kerl auf der Welt.

Gemütlich streckte Stuart seine Beine von sich und schob die Hände in die Taschen seiner Hose. „Meinst du jetzt Abby oder Audrey? Mit deiner Ältesten war ich gerade nämlich noch in einer verräucherten Kneipe und habe ihr zehn verschiedene Wodkasorten zum Probieren gegeben.“

Patrick lachte. „Klingt, als hätte Audrey viel Spaß gehabt.“

Er zuckte mit der Schulter. „Dazu ist ein cooler Onkel doch da.“

„Will der coole Onkel zum Abendessen bleiben?“, hörte er seine Schwägerin fragen. „Oder hat er heute noch ein heißes Date?“

Das einzige heiße Date, das er heute noch haben würde, wäre eine Stippvisite in seiner Dusche, ein Mikrowellengericht und ein Vertragsentwurf, den er durchgehen wollte. Anscheinend hatte seine Familie völlig falsche Vorstellungen von seiner Abendgestaltung. „Die Einladung zum Abendessen nehme ich gerne an."

***

Stuart betrat seine Wohnung und schaltete das Licht ein, das das zweihundert Quadratmeter große Loft im Zentrum von Manhattan beleuchtete. Stöhnend streckte er sich und fühlte, wie verspannt seine Schultermuskulatur war. Der Verkehr in der Upper East Side hatte ihm den Rest gegeben. Morgen früh würde er sein Auto in der Tiefgarage stehen lassen und mit der U-Bahn fahren, so viel stand fest. Die Luft dort unten mochte zwar selbst bei den frühlingshaften Temperaturen eine Zumutung sein und die Waggons waren in der Rushhour hoffnungslos überfüllt, aber auf den katastrophalen Verkehr auf den Straßen hatte er noch weniger Lust. Selbst wenn er sich von einem Wagen abholen lassen würde, würde er dennoch im Stau feststecken. Er hasste Staus. Hasste das Warten. Hasste es, dass es Zeit kostete, und so lief er lieber zu Fuß bis nach Lower Manhattan, als in einem Auto zu sitzen und nicht voranzukommen. Der Verkehr in New York verdarb ihm normalerweise schon vor Arbeitsbeginn den Tag.

Eigentlich war er nach Manhattan gezogen, um in der Nähe seiner Arbeit zu wohnen und nicht jedes Mal eine Weltreise zu machen, wenn er sich auf den Weg ins Büro machte. Sein älterer Bruder Patrick fuhr beispielsweise fast täglich von Connecticut nach New York. Das hatte Stuart vermeiden wollen. Außerdem – und das Argument war vor ein paar Jahren noch viel wichtiger gewesen – hatte er nicht in Connecticut auf dem Land versauern, sondern mitten im pulsierenden New York seine Fühler ausstrecken wollen.

Nach seinem Studium war er also nicht zurück in sein Elternhaus gezogen, in dem er eine eigene Etage hätte bewohnen können, sondern hatte dieses Loft in Manhattan gekauft. Ja, New York war genau die richtige Adresse für ihn gewesen. Partys, heiße Dates und noch mehr Partys sowie noch mehr heiße Dates. Das war New York, vor allem wenn man ein Ashcroft war.

Dank seines Nachnamens wurde er überall eingeladen, musste vor keinem Club anstehen, bekam in jedem Restaurant einen Tisch und gehörte der High Society der Ostküste an, die gerne für sich blieb. Wenn man über das nötige Kleingeld verfügte, um ein Loft zu kaufen, das mehr kostete, als die meisten Menschen in ihrem Leben verdienten, dann gehörte man zu denen, die im Sommer eine Jacht buchen und mit Freunden durchs Mittelmeer schippern, die im Winter in der Schweiz Ski fahren und einen Abstecher nach Monte Carlo machen und die im Frühling nach England fliegen, um Polospiele zu absolvieren.

Ja, Stuart hatte alles mitgenommen, was es mitzunehmen gab, und wusste, dass er privilegiert aufgewachsen war. Außerdem wusste er, dass es eine

Zeit gegeben hatte, in der er ein überhebliches Arschloch gewesen war, das all das Geld und den Einfluss seiner Familie für selbstverständlich betrachtet hatte. Und jetzt war er erwachsen geworden.

Seine Denkweise hatte sich verändert.

Das viele Geld hatte nicht verhindern können, dass sein Dad vor ein paar Jahren an einem Herzinfarkt gestorben war. Es hatte auch nicht verhindern können, dass seine Schwester ihr Baby verloren hatte und dabei beinahe verblutet wäre. Außerdem war der Reichtum seiner Familie eine Belastung für die Ehe seines älteren Bruders gewesen. Stuart kannte die Schattenseiten des Geldes und hatte begriffen, dass es etwas viel Wichtigeres gab: seine Familie.

Das Loft, in dem er wilde Partys gefeiert hatte, war ihm zu groß und zu einsam. Mittlerweile verbrachte er nur noch ungern Zeit hier, weil es ein schales Gefühl war, nach Hause zu kommen und mit niemandem über seinen Tag zu reden oder mit niemandem in der Küche zu stehen und Abendessen zu kochen. Das Junggesellenleben ödete ihn an, und er hatte schon lange keine Lust mehr auf Dates mit Frauen, die ihn ansahen und dabei nur sein Geld sahen. Er wollte keine Models mehr daten, die sich gerne mit ihm sehen ließen, weil die Gerüchte um sie beide ihrer Karriere einen Schubs nach vorn gaben, und er wollte auch keine Frauen mehr treffen, deren einziger Lebensinhalt der war, bei John Barrett zu sitzen, sich die Haare machen zu lassen und ihr fettes Kundenkonto bei Bloomingdale’s zu füllen. Worüber sollte er mit solchen Frauen reden? Über die neueste Kollektion von Valentino?

Er wollte eine Frau kennenlernen, die ihn mochte, weil er großartige Spiegeleier mit Speck briet, kinderlieb war und gerne lachte – und nicht, weil sein Nachname Ashcroft war und sein Bankkonto gut gefüllt war.

Seine Geschwister führten glückliche Ehen, in denen es nicht ums Geld ging, und sie hatten wunderbare Kinder. So etwas wollte Stuart auch für sich. Keine unbedeutenden Dates mit nichtssagenden Frauen, keine wilden Partys und keine Kurztrips nach Europa, um Formel-1-Rennen mitzuerleben. Stattdessen wollte er eine nette Frau an seiner Seite haben, mit der er lachen konnte, die ihm zuhörte, wenn er etwas erzählte, und mit der er Babys bekommen könnte. Er war einunddreißig und nicht mehr einundzwanzig.

Lauren McPherson kam ihm in den Sinn.

Es war ein paar Wochen her, seit er sie zum ersten Mal gesehen hatte. Stuart war sich ziemlich sicher, dass sie ihn nicht bemerkt hatte, weil er mit dem Auto seiner Schwägerin zum Reiterhof gefahren war, um Audrey und zwei ihrer Freundinnen abzuholen, die nicht in seinen Porsche gepasst hätten. Er hatte in Amys riesigen Mercedes gesessen und darauf gewartet, dass seine Nichte aus dem Stall gelaufen kam, als Lauren einen wunderschönen Rappen aus dem Stall geführt hatte. Als Erstes war ihm ihr herrlich zerzaustes rotes Haar aufgefallen. Dann waren es die engen Reithosen gewesen, die seinen Blick magisch auf sich gezogen hatten. Und zum Schluss hatte es ihr Lachen geschafft, ihn völlig in ihren Bann zu schlagen. Er musste wie ein Schwachsinniger gewirkt haben, wie er mit offenem Mund hinter dem Steuer des Geländewagens gesessen und diese bezaubernde Frau beobachtet hatte, die dem

Pferd einen Kuss zwischen die Nüstern gegeben und darüber gelacht hatte, als der Rappe sein Maul in ihrem Haar vergrub.

Da war diese unbeschreibliche Natürlichkeit und Weichheit an ihr, die ihn nicht mehr losgelassen hatte.

Von da an hatte Stuart wissen wollen, wer sie war, und kam sich zwischenzeitlich wie ein Stalker vor.

Zu seinem Verdruss war sie lange nicht so versessen darauf, ihn kennenzulernen, wie er. Er wusste nicht, was er getan hatte, aber Lauren machte nicht den Eindruck, gut auf ihn zu sprechen zu sein. Bisher hatte er nie Schwierigkeiten damit gehabt, eine Frau auf sich aufmerksam zu machen. Aber Lauren ...

Die rothaarige Tierärztin mit dem hübschen Lächeln und den lebhaften grünen Augen behandelte ihn wie einen Aussätzigen, dem sie nicht zu nahekommen wollte. Stuart war bislang all seine Verführungsmethoden durchgegangen, aber keine von ihnen erregte auch nur ansatzweise Laurens Interesse. Wenn er charmant zu ihr war und ihr Komplimente machte, wirkte sie abfällig. Wenn er massiv mit ihr flirtete, machte sie komplett dicht und ignorierte ihn. Und wenn er so tat, als wüsste er nicht mehr, wer sie war, war sie nicht etwa beleidigt – wie es jede andere Frau getan hätte –, sondern wirkte regelrecht erleichtert. Wenn er es nicht besser wüsste, müsste er glauben, dass sie längst vergeben war.

Anscheinend konnte sie ihn nicht leiden, dabei hatte er nichts getan, um ihr Missfallen zu erregen.

Nachdenklich warf er seine Schlüssel auf die Kommode gleich neben der Wohnungstür und schlüpfte aus seiner Anzugjacke, während er in sein geräumiges Wohnzimmer lief, jedoch keinen Blick für die weiten

Fensterfronten hatte, die ein spektakuläres Panorama boten.

Aus purer Gewohnheit schaltete er den Fernseher an und war dankbar für die Hintergrundgeräusche, die die unerträgliche Stille seiner einsamen Wohnung übertönten. Heute wusste er mit sich nicht mehr viel anzufangen, als sich gleich auf die Couch zu werfen und irgendeine stumpfsinnige TV-Show zu schauen. Noch vor ein paar Jahren wäre er abends ausgegangen, weil irgendwo immer etwas los war, aber mittlerweile waren Partys nicht mehr das, wonach er sich sehnte. Außerdem stand ihm morgen ein anstrengender Tag bevor, den er vermutlich bis mitten in die Nacht mit Geschäftsverhandlungen in einem Konferenzsaal verbringen würde. Also würde er einen Teufel tun, sich heute Drinks hinter die Binde zu kippen.

Beinahe hätte er selbst über sich geschmunzelt, weil es noch nicht so lange her war, dass er keine Party ausgelassen hatte und vor allem Spaß haben wollte.

Ein kurzer Blick auf seinen Anrufbeantworter offenbarte ihm, dass ein paar seiner Kumpels angerufen hatten, aber anstatt sich deren Nachrichten anzuhören, verschwand Stuart lieber unter der Dusche.

Gerade als er sein Badezimmer verließ und nur mit einem Handtuch um die Hüften das Schlafzimmer betrat, klingelte sein Handy.

Eigentlich wollte er den Anruf nicht annehmen, sah dann aber, dass es sein Cousin J.T. war.

„Hey." Er nahm den Anruf an und griff gleichzeitig nach der handlichen Fernbedienung auf seinem Nachttisch, mit der er die Jalousien an den bodentiefen Fenstern steuern konnte. „Wie geht's dir, J.T.?"

„Das wollte ich dich eigentlich fragen. Dixon hat mir gesagt, dass du dich noch nicht wegen Parkers Junggesellenabschied bei ihm gemeldet hast."

Sobald die Jalousien hinunterfuhren, legte Stuart die Fernbedienung zurück auf den Nachttisch und setzte sich auf die Bettkante. Müde fuhr er sich über das Gesicht. Er hatte den Junggesellenabschied seines Kumpels völlig vergessen und konnte sich auf die Schnelle nicht einmal daran erinnern, wann dieser stattfinden sollte. Wenn er Glück hatte, war er an jenem Tag unabkömmlich, weil er wegen seines aktuellen Projekts unterwegs war. Er mochte Parker, den er seit Ewigkeiten kannte und mit dem er auf mehreren Segelregatten teilgenommen hatte, aber nach einem ausufernden Junggesellenabschied mit einem Kurztrip nach Vegas und Stripperinnen stand ihm momentan nicht der Sinn.

Stuart kniff die Augen zusammen. „Hör mal ..."

Sein vergnügungssüchtiger Cousin unterbrach ihn augenblicklich. „Du willst doch nicht etwa absagen!"

Er schnitt eine Grimasse, die J.T. glücklicherweise nicht sehen konnte. „Ich muss erst in meinen Kalender sehen."

„In deinen Kalender?", echote J.T. ungläubig. „Scheiße, wer sind Sie und was haben Sie mit meinem Vetter getan?

Grinsend verdrehte Stuart die Augen. „Wir können ja nicht alle von unseren Aktiendepots leben. Einige von uns müssen auch arbeiten gehen."

„Dir gehört der Laden ..."

„Tut er nicht", widersprach er lachend.

„Dein Name steht vorne auf dem Firmenschild, also brauchst du nicht zuerst in deinen Kalender zu schauen, um mit deinen Freunden einen draufzumachen."

Stuart konnte es sich nicht verkneifen, ihn zu fragen: „Wie bist du eigentlich durch dein Juraexamen gekommen?"

„Mein Dad hat Geld", erwiderte der Vollidiot, der sein Studium mit Prädikat abgeschlossen hatte, aber lieber faulenzte, anstatt im Luftfahrtunternehmen seines Vaters zu arbeiten. J.T. klang abfällig, als er das Thema wechselte und wenig subtil erklärte: „Mensch, Parker ist so durchgeknallt, vor einen Altar zu treten und einer einzigen Frau Treue zu schwören. Wenn er schon den Verstand verloren hat, dann sollten wir ihm einen würdigen Abgang bereiten. Dixon hat außerdem schon *einiges* geplant."

Einiges beinhaltete mit Sicherheit mehrere halb nackte Frauen sowie eine Menge Alkohol.

„Ich hoffe, du hast ihm nicht gesagt, dass du glaubst, er habe den Verstand verloren."

„Stuart, ich bin doch nicht blöd. Parker ist so verschossen in seine Diane, dass er sowieso nicht mehr klar denken kann."

„Wieso hoffe ich nur, dass du keine Rede auf der Hochzeit hältst?"

„Keine Chance! Ich plane, bei diesem Trauerspiel eine der Brautjungfern flachzulegen. Für Hochzeitsreden oder so einen Kram habe ich keine Zeit."

Ja, sein Cousin war die Romantik in Person.

„Also können wir mit dir rechnen?"

„Meinetwegen." Stuart zuckte mit der nackten Schulter und fuhr sich durch sein nasses Haar. „Ich bin dabei."

„Sehr gut“, entgegnete sein Cousin zufrieden. „Und plan mich für dein Gästezimmer ein. Ich hasse es, vom Zimmermädchen geweckt zu werden, wenn ich verkatert im Hotelbett liege. Da penne ich lieber bei dir.“

In den vergangenen zehn Jahren hatte Stuart seinen Cousin öfter verkatert und betrunken erlebt, als er sich erinnern konnte, und ahnte daher, wie unleidlich sein Hausgast sein würde. Er jubelte jetzt schon.

3. Kapitel

„Sie sollten den Zitronenkuchen probieren. Den backt Martha nach einem alten Rezept ihrer Mutter, und er ist einfach köstlich.“

Lauren blieb der Bissen ihres Schokoladentörtchens fast im Halse stecken, als sie sich umdrehte und Stuart Ashcroft gleich hinter sich entdeckte, wie er mit einem kleinen Teller in der Hand am Kuchenbuffet stand und sich ein Stück des besagten Zitronenkuchens nahm.

Sie hustete und versuchte den trockenen Teig hinunterzuwürgen, an dem sie sich vor Schreck verschluckt hatte.

Wissend beobachtete er sie. „Sagen Sie nicht, Sie haben den Fehler begangen und sich eines der kleinen Schokotörtchen genommen?“ Er schnalzte mit der Zunge. „Lauren, Lauren ... Sie müssen noch viel lernen.“

Ausgerechnet jetzt hatte sie nicht vor, irgendetwas zu lernen, sondern bemühte sich darum, nicht an dem Bissen zu ersticken, der in ihrer Kehle steckte. Stuart Ashcroft konnte sich sein überhebliches Getue verkneifen, sagte sie sich und stieß ein regelrechtes Röcheln aus, als sie den Klumpen Teig endlich hinuntergeschluckt hatte. Beinahe sah sie schon Sterne.

Hustend wollte sie von ihm wissen: „Was tun Sie denn hier?“

„Sie davon abhalten, eines der ungenießbaren Törtchen zu essen, die Cordelia Fletcher seit Jahrzehnten backt und die angeblich daran schuld sind, dass ihr Mann mit einer Jüngeren durchgebrannt ist.“

Wie selbstverständlich reichte er ihr seinen Teller, den Lauren automatisch ergriff – vielleicht weil sie so perplex von seiner Anwesenheit, dem trockenen Törtchen oder seinem letzten Kommentar war.

Sie hätte nie damit gerechnet, ihn hier zu treffen, schließlich handelte es sich um eine gemeinnützige Aktion des hiesigen Frauenvereins – eine Tea Time für den guten Zweck. Für fünfzig Dollar Eintritt konnte man ungenießbare Törtchen und kleine Sandwiches essen, Kaffee oder Tee trinken und anschließend Zeichnungen ersteigern, die Kinder aus einer Fürsorgeeinrichtung gemalt hatten, denen auch das Geld zugutekommen sollte.

Lauren war hierhergekommen, weil sie Sunny behandelte, den Puddel von Mrs. Grishon, der heutigen Gastgeberin, und weil Lauren gerne fünfzig Dollar für Kinder aus einer Fürsorgeeinrichtung spendete. Wenn sie jedoch gewusst hätte, dass Stuart Ashcroft auch hier sein würde ...

„Was soll ich mit dem Teller?“

Ihr Gegenüber verdrehte seine Augen. „Probieren Sie den Zitronenkuchen. Er ist ein Gedicht.“

Sie würde nichts dergleichen tun. Vor allem dann nicht, wenn er ihr dabei zusah.

Als Lauren nichts erwiderte und auch nicht von dem Zitronenkuchen probierte, zuckten seine Mundwinkel, und er schob die Hände in die Taschen seiner Hose. Neben ihm und seinem vermutlich sauteuren grauen Anzug samt weißem Hemd und Krawatte kam sich Lauren in ihren Jeans und dem gestreiften Pullover ziemlich deplatziert vor. Vermutlich besaß dieser Mann keine einzige Jeans und trug wahrscheinlich sogar dann einen Anzug, wenn er

Toilettenpapier einkaufen ging. Vielleicht ging er jedoch nicht einmal selbst Toilettenpapier einkaufen, sondern ließ das seinen Assistenten erledigen ...

„Was geht Ihnen durch den Kopf?“

Dummerweise ging er ihr durch den Kopf, aber das hätte sie ihm nicht einmal unter Folter verraten. „Ich frage mich, was Sie hier tun. Gehören Sie etwa dem hiesigen Frauenverein an?“

„Ich bin Ehrenmitglied.“ Er zwinkerte ihr amüsiert zu und zeigte dabei seine Grübchen, die Lauren am weitaus sympathischsten an ihm fand.

„Ehrenmitglied des Frauenvereins? Warum glaube ich das nur nicht?“

Mit einem Schulterzucken griff er nach einem kleinen Gurkensandwich und betrachtete es eingehend, bevor er davon abbiss und gemächlich kaute. „Meine Mom ist hier Mitglied und meine Schwester hat den Tag mitorganisiert.“

„Ist sie auch hier?“

Er lachte leise. „Wenn Barbara hier wäre, müsste ich nicht hier sein ... obwohl ... Ist es nicht ein Glücksfall, dass wir beide uns hier zufällig getroffen haben, Lauren?“

„Ja, ich kann mein Glück kaum fassen“, entgegnete sie trocken und animierte ihn anscheinend dazu, belustigt zu grinsen.

„Lauren, denken Sie an meine Gefühle. Die wollen Sie doch nicht verletzen, oder?“

Sie schnaubte leise und betrachtete ihn kurz. „Sie sehen nicht aus, als wären Ihre Gefühle verletzt.“

„Alles nur Fassade“, beteuerte er und raunte: „Wenn Sie wüssten, wie es in mir aussieht, dann ...“

Bevor er noch mehr säuseln konnte, unterbrach sie ihn forsch. „Es ist mitten am Tag und Sie nehmen an einer Teegesellschaft teil. Wollen Sie mir irgendetwas sagen, Mr. Ashcroft? Wenn Sie mit mir flirten, um Ihr Coming-out hinauszuzögern, dann legen Sie doch die Karten auf den Tisch, damit ich mitspielen kann."

Verwundert sah er sie an. „Halten Sie mich für schwul?"

Lauren zuckte mit den Schultern und stellte den kleinen Teller auf einem der Stehtische ab. Natürlich hielt sie ihn nicht für schwul. Der Mann verströmte so viel Testosteron, dass ihr schwindelig wurde, aber das musste er ja nicht wissen. „Kann schon sein."

„Kann schon sein?" Komischerweise reagierte er weder empört noch aufgebracht, sondern schien sich köstlich zu amüsieren.

„Ja."

„Wieso?"

„Wieso?" Lauren zwinkerte verwirrt. Eigentlich hatte sie damit gerechnet, ihn vor den Kopf zu stoßen, aber er wirkte lediglich neugierig.

„Wieso halten Sie mich für schwul?"

Wollte er tatsächlich darauf eine Antwort?

Nachdenklich rümpfte sie die Nase. „Sie legen anscheinend extrem viel Wert auf Ihr Aussehen ..."

„Was?" Seine Schultern zuckten vor Lachen. „Heißt das, dass Sie mich attraktiv finden?"

Lauren zog die Augenbrauen zusammen und ignorierte seine Frage. „Außerdem fahren Sie diesen protzigen Sportwagen und lassen keine Gelegenheit aus, sehr offensiv mit dem anderen Geschlecht zu flirten. Es wirkt schon zwanghaft – so als hätten Sie etwas zu verbergen. Dazu kommen ein ausgeprägter

Mitteilungsdrang und ein gesteigertes Interesse an typisch weiblich assoziierten Themen wie Gebäck und Klatsch. Aus psychologischer Sicht würde ich auf eine Unterdrückung der eigenen Sexualität tippen. Vermutlich wissen Sie nicht einmal selbst, dass Sie homosexuell sind."

Sehr gelassen entgegnete er: „Ich dachte, Sie sind Tierärztin. Gehört eine psychologische Ausbildung zu Ihrer Fachrichtung?"

Unweigerlich musste sie lächeln. Seine Reaktion war aber auch zu komisch. „Nein, das nicht, aber ich kenne fast jede Folge von Dr. Phil."

„Wenn das so ist." Schmunzelnd fuhr er sich durchs Haar. „Vielleicht haben Sie recht, und ich weiß tatsächlich noch nicht, ob ich schwul bin. Am besten wäre es, wenn wir beide miteinander ausgehen und in meinem protzigen Sportwagen ein bisschen knutschen und fummeln. Auf diese Weise könnte ich sicher sein, welchem Geschlecht meine Zuneigung gilt."

Fast hätte sie gelacht. Stuart Ashcroft mochte ein großkotziger Aufschneider sein, aber dennoch bewies er Schlagfertigkeit und Humor.

„Kein Interesse, aber Sie finden sicherlich eine andere, die sich Ihren protzigen Sportwagen von innen ansehen will."

„Mist", fluchte er betrübt. „Und ich dachte schon, ich hätte Sie endlich dazu gebracht, mit mir auszugehen."

„Tja." Lauren griff nach dem Teller und nahm ein kleines Stück des Zitronenkuchens, von dem sie nun doch wissen wollte, wie er schmeckte. Plötzlich wollte sie zudem wissen, wie es war, ihn zu necken, und gab zu bedenken: „Ich hätte mit mir reden lassen, wenn Sie ein anderes Auto fahren würden. Einen Volvo vielleicht. Aber Sportwagen sind so furchtbar unbequem.“

„Habe ich Ihnen schon erzählt, dass ich meinen Sportwagen verkaufe und mich bereits nach einem Volvo umsehe?“

Sie musste lachen und schob sich das kleine Stück Kuchen in den Mund. Er sollte recht behalten, denn der Zitronenkuchen war wirklich ein Gedicht und kein Vergleich zu dem furchtbar trockenen Schokoladentörtchen.

„Wie schmeckt der Kuchen?“

„Gut. Sehr gut“, erwiderte sie, nachdem sie den Bissen hinuntergeschluckt hatte. „Woher wussten Sie das mit dem Kuchen?“

„Es ist nicht meine erste Teegesellschaft“, erklärte er lapidar. „Die meisten Damen backen seit Ewigkeiten immer die gleichen Kuchen. Deshalb weiß ich auch, dass Marthas Zitronenkuchen köstlich ist, während man die Finger von Cordelia Fletchers Kreationen lassen sollte. Und falls Annabelle Richards den Tee besorgt hat, sollten Sie lieber Kaffee trinken, weil sie die abscheulichsten Sorten kauft, die man sich nur vorstellen kann. Beim letzten Mal war es Vanille-Aprikose.“

„Mr. Ashcroft“, flüsterte sie ihm verschwörerisch zu. „Wenn Sie wirklich wollen, dass sich jemand mit Ihnen in Ihren unbequemen Sportwagen verzieht, sollten Sie lieber nicht so laut erzählen, dass Sie sich oft auf Teegesellschaften von Frauenvereinen blicken lassen.“

Er senkte den Kopf ein Stück zu ihr hinab und flüsterte zurück: „Außer mit Ihnen gibt es hier niemanden, mit dem ich mich in mein Auto verziehen würde."

Lauren legte den Kopf schief und musterte ihn abwehrend.

Als sie nichts erwiderte, erklärte er: „Ich kann nichts dafür, ich muss hier sein."

Skeptisch runzelte sie die Stirn. „Inwiefern *müssen* Sie denn hier sein?"

„Meine Schwester ist hochschwanger", informierte er sie. „Und weil sie der Meinung war, dass sich wenigstens ein Mitglied der Familie hier sehen lassen muss, wurde ich dazu auserkoren, Tee zu trinken und Kuchen zu essen. Und was ist Ihre Entschuldigung?"

„Ich will hier sein. Sonst wäre ich nicht hergekommen."

„Also gehören Sie dem hiesigen Frauenverein an?"

„Ich bin Ehrenmitglied", wiederholte sie seine Antwort, um gleich darauf ernsthaft zu entgegnen: „Mrs. Grishon hat mich eingeladen, also bin ich gekommen."

„Woher kennen Sie denn Eliza?"

„Ich behandele ihren Hund. Und woher kennen Sie sie?"

„Eliza hat mir die Windeln gewechselt. Und nein."

Verdattert sah sie ihn an. „Was meinen Sie mit *nein*?"

Stuart Ashcroft grinste geradezu diabolisch. „Nein, damit meine ich nichts Perverses, und ich stehe auch nicht darauf, gewickelt zu werden. Eliza ist eine alte Freundin meiner Mom, die mich bereits als Baby gekannt hat."

Sie hatte ihn nichts dergleichen fragen wollen und wurde trotzdem rot, als hätte sie solche Gedanken gehabt.

„Geben Sie es zu: Sie stellen sich gerade vor, wie ich nackt aussehe. Richtig?“

Lauren konnte nicht glauben, dass sie hier vor einem Kuchenbuffet stand und mitten auf einer Gartenparty mit Stuart Ashcroft darüber sprach, wie er nackt aussah. Das hieß – nicht sie sprach darüber, sondern er. Warum ließ sie ihn nicht einfach stehen?

Vielleicht lag die Antwort darin, dass sie sich in seiner Gegenwart entspannte, auch wenn er zu der Sorte Mensch gehörte, mit denen Lauren normalerweise nicht viel anfangen konnte. Seine Selbstsicherheit sollte sie eigentlich abstoßen. Doch das tat sie nicht.

„Kennt ihr beide euch?“ Plötzlich stand Eliza Grishon neben ihnen. Die Gastgeberin der Teegesellschaft, die Lauren mindestens einmal in der Woche in ihrer Tierarztpraxis sah, weil sie überfürsorglich war, was ihren Pudel betraf, legte ihr eine Hand auf den Arm. „Ihr plaudert so nett miteinander, dass ich einfach herkommen und hören musste, was ihr zu besprechen habt.“

„Lauren und ich haben gerade darüber geredet, dass du mich als Baby gewickelt hast, Eliza. Sie wollte mir nicht glauben, dass du alt genug bist, um meine Mutter sein zu können.“

„Du alter Schmeichler.“ Die ältere Frau mit den vollen Wangen und dem Kleid aus Blumenmustern lächelte erfreut und zwinkerte Lauren vertraulich zu. „Vor Stuart sollten Sie sich in Acht nehmen, meine Liebe. Er weiß immer das Richtige zu sagen, um Frauen schöne Augen zu machen.“

„Das habe ich mir schon gedacht." Wie auch immer – die ältere Frau schien jedenfalls einen Narren an ihm gefressen zu haben, und er lächelte wie ein braver Chorknabe.

„Vielleicht könntest du ein gutes Wort bei Lauren für mich einlegen, Eliza. Sie konnte sich bisher nicht dazu durchringen, sich mit mir zu verabreden."

Lauren schaute ihn mit großen Augen an, weil sie nicht glauben konnte, dass er in der Gegenwart ihrer Gastgeberin dieses Thema anschnitt.

Bevor sie jedoch empört widersprechen konnte, seufzte Eliza Grishon und drückte ihren Arm. „Ich weiß leider nicht, ob ich Ihnen einen Gefallen täte, wenn ich Ihnen sagen würde, dass Sie mit Stuart ausgehen sollten, meine Liebe. Er ist ein netter Kerl, aber von seiner eigenen Mutter weiß ich, dass er keine Anstalten macht, eine feste Beziehung einzugehen."

Zu gerne hätte sie erwidert, dass sie nicht allzu enttäuscht darüber war, dass Stuart Ashcroft keine festen Beziehungen einging, doch er räusperte sich und hielt ihrer Gastgeberin irritiert vor: „Eliza, du solltest mich eigentlich loben und Lauren nicht darin bestärken, mir einen Korb zu geben."

„Ich weiß, mein Lieber, aber Lauren kümmert sich immer so fabelhaft um Sunny. Im Gegenzug möchte ich sie vor Kummer bewahren."

„Ach, und ich wäre Kummer?"

Vergnügt schnappte sich Lauren ein weiteres Stück Zitronenkuchen und lächelte Eliza Grishon an. „Was gibt es denn noch über ihn zu berichten? Jetzt bin ich wirklich neugierig."

***

„Wie sieht's aus, Audrey? Hast du Lust, mit mir gleich einen kleinen Ausflug ins Kino zu machen?"

Der Blick, den seine Nichte ihren fast zwei Jahre alten Brüdern schenkte, die am sonntäglichen Mittagstisch saßen, quengelten und sich weigerten, ihr Essen in den Mund zu nehmen, sprach für sich. Stuart konnte es seiner ältesten Nichte nachfühlen, schließlich veranstalteten die Zwillinge jedes Mal ein Mordsspektakel, wenn etwas nicht nach ihrem Willen ging. Und dass sie in ihren Hochstühlen sitzen mussten, passte den beiden Wirbelwinden anscheinend ganz und gar nicht.

„Ja, bitte!"

„Sollen wir deine Brüder mitnehmen?"

„Nein! Bitte nicht", erwiderte das Mädchen fast schon entsetzt.

Stuart grinste und sah zu seinem Bruder hinüber, der an der anderen Seite des Tisches saß und seinen Sprössling füttern wollte. „Macht es dir etwas aus, wenn sich Audrey und ich nach dem Essen verkrümeln?"

„Könnt ihr mich nicht mitnehmen?", wollte sein Bruder wissen und schnitt eine Grimasse.

„Das würde ich tun, wenn ich nicht wüsste, dass deine liebe Frau mich dann einen Kopf kürzer machen würde", entgegnete Stuart und schielte zu seiner Schwägerin, die ihre jüngste Tochter bespaßte.

„Da hast du recht", erwiderte sie und fragte über den Tisch hinweg: „Hast du deine Hausaufgaben gemacht, Audrey?"

„Ja, Mom."

„Und für die Mathearbeit hast du auch geübt?"

„Mit Dad."

„Prost Mahlzeit. Patrick war in Mathe doch selbst eine Niete", prophezeite Stuart und rollte ein paar Spaghetti auf seiner Gabel auf. Seit Amy in seinem Elternhaus lebte, hatten sich die Gepflogenheiten ein wenig geändert. Alles war sehr viel bodenständiger geworden. Zwar waren seine Eltern niemals besonders überkandidelt gewesen, und er selbst konnte sich nicht daran erinnern, dass es sonntags Kaviar und Hummer gegeben hätte, als er ein Teenager gewesen war, aber dank seiner Schwägerin war das Familienleben so normal wie möglich. Ja, die Ashcrofts hatten noch immer Hausangestellte, was bei der Größe des Familienanwesens auch kein Wunder war, aber mittlerweile kochte Amy an den Wochenenden oder verdonnerte ihren Mann dazu, sonntags für sie alle Spaghetti in den Topf zu werfen. Und wie er erfahren hatte, war Audrey dafür zuständig, ihr Zimmer aufzuräumen, beim Abwasch zu helfen und den Müll rauszubringen. Irgendwie gefiel es ihm, dass die Kinder seines Bruders so erzogen worden, dass es keine Selbstverständlichkeit war, im Reichtum aufzuwachsen. Bei seinen eigenen Kindern hätte er es nicht anders machen wollen.

„Da musst du dich nicht richtig erinnern", brummte sein Bruder. „Ich war in Mathe ziemlich gut."

„Du brauchtest Nachhilfe", warf Stuart ein. „Donna – sie kam mehrmals in der Woche her. Du weißt schon: die hübsche Mathestudentin in den knappen Shorts." Er wies seine Nichte an: „Schätzchen, hör mal weg oder leg dir die Hände auf die Ohren." Audrey gehorchte und legte sich beide Hände auf die Ohren, sah ihn dabei jedoch mit kindlichem Interesse an. Stuart raunte über den Tisch: „Meine ersten Sexträume habe ich Donna und ihren knappen Shorts zu verdanken."

Patrick hielt darin inne, seinen Sohn zu füttern, und erwiderte mit einem schmutzigen Grinsen: „Ich war gar nicht *so* schlecht in Mathe. Donna hat mir auch auf anderen Gebieten Nachhilfe gegeben."

„Ich glaube, ich hätte auch ohne diese Info glücklich weiterleben können", schnaubte Amy und rümpfte die Nase. „Wenn dir deine Söhne so ähnlich sind, wie ich denke, bekommen sie später auf jeden Fall männliche Nachhilfelehrer."

Audrey, deren Hände noch immer auf ihren Ohren lagen, fragte unschuldig nach: „Mom, was sind Sexträume?"

Stuart begann zu lachen, als seine Schwägerin ein gequältes Gesicht machte.

Genau in dem Moment betrat seine Mom das Zimmer und stellte den noch fehlenden Parmesankäse auf den Tisch.

Audrey schenkte ihr augenblicklich ihre Aufmerksamkeit. „Grandma, was sind Sexträume?"

Seine Mutter machte große Augen. „Was?"

„Onkel Stuart hat gesagt ..."

Audrey wurde von ihrer Großmutter unterbrochen, die ihn finster anstarrte. „Was hast du in Gegenwart deiner Nichte schon wieder Schmutziges erzählt?"

Keinesfalls eingeschüchtert rollte er ein paar der Spaghetti auf. „Ich hatte Audrey gesagt, dass sie die Hände auf ihre Ohren legen soll, bevor es schmutzig wurde."

Das Schnauben seiner Mutter sagte genug. „Da bin ich nur drei Minuten in der Küche ..."

„Sei froh, dass es nicht vier waren." Er schob sich die Gabel in den Mund und kaute genüsslich.

Seine Schwägerin räusperte sich. „Weißt du eigentlich, dass Patricks Nachhilfelehrerin ihm nicht nur Mathe beigebracht hat?"

Sichtlich irritiert blickte Eleanore Ashcroft von einem zum anderen. „Worüber redet ihr überhaupt?"

Stuart schluckte die halb zerkauten Spaghetti hinunter. „Erinnerst du dich nicht an Donna? Patricks Mathenachhilfelehrerin?"

Das Gesicht seiner Mom erhellte sich. „Ach ... diese nette Studentin, mit der Patrick immer so fleißig geübt hat?"

Beinahe wäre er an der letzten Spaghetti erstickt. Zum Glück half ihm seine Schwägerin aus, die ihre Schwiegermutter halb lachend, halb seufzend aufkläre: „Wie ich es verstanden habe, haben Sie weniger theoretisch als vielmehr praktisch geübt."

„Was?" Verwirrt kniff seine Mutter die Augen zusammen. „Wovon sprecht ihr?"

„Von Sexträumen", erklärte Audrey mit kindlicher Begeisterung.

„Mom." Stuart konnte sich angesichts der völlig verwirrten Miene seiner Mutter nur mühsam ein Lachen verbeißen. „Denk doch mal scharf nach."

„Das tue ich, und ich weiß nicht, was hier vor sich geht."

„Anscheinend war Patricks Nachhilfelehrerin nicht nur auf Mathe, sondern auch auf Aufklärungsunterricht spezialisiert", warf Amy hilfreich ein. Sie schnalzte mit der Zunge. „Patrick muss diese Nachhilfe mehr Spaß gemacht haben als normaler Matheunterricht. Und dein jüngster Sohn hatte ganz spezielle Träume über die Nachhilfelehrerin seines Bruders."

Schockiert holte seine Mutter Luft. „Stuart, damals warst du zwölf!"

„Früh übt sich." Er zuckte mit der Schulter. „Außerdem solltest du lieber ein ernstes Wort mit deinem anderen Sohn reden. Anstatt kostbare Zeit mit irgendwelchen perversen Spielchen zu verschwenden, hätte er mathematische Gleichungen lösen sollen."

Natürlich richtete sie ihren Blick sofort auf Patrick, der einem der Zwillinge den Mund abwischte. „Nicht auszudenken, dass ich dafür Geld ausgegeben habe, dass du ... du ... Patrick!"

„Aber, Mom, es war völlig harmlos", erklärte Patrick mit der Unschuld eines Chorknaben.

Stuart schnaubte laut. „Harmlos ... Definiere *harmlos*."

„Nein, du definierst hier gar nichts, solange die Kinder am Tisch sitzen." Amy schüttelte den Kopf und schenkte Stuart einen langen Blick. „Und du animierst ihn auch noch dazu."

„Hey, ich sorge mich lediglich um die Jugendförderung."

Warum blitzten die Augen seiner Schwägerin plötzlich listig auf?

„Jugendförderung? Dafür interessierst du dich also? Na, da habe ich doch eine fabelhafte Idee."

Ihm schwante Böses. „Amy ..."

Sie war nicht zu bremsen und erklärte rundheraus: „Audreys Pfadfindergruppe braucht eine neue Leitung."

„Und was habe ich damit zu tun?"

„Du wärst der perfekte Kandidat."

„O nein!“ Abwehrend hob er beide Hände und schüttelte rigoros den Kopf. „Das schlag dir direkt mal aus dem Kopf.“

„Aber du hast doch gerade noch gesagt, dass du dich um die Jugendförderung sorgst“, erinnerte sie ihn fröhlich. „Das stimmt doch, oder, Eleanore?“

Seine eigene Mutter fiel ihm in den Rücken. „Das stimmt. Ich habe es genau gehört.“

„Und wie könntest du die Jugend besser fördern, als eine Gruppe von Pfadfinderinnen zu leiten?“

„Aber ...“

„Onkel Stuart.“ Audrey strahlte ihn an. „Die Pfadfindertreffen machen sehr viel Spaß!“

Hilfe suchend schaute er seinen Bruder an, der eine Augenbraue in die Höhe zog. „Schau nicht mich an – denkst du, *ich* will das machen?“

„Im Sommer wollen wir zelten gehen“, flüsterte seine Nichte aufgeregt und hüpfte auf ihrem Stuhl auf und ab. „Auf einem Campingplatz im Wald! Mit Lagerfeuer und Marshmallows.“

Stuart fühlte sich hilflos, während er in das begeisterte Gesicht seiner Nichte sah.

„Wenn sich kein neuer Leiter der Pfadfindergruppe findet, wird die Campingfreizeit nicht stattfinden“, raunte Amy ihm zu und verzog den Mund. „Die Mädchen freuen sich seit Monaten darauf und wären schrecklich enttäuscht, wenn der Ausflug ins Wasser fiele.“

Natürlich wusste er, was seine Schwägerin bezweckte. Er knirschte mit den Zähnen. „Ich weiß überhaupt nicht, was ich da tun soll, Amy.“

„Du warst doch selbst jahrelang bei den Pfadfindern.“

Vernichtend sah er seinen Bruder an. „Du auch.“

„Stimmt, aber bei dir ist es noch nicht so lange her“, gluckste sein Bruder.

Beinahe hätte er ihm seine Faust gezeigt. Stuart saß in der Falle, und das wusste er auch, denn der hoffnungsvolle Blick seiner Nichte bohrte sich direkt in seine Brust. Amy und Patrick und auch seine Mom mussten doch wissen, dass er butterweich wurde, wenn es um seine Nichte ging.

Gott, musste er wirklich den Pfadfindergruppenleiter spielen? Er war ja nicht einmal in Audreys Alter besonders scharf darauf gewesen, Woche für Woche zu seiner eigenen Gruppe zu gehen ...

„Beim Keksverkauf wollen wir für das Tierheim sammeln. Unsere Erdnussbutterkekse schmecken toll, Onkel Stuart. Du kannst gerne davon probieren“, meinte die Achtjährige mit ihrer piepsigen Stimme. Was hätte er dagegen sagen sollen?

„Okay.“ Er gab sich geschlagen und schaute zu seiner Schwägerin. „Ich mach’s.“

„Wunderbar.“ Sie nickte und wirkte, als habe sie nichts anderes erwartet. „Dann bräuchten wir ein polizeiliches Führungszeugnis und einen, besser noch zwei Leumundszeugen. Die anderen Eltern ...“

„Ein Führungszeugnis?“ Er blinzelte. „Moment mal ...“

„Du wirst doch nicht erwarten, dass die anderen Eltern dir so ohne Weiteres ihre Kinder anvertrauen.“

Stuart schnaubte, schließlich kam er mittlerweile mehrmals im Monat in das Vergnügen, Audrey und ihre Freundinnen durch die Gegend zu kutschieren. Bisher hatte kein Elternteil dagegen protestiert. „Braucht ihr auch noch einen Bluttest?“

„Nein, das Führungszeugnis und die Leumundszeugen reichen.“ Anscheinend hatte seine Schwägerin einen Heidenspaß. „Und deine Kleidergröße, damit wir für dich ein passendes Outfit bestellen können.“

„Outfit?“

„Ja.“ Amy wirkte, als müsse sie jeden Moment lachen. „Die Gruppenleitung trägt schließlich die gleiche Bekleidung wie die Kinder.“

„Wir haben neue Hemden bekommen“, vertraute Audrey ihm an und wirkte dabei selig. „Sie sind rosa – genau wie unsere Shorts. Und unser Halstuch und unser Hut sind pink.“

Einen Augenblick lang konnte er nur daran denken, dass er für irgendetwas bestraft wurde, was er in einem seiner früheren Leben verbrochen haben musste.

„Schätzchen, warum gehst du nicht in dein Zimmer und holst deine Pfadfindersachen, um sie deinem Onkel zu zeigen“, forderte seine Mutter Audrey auf, die sofort losflitzte und aus dem Raum sprintete.

Kaum war Audrey aus dem Raum gerannt, sah er seine Schwägerin mit milder Resignation an. „Was habe ich dir nur getan? Wieso hasst du mich so?“

„Hey, du hast doch gesagt, dass dir die Jugendförderung am Herzen liegt.“

„Ja, aber dafür muss ich weder pinke Hosen noch pinke Hüte tragen!“

„Ach, ich bin mir sicher, dass du alles tragen kannst.“ Sie grinste breit. „Deinen Erfolg bei den Frauen wird es nicht beeinträchtigen, wenn du eine Mädchenpfadfindergruppe leitest. Wer weiß, vielleicht gibt es ein paar alleinerziehende Mütter, die es ganz süß finden, wie sehr du dich engagierst.“ Bedeutungsvoll wackelte sie mit den Augenbrauen.

Finster sah er sie an, weil er nicht vorhatte, alleinerziehende Mütter aufzureißen. Er hätte nichts dagegen, eine gewisse Tierärztin dazu zu bringen, mit ihm auszugehen, aber er wäre verrückt, das vor seiner Familie zu thematisieren.

Seine Mutter dagegen kannte keine Skrupel. „Eliza hat mich angerufen, Stuart. Sie fand es so nett, dass du zu ihrer Teegesellschaft gekommen bist.“

„Da kannst du dich bei Barbara bedanken. Sie hat mich dazu genötigt.“

„Ehrlich? Also wenn ich Eliza richtig verstanden habe, meinte sie, du hättest dich sehr angeregt mit ihrer Tierärztin unterhalten.“

Er hätte sehr gerne noch viel mehr getan, als sich nur angeregt mit ihr zu unterhalten, aber leider hatte sie seine Flirtversuche einfach ignoriert. Dennoch war es schön gewesen, den Nachmittag mit Lauren McPherson zu verbringen. Als sie die Teegesellschaft verlassen hatte, weil sie zu einem Patienten gerufen wurde, hatte es Stuart bedauert. Seither dachte er ständig daran, sie wiederzusehen. „Sie heißt Lauren McPherson und hat ihre Praxis auf dem Hof, auf dem Audrey reitet“, erklärte er seiner Mom gelassen.

„Ach, genau. Audrey spricht ständig von ihr“, warf seine Schwägerin ein und blinzelte ihm zu. „Ist sie etwa der Grund, warum du Audrey so oft vom Reitunterricht abholst?“

Stuart verschränkte die Arme vor der Brust. „Und das aus dem Mund der Frau, deren Mann seine Nachhilfelehrerin ...“

Sein Bruder unterbrach ihn. „Hey, hey, mich lasst ihr da schön raus.“

„Deine Frau ist eine Plage“, schnaubte Stuart.

„Ich weiß“, kommentierte Patrick amüsiert. „Aber ohne sie wäre mir verdammt langweilig.“

4. Kapitel

Stuart sah auf, als die Tür zu seinem Büro förmlich aufgerissen wurde und sein Cousin im Türrahmen erschien, während er jemandem vertraulich zuzwinkerte, als wolle er sich für die letzte Nacht bedanken. Er schwor sich, J.T. umzubringen, wenn der auf die Idee kam, mit Paula, seiner Sekretärin, ins Bett zu gehen. Sein Cousin besaß das Talent, jeder Frau unter achtzig schöne Augen zu machen, und ein nicht unbeträchtlicher Teil der Frauen unter vierzig aus seinem Bekanntenkreis und darüber hinaus, die mit großen Brüsten und hübschen Gesichtern ausgestattet waren, hatte er bereits in seinem Bett gehabt.

Er lehnte sich in seinem Sessel zurück und vergaß das Schriftstück vor sich. Stattdessen beobachtete er seinen Cousin, der mit einem letzten Lächeln, das mit großer Sicherheit der hübschen Paula galt, die Tür schloss und gleich darauf tönte: „Deine Sekretärin ist ein heißes Gerät. Hast du sie deshalb eingestellt?"

„Dir auch einen schönen Tag", begrüßte er J.T. trocken. „Was tust du in New York? Der Junggesellenabschied findet doch erst in zwei Wochen statt."

Der blonde Mann, der genauso alt wie Stuart war, schlenderte lässig ins Büro herein, begutachtete eingehend die Einrichtung und ließ sich letztendlich auf den Besuchersessel fallen, während er seine Beine weit von sich streckte und geradezu lausbubenhaft grinste. „Was soll denn die Frage? Kann ich nicht einfach nur so meinen Lieblingscousin besuchen? Also? Hast du schon mit ihr geschlafen?"

Wenn J.T. ihn als seinen Lieblingscousin betitelte, wurde er hellhörig, weil da ganz sicher etwas im Busch war. Doch zuerst konzentrierte er sich auf J.T.s letzte Frage. „Nein, ich habe nicht mit ihr geschlafen, und das werde ich auch nicht. Sie ist meine Sekretärin und eine verdammt gute dazu."

Das Grinsen wich keinen Millimeter von J.T.s Gesicht. „Gut zu wissen, dann kann ich ja mein Glück versuchen."

„Du kannst es versuchen, aber ich glaube, sie hat einen Freund." Er klappte die Akte zu und lockerte seine Krawatte.

„Ein Freund ist kein Hinderungsgrund."

Beinahe hätte Stuart gelacht. „*Das* hast du auch gesagt, kurz bevor dir der Freund dieser einen Kellnerin die Nase gebrochen hat."

Unbeeindruckt zuckte J.T. mit den Schultern. „Woher sollte ich auch wissen, dass ihr Freund dieser bullige Türsteher war? Außerdem war ich nicht in Form und von diesem Grippemedikament total hinüber."

„Die halbe Flasche Tequila nicht zu vergessen."

„Genau. Du verstehst mich, Alter."

Das tat Stuart tatsächlich. Mit seinem gleichaltrigen Cousin war er schon um die Häuser gezogen, als er noch gar nicht legal Alkohol hätte trinken dürfen. Im Grunde war J.T. nicht sein Cousin, sondern sein bester Freund. Zusammen hatten sie als Teenager ständig Mist angestellt und mit Anfang zwanzig ordentlich auf den Putz gehauen. Mit. J.T. hatte er im Alter von sechzehn seinen ersten Vollrauch erlebt, mit achtzehn Jahren hatte er auf der Party der Monahans mit der dreißigjährigen Debra Monahan geschlafen, während J.T. Wache gehalten hatte, falls der siebzigjährige Rupert Monahan nach seiner Frau gesucht hätte, und mit J.T. war er auch nach Mexiko geflogen, als Stuarts Dad starb und er vor Trauer fast verrückt geworden wäre. Beide hatten sie Jura studiert – an unterschiedlichen Unis und beide gingen unterschiedlich mit ihrem Abschluss um.

Während Stuart seine feierwütige Phase irgendwann überwunden hatte und jetzt mit einunddreißig nicht nur in der Firma seiner Familie arbeitete, sondern auch im Vorstand saß, zog es J.T. vor, nichts zu tun. Sein Jura-Examen setzte eigentlich nur Staub an, während dessen Besitzer durch die Welt tingelte und sich darauf verließ, dass sich sein Dad und seine älteren Brüder um das Unternehmen kümmerten. Der sorglose J.T. tat es zum Leidwesen der Familie nicht.

„Hübsch hast du es hier. Hat Barbara dein Büro eingerichtet?"

„Seit wann redest du über Inneneinrichtung?", wollte Stuart misstrauisch wissen. „Außerdem kennst du mein Büro bereits und weißt, wie es aussieht."

J.T. verdrehte die Augen. „Du klingst wie ein Anwalt."

„Ich *bin* Anwalt."

„Ich weiß." Sein Cousin zeigte zwei Reihen weißer Zähne, als er grinste. „Und deshalb sitze ich hier."

„Aha."

„Ich habe da ein kleines Problem und hoffe, dass du mir helfen kannst – ohne dass die Familie davon erfährt." J.T. machte eine fahrige Handbewegung und wirkte nicht sonderlich besorgt, wie er im Besuchersessel lümmelte und die Beine von sich gestreckt hatte.

Stuart verzog den Mund. „Was hast du angestellt?“

„Nichts Dramatisches.“ J.T. fuhr sich durch sein Haar. „Nur ein kleines Missverständnis.“

„Wenn es nur ein kleines Missverständnis ist, verstehe ich nicht, warum die Familie nichts davon erfahren soll“, hakte Stuart nach. „Also – was ist los?“

J.T. seufzte schwer. „Kennst du noch Kim?“

Mit einem Stirnrunzeln dachte Stuart nach. „Kim? Meinst du die Kim, die eigentlich mit diesem Basketballspieler verlobt war und heimlich mit dir auf die Malediven geflogen ist?“

„Ja, genau – *diese* Kim.“

„Und was ist mit ihr?“

„Sie verklagt mich.“

„Hat ihr der Zimmerservice des Fünf-Sterne-Hotels nicht gepasst?“, witzelte Stuart und sortierte ein paar Papiere, die vor ihm auf dem Schreibtisch lagen. „Ich glaube kaum, dass die Klage durchkommen wird.“

„Nein.“ J.T. räusperte sich. „Sie ist schwanger und behauptet, dass das Baby von mir ist.“

Stuarts Kopf fuhr hoch, und er fixierte seinen Cousin, der noch immer ziemlich sorglos wirkte. „Was?“

J.T. schnaubte. „Sie ist schwanger und hat mir durch einen Anwalt mitteilen lassen, dass ich der Vater sein soll.“

„Du nimmst mich auf den Arm, oder?“

„Schön wär’s.“ J.T. verdrehte die Augen. „Ich soll nicht nur Unterhalt für das Kind zahlen, sondern bin ihr angeblich eine Abfindung schuldig, weil der Basketballspieler die Verlobung gelöst haben soll.“ Er rümpfte die Nase. „Aus naheliegenden Gründen will ich den Familienanwalt damit nicht behelligen.“

Stuart kniff die Augen zusammen. „Und das nennst du ein kleines *Missverständnis*? Ich dachte, du wärst zu schnell gefahren oder wärst mit einem Joint erwischt worden.“

„Seit dem College rauche ich keine Joints mehr.“

„Stattdessen hast du Vaterschaftsklagen am Hals.“

„Keine Ahnung, von wem sie schwanger ist, aber nicht von mir“, erklärte sein Cousin im Brustton der Überzeugung.

„Und da bist du sicher?“

Ungeduldig klopfte J.T. mit seinen Fingern auf der Armlehne herum. „Sie ist nicht die treuste Seele und ich bin ein großer Verfechter von Kondomen.“

Dass Kondome reißen konnten, wollte er J.T. jetzt nicht sagen, sondern fasste sich an die Stirn. „Scheiße. Ich fürchte, um einen Vaterschaftstest kommst du nicht rum.“

„Das war mir klar.“

„Familienrecht ist nicht gerade mein Fachgebiet, J.T.“

Sein Cousin legte den Kopf schief. „Du machst das schon.“

Er sollte sich um die Vaterschaftsklage an seinem Cousin kümmern? Und die auch noch vor der Familie verheimlichen? Irgendetwas musste er in seinem früheren Leben angestellt haben, weshalb er nun mit solchen Angelegenheiten belästigt wurde. „Warum lässt du das nicht den Anwalt regeln, der Mitchums Scheidung über die Bühne gebracht hat? Der Kerl ist ein zäher Hund.“

„Na klar.“ Abfällig schnaubte J.T. und starrte ihn grimmig an. „Habe ich nicht erwähnt, dass die Familie nichts davon wissen soll?“

„Du hast ein Juraexamen gemacht. Erinnerst du dich nicht an die Vorlesung, in der über die Schweigepflicht geredet wurde?“, warf Stuart sarkastisch ein.

„Scheiß auf die Schweigepflicht. Sobald der Anwalt meines Bruders meine Vaterschaftsklage verhandelt, weiß meine Mutter Bescheid.“

„Na und? Tante Mildred ...“

„Meine Mom würde vor Freude im Dreieck springen, wenn ich sie zur Großmutter mache. Womöglich will sie mir sogar einreden, Kim zu heiraten, eine Familie zu gründen und sesshaft zu werden!“

J.T. klang so entsetzt, als hätte man ihm soeben mitgeteilt, dass er pleite, obdachlos und impotent geworden sei.

Vermutlich hatte er sogar recht, denn Tante Mildred wäre mehr als erleichtert, wenn ihr jüngster Sohn *vernünftig* werden würde, schließlich wurde sie nicht müde, J.T. nette Frauen vorzustellen und ihm die Arbeit im Familienunternehmen schmackhaft zu machen. Seine Tante ging nicht sonderlich subtil vor, was ihren Wunsch betraf, ihren jüngsten Sohn auf den richtigen Weg zu bringen. Stuarts Mom hatte ihm glücklicherweise noch nie irgendwelche Frauen vorgestellt, die sie gerne als zukünftige Schwiegertochter gesehen hätte, aber hin und wieder erwähnte sie Söhne und Töchter ihrer Freundinnen, die soeben geheiratet oder Kinder bekommen hatten – fast so, als wolle sie ihn daran erinnern, nicht zu vergessen, vor einen Traualtar zu treten und sich um Nachwuchs zu kümmern. Stuart glaubte zwar nicht, dass seine Mutter besonders erfreut wäre, wenn eine seiner verflossenen Affären ihn mit einer Vaterschaftsklage konfrontieren würde, aber sie wäre mit großer Sicherheit mehr als glücklich, wenn er eine feste Beziehung eingehen und sie ein weiteres Mal zur Großmutter machen würde.

Weil J.T. nun einmal nicht nur sein Freund und sein Cousin war, sondern – wie es aussah – auch sein Mandant sein würde, sah er sich gezwungen, ihm den Rat zu geben: „Du solltest mit Tante Mildred und Onkel Hank reden, J.T. – für den Fall, dass der Test nicht so ausfällt, wie du denkst."

J.T. sah ihn an, als habe er den Verstand verloren. „Das Kind ist nicht von mir. Es gibt keinen Grund, gleich einen Minivan kaufen zu gehen und in Panik zu verfallen." Er machte eine nichtssagende Handbewegung. „Klär das für mich. Ich bleibe bis Sonntag bei Tante Eleanore. Vielleicht hast du das Ganze bis dahin ja über die Bühne gebracht und ich kann in Ruhe nach Hause fahren."

Seiner Meinung nach könnte J.T. etwas mehr Ernst in die Sache stecken, schließlich war mit einer Vaterschaftsklage nicht zu spaßen, aber er kannte seinen Cousin und dessen lockere Einstellung. Stattdessen fragte er überrascht nach: „Was tust du bei meiner Mom? Du könntest auch bei mir bleiben – oder willst du dich aus naheliegenden Gründen schon einmal daran gewöhnen, mit einer lärmenden Kinderschar am Frühstückstisch zu sitzen?"

Er schnitt eine Grimasse. „Vielen Dank, du Idiot. Zufälligerweise nehme ich mit deiner Mom am kommenden Wochenende an einem Tennisturnier teil. Wir spielen im Doppel. Sie hat mich angerufen und gefragt, ob ich mit ihr spiele."

Stuart runzelte die Stirn. „Sie hat dich gefragt? Warum hat sie mich nicht angesprochen?“

„Vielleicht weil du miserabel Tennis spielst?“ J.T. wirkte vergnügt. „So wie ich es verstanden habe, will Tante Eleanore gewinnen, und dein Aufschlag ist unter aller Kanone.“

Sein Aufschlag war gar nicht schlecht, dennoch witzelte er: „Mag sein, aber dafür werde ich nicht von einem ehemaligen Fußmodel auf Alimente verklagt.“

Sein Cousin besaß Humor. „Touché, auch wenn Kim kein Fußmodel war, sondern für eine Schuhmarke gemodelt hat.“

Stuart war es ziemlich egal, für wen oder was die Ex seines Cousins gemodelt hatte. Mit einem Seufzer erklärte er: „Schick mir die Unterlagen rüber. Ich sehe mal, was ich machen kann.“

„Danke, Alter, auf dich ist Verlass.“

„Warte mit dem Dank, bis du meine Rechnung siehst.“

„Du wirst mich schon nicht ruinieren.“ In aller Seelenruhe griff J.T. nach seinem Handy und erklärte fast schon nebenbei: „Meinetwegen können wir auch eine Abmachung treffen – wenn du mal wieder Hilfe bei einer Frau brauchst, mache ich sie dir klar. Wir beide wissen ja, dass das nicht deine Stärke ist.“

Und J.T.s Stärke war es, Scheiße zu reden. „Keine Sorge, Cousin. Sollte ich jemals deine Hilfe bei einer Frau brauchen, dann geht es wirklich zu Ende mit mir.“

***

Lauren war keine große Köchin und hatte nach Tagen wie dem heutigen keine Lust, einkaufen zu gehen und anschließend in der Küche zu stehen, um etwas zu kochen. Daher setzte sie sich lieber in ihr Auto und fuhr ein paar Meilen, um ihr Stammlokal aufzusuchen, in dem sie einen Cheeseburger aß oder einen Hühnchensalat bestellte, den sie mit nach Hause nahm und dort auf der Couch aß. Das beliebte Restaurant, das über genügend Sitzplätze, eine Bar und sogar drei Billardtische verfügte, befand sich direkt an der Landstraße und war bequem zu erreichen. Seit Lauren in Connecticut wohnte, war sie schon mehrmals hergekommen. Oft traf sie sich hier auch mit Patty.

Heute war sie jedoch alleine hier und würde nur etwas mitnehmen, weil sie keine Lust darauf hatte, ohne Begleitung an einem der Holztische zu sitzen, während um sie herum Familie, Paare und Freunde saßen.

Lauren hasste Tage, an denen sie Tiere einschläfern musste. Ja, es mochte ein Segen sein, Tieren die Schmerzen zu nehmen, aber trotzdem war es traurig, und sie fühlte jedes Mal mit den Besitzern mit, die ihren besten Freund und ein Familienmitglied verloren. Deshalb brauchte sie heute ein wenig Ablenkung in Form eines netten Abendessens, einer Familienpackung Eiscreme und eines Films.

Sie blätterte gerade durch die Speisekarte, als sich jemand neben sie stellte und eine vertraute Stimme erklärte: „Stalken Sie mich, Lauren?“

Beinahe hätte sie die Speisekarte fallen gelassen. Erschrocken drehte sie sich zur Seite und erblickte Stuart Ashcroft, dessen blondes Haar zerzaust und dessen weißes Hemd an den Ärmeln hochgekrempelt waren.

Ihr fiel nichts Besseres ein als: „Was machen Sie denn hier?“

„Das wollte ich eigentlich Sie gerade fragen.“

„Warum?“

„Weil Sie komischerweise immer da auftauchen, wo ich gerade bin.“

Sie klappte die Speisekarte zu und schnaubte, während sie ihm einen ironischen Blick schenkte. „Merkwürdig, denn das wollte ich auch gerade sagen.“

Er lachte hell auf. „Das hätte ich jetzt auch gesagt.“

Beide sahen sie sich an, und Lauren fiel auf, dass es schwer war, die Augen von ihm zu nehmen. Eine innerliche Unruhe ergriff sie, während seine hellbraunen Augen über ihr Gesicht glitten. Seit der Teeparty vor einigen Tagen ertappte sie sich hin und wieder dabei, an ihn zu denken. An Stuart Ashcroft. Irgendetwas konnte mit ihr nicht stimmen, denn der Mann war aufgeblasen und ziemlich selbstverliebt – ein erfolgreicher Geldaristokrat, wie er im Buche stand.

Die Sache war nur, dass er gleichzeitig witzig sein konnte und dass man in seiner Gegenwart Spaß hatte. Außerdem war er klug und geistreich. Wenn er lediglich ein arroganter Schnösel gewesen wäre, hätte Lauren kein Problem damit gehabt, ihn zu ignorieren.

Da Angriff die beste Verteidigung war, hob Lauren die Nase und erklärte: „Ich wollte mir nur schnell etwas zu essen besorgen und mit nach Hause nehmen. Und was tun Sie hier?“

„Vielleicht wollte ich mir auch nur schnell etwas zu essen besorgen.“

„Das glaube ich Ihnen nicht.“ Lauren musterte ihn kritisch. „Das Lokal passt überhaupt nicht zu Ihnen.“

Schon wieder machte er nicht den Eindruck, vor den Kopf gestoßen zu sein, sondern fragte neugierig nach: „Dann sagen Sie mir doch, was zu mir passt, Lauren."

Sie antwortete mit einer Gegenfrage und machte gleichzeitig einem anderen Gast Platz, der mit einem vollen Bierglas an ihr vorbeilief. „Würden Sie sich hier etwa auf ein Date mit einer Frau treffen?"

Seine Mundwinkel zuckten. „Wer sagt denn, dass ich gerade kein Date habe?"

Lauren rümpfte die Nase und wollte nicht darüber nachdenken, warum ihr die Vorstellung, dass Stuart Ashcroft ein Date mit einer anderen Frau hatte, gegen den Strich ging. „Ist dieses Lokal nicht etwas zu provinziell? Wie wollen Sie eine Frau mit Cheeseburgern und Bier beeindrucken?"

Lachend lehnte er sich gegen die Theke. „Lauren, um eine Frau zu beeindrucken, brauche ich nur meinen Charme. Alles andere ist unwichtig."

Seine Augen, sein Lächeln und seine Grübchen unterstrichen seine Aussage, aber er musste ja nicht wissen, dass auch sie nicht so unempfänglich gegenüber seinem Charme war, wie sie es vorgab, zu sein.

Möglichst lässig und geschäftsmäßig machte sie eine knappe Handbewegung. „Tja, ich will Sie wirklich nicht von Ihrem Date abhalten. Versprühen Sie Ihren Charme lieber ..."

„Warum bestellen Sie sich nicht etwas zu essen und setzen sich zu mir?"

Ihre Augenbrauen fuhren in die Höhe. „Ich soll mich zu Ihnen und zu Ihrem Date setzen?"

Seine Augen blitzten auf. „Mein Date ist ziemlich betrunken, hat mich schon vor ein paar Minuten im

Stich gelassen und flirtet gerade mit einer der Kellnerinnen, während ich einsam am Tisch sitze."

Wollte er sie etwa auf den Arm nehmen? „Was?"

„Mein *Date* ist fünf Kilogramm schwerer als ich, hat auf dem College Rugby gespielt und hört auf den Namen J.T. – außerdem ist er mein Cousin."

Beinahe hätte sie gelacht. „Sie haben wirklich merkwürdige Vorlieben, Mr. Ashcroft."

Er stöhnte mitleiderregend. „Stuart, Lauren. Ich heiße Stuart. Ich finde, wir sollten einander beim Vornamen nennen, wenn wir schon über meine merkwürdigen Vorlieben diskutieren."

Bevor sie etwas hätte antworten können, hob er den Kopf und nickte jemandem hinter der Bar zu. „Sie sitzt bei uns am Tisch, Carl."

„Bin in fünf Minuten zur Bestellung da", entgegnete jemand.

Lauren sah in das lächelnde Gesicht ihres Gegenübers. „Ich habe nicht gesagt, dass ich mich zu Ihnen setze, *Stuart*."

„Sie haben aber auch nicht gesagt, dass Sie sich nicht zu mir setzen, Lauren. Kommen Sie mit", bat er gutmütig. „Carl würde es mir in den nächsten zehn Jahren ständig aufs Brot schmieren, dass Sie mich abblitzen lassen."

Ohne groß darüber nachzudenken, griff Lauren nach ihrem Rucksack und ließ sich von ihm zu einem Nischentisch führen, um sich dort auf einer der Holzbänke zu setzen. Vielleicht war es wirklich nicht so schlecht, den Abend nicht völlig allein zu verbringen. Und die DVD lief ihr schließlich nicht weg. „Sie kennen den Besitzer?"

Stuart setzte sich ihr gegenüber hin und schob eine kleine Schüssel mit Erdnüssen über den Tisch. Ausgehungert, wie sie war, griff sie sofort danach und war für den salzigen Geschmack auf ihrer Zunge dankbar.

Er trank einen Schluck Bier und erklärte anschließend leichthin: „Ich kenne Carl seit Ewigkeiten. Er hat mir meinen ersten Sommerjob gegeben, als ich sechzehn war. Acht Wochen lang durfte ich Tische abräumen und Geschirr spülen."

Prompt verschluckte sich Lauren an einer der Erdnüsse und hustete wenig damenhaft. „Sie haben hier *gearbeitet*?"

„Geht es Ihnen nicht gut?" Er schob ihr sein Glas zu. „Trinken Sie lieber einen Schluck."

Obwohl Lauren Bier nicht unbedingt mochte, setzte sie das Glas an die Lippen, um einen kleinen Schluck zu nehmen, schließlich kratzte es in ihrem Hals furchtbar.

„Danke." Sie leckte sich einen Tropfen von der Unterlippe. „Haben Sie wirklich hier gearbeitet?"

„Mein erster Ferienjob." Er zwinkerte ihr zu. „Von dem Geld habe ich mir eine schrottreife Motocrossmaschine gekauft, die zur Freude meiner Mom nach einem Tag auseinanderfiel."

„Sie nehmen mich doch wohl auf den Arm."

„Mit den Sorgen einer Mutter würde ich niemals scherzen."

Lauren verdrehte die Augen. „Sie wissen genau, was ich meine. Sie sind Stuart Ashcroft und haben sicherlich nicht hier gearbeitet."

Er legte den Kopf zurück und schaute zu dem breitschultrigen Mann hoch, der gerade an den Tisch trat, um ihre Bestellung aufzunehmen. „Hey, Carl. Die Lady will mir nicht glauben, dass ich hier bei dir mal gearbeitet habe."

„Erinnere mich nicht daran", brummte der beinahe glatzköpfige Besitzer, als er sich die Hände an einem Handtuch abtrocknete. „Es hat mich ein halbes Vermögen gekostet, das Geschirr zu ersetzen, das du damals ständig hast fallen gelassen. Für mich war es ein Verlustgeschäft."

„Ja, ja ... ich weiß, dass du mich wie einen Sohn liebst." Verschwörerisch zwinkerte Stuart ihr zu. „Er trauert mir immer noch hinterher."

Lauren sagte nichts, konnte sich dem Lächeln jedoch nicht erwehren, das sich auf ihrem Gesicht Bahn brach.

Eine Antwort blieb ihm auch der andere Mann schuldig und brummte stattdessen: „Was darf's denn sein?"

„Eine Limo und einen Bacon-Cheeseburger."

„Mach zwei draus", bat Stuart.

Als sie wieder allein waren und Carl verschwunden war, legte Stuart den Kopf schief. „Eine Frau, die Bacon-Cheeseburger isst – das klingt ganz nach meinem Geschmack."

Lauren lehnte sich zurück und lächelte zuckersüß. „Nicht so schnell, wir waren an dem Punkt stehen geblieben, an dem Sie mir erklären wollten, warum Sie hier gearbeitet haben."

Er zuckte mit den Schultern und griff nach einem Bierdeckel. „Es war Sommer, ich wollte diese Motocrossmaschine haben und brauchte Geld."

Er brauchte Geld? Das klang so abstrus, dass sie fast gelacht hätte, denn wenn eines sicher war, dann dass seine Familie in Geld schwamm. Sie war mehrmals an dem parkähnlichen Anwesen seiner Familie vorbeigefahren, das man von der Straße nicht einmal sehen konnte, weil es auf einem riesigen Grundstück stand und nur durch die Privatstraße zu erreichen war. Und wer kannte nicht Ashcroft Enterprise – das Unternehmen seiner Familie?

„Reichte Ihr Taschengeld nicht aus?"

„Für eine Motocrossmaschine? Ganz sicher nicht!" Schmunzelnd hakte er nach: „Hatten Sie denn nie Sommerjobs, Lauren?"

„Doch, aber meine Eltern heißen auch nicht Ashcroft." Fast schon entschuldigend hob sie die Hände in die Höhe. „Mein monatliches Taschengeld reichte für einen Kinobesuch, ein paar Zeitschriften und einen Milchshake aus."

„Sie Glückliche – bei mir waren Milchshakes leider nicht drin."

„Aber sicher", spottete sie.

„Glauben Sie es ruhig, meine Eltern waren streng, was das Taschengeld meiner Geschwister und von mir anging. Große Sprünge konnten wir uns damit nicht leisten."

Lauren verdrehte die Augen. „Was verstehen Sie denn unter *großen Sprüngen*?"

Gutmütig lachte er. „Halten Sie mich etwa für einen Bonzen? Ich sitze hier, trinke Bier und esse mit Ihnen einen Bacon-Cheeseburger."

„Außerdem fahren Sie einen protzigen Sportwagen und nehmen an Polospielen sowie Teegesellschaften teil", erinnerte sie ihn freundlich.

Ebenso freundlich erinnerte er sie: „Sie waren doch bei diesen Polospielen und Teegesellschaften ebenfalls dabei, Lauren.“

Irritiert sah sie ihn an. „Das ist doch etwas völlig anderes.“

„Ach? Wieso das denn?“

Die lockere Geste, mit der er die Arme vor der Brust verschränkte, lenkte sie für einen kurzen Moment ab, weil ihre Aufmerksamkeit den kräftigen Armmuskeln galt, die bei dieser Bewegung allzu deutlich zu sehen waren. Lauren suchte nach Worten und zwang sich dazu, ihm ins Gesicht und nicht auf die Arme zu sehen. „Natürlich ist es etwas anderes! Mich hatte Mrs. Grishon zu ... zu der Teegesellschaft eingeladen und ich wollte Geld für die Fürsorgeeinrichtung spenden.“

Mit der rechten Hand rieb er sich über das Kinn. „Kommt mir bekannt vor. Ich war nämlich auch eingeladen und wollte Geld für die Kinder spenden.“

„Ja, aber ...“ Sie brach ab. „Und was ist mit dem Polospiel?“

„Was soll damit sein? Mich haben sie gefragt, ob ich für den guten Zweck mitspiele – und was ist Ihre Entschuldigung?“

Sie kam sich plötzlich schrecklich kleinlich und fast schon zickig vor, also verzog sie den Mund und witzelte: „Ich war nur da, um mir Männer in Reithosen anzusehen.“

Ihr Kommentar schien ihn zu überraschen, weil er mit großen Augen auflachte. „Lauren, sagen Sie mir nicht, dass Sie mir auf den Arsch gestarrt haben, während ich für den guten Zweck im Sattel saß.“

„Ich sage gar nichts.“ Sie nahm dankbar das Glas Limonade an, das Carl vor sie auf den Tisch stellen wollte, und nippte daran. „Außerdem schaue ich Männern nicht auf den Arsch.“

Er zwinkerte ihr zu. „Dann sollten Sie meinen mal sehen – ohne Hosen. Danach ändern Sie Ihre Meinung.“

Nun war es an ihr, aufzulachen. Gleichzeitig merkte sie, dass ihre Wangen wärmer wurden und es in ihrem Magen zu rumoren begann – jedoch nicht vor Hunger. „Das sagen sie alle“, erwiderte sie mit einem übertriebenen Seufzen. „Nur die wenigsten halten, was sie versprechen.“

„Na dann.“ Stuart schnalzte mit der Zunge. „Für mich klingt das, als müssten wir die Probe aufs Exempel machen. Soll ich hier die Hosen herunterlassen oder brauchen wir dafür einen privateren Rahmen?“

Lauren wusste nicht, warum sie zu kichern begann. „Sie wollen hier die Hosen herunterlassen? Das gäbe sicherlich Hausverbot auf Lebenszeit!“

„Also wollen Sie sich mit mir in mein Auto verkrümeln?“

Sie senkte die Stimme und lehnte sich über den Tisch. „Ich habe eine bessere Idee, Stuart – Sie verschwinden auf der Toilette und schießen ein Foto von Ihrem Allerwertesten.“ Hatte sie das gerade wirklich gesagt? Allem Anschein nach hatte sie einen Schlag auf den Kopf bekommen.

„Warum sagen Sie denn nicht gleich, dass Sie ein neues Hintergrundbild für Ihr Handy haben wollen.“ Er zog das Handy aus seiner Hosentasche und machte Anstalten, sich zu erheben. „Ich bin sofort zurück.“

Lachend schüttelte sie den Kopf und legte ihre Hand auf seinen nackten Unterarm.

Bevor es zu weiteren Diskussionen über nackte Hintern kommen konnte, stellte Carl ihnen zwei Teller mit Burgern vor die Nase. Jedoch kam sie noch nicht einmal dazu, sich eine Pommes zu stibitzen, weil sich plötzlich jemand neben sie setzte.

„Hi."

Lauren war verwirrt, als sich ein anderer Mann neben sie auf die Sitzbank quetschte, vertraulich nah an sie rückte und ihr ins Gesicht sah. Automatisch erwiderte sie: „Hi."

„Lauren, das ist J.T. – mein Cousin", gab Stuart zähneknirschend von sich. „J.T., das ist Lauren. Und du bist unerwünscht. Hau ab."

Der Geruch nach Bier und Schnaps wehte ihr ins Gesicht, als der Unbekannte erklärte: „Belästigt dich mein Cousin etwa, Schätzchen?"

Schätzchen? „Nein, tut er nicht."

„Bist du sicher?"

Stuart grollte: „J.T., verzieh dich."

Eher neugierig betrachtete Lauren die Cousins, die nicht von schlechten Eltern waren und beide auf ihre Art äußerst gut aussehend waren. Doch nur einer war betrunken, auch wenn man es ihm kaum ansah. Weder lallte er noch wirkten seine Bewegungen unkoordiniert, jedoch schien er Probleme damit zu haben, sie zu fixieren. Von seiner Übergriffigkeit ganz zu schweigen.

Geradezu großspurig fuhr sich der Neuankömmling durchs Haar und starrte Lauren musternd an, bevor er ihr einen Arm über die Schulter legte und sie dabei an sich zog. Innerlich erstarrte sie und hielt die Luft an. Davon schien der Betrunkene jedoch nichts zu merken.

„Mein Cousin ist ein schrecklicher Spießer, der früh ins Bett gehen wollte, weil er morgen früh arbeiten muss. Wie sieht's aus? Sollen wir beide um die Häuser ziehen, Lauren?“

Sie hatte das Gefühl, in der Falle zu sitzen und keine Luft mehr zu bekommen. Hilflos sah sie über den Tisch hinweg zu Stuart, der eindeutig genervt war und seinen Cousin ansah, als würde er ihn liebend gerne verdreschen. Die Situation war im Grunde harmlos, trotzdem wollte sie einfach nur noch weg.

Also stieß sie seinen Arm von ihrer Schulter, der immer schwerer geworden war, und schubste den betrunkenen Mann förmlich von der Bank, bevor sie eilig nach ihrem Rucksack griff und aus der Nische rutschte. Das undeutliche Gemurmel, das J.T. ausstieß, als er beinahe auf seinem Hosenboden gelandet wäre, ignorierte sie und schaute stattdessen in Stuarts verwunderte Miene.

„Ich ... ich muss gehen. Wir sehen uns.“

5. Kapitel

„O Mann! Ich trinke nie wieder Alkohol."

Stuart betrachtete seinen völlig verkaterten Cousin, den er in der letzten Nacht unter Mühen nach Hause geschafft hatte, und schnitt eine Grimasse. Wenn es nicht so mühselig gewesen wäre, einen Gartenschlauch durch das gesamte Haus zu zerren, hätte er J.T. gerne eine Dusche verpasst. Der Idiot hatte sich gestern so abgeschossen, dass er heute Morgen einen miserablen Eindruck machte.

Um ehrlich zu sein, sah er so aus, wie es Stuart nicht einmal seinem ärgsten Feind wünschte.

Eigentlich hatte er seinen Cousin mit nach Manhattan nehmen wollen, um seiner Mom den Anblick ihres betrunkenen Neffen zu ersparen, aber dann hatte er befürchtet, dass J.T. sein Auto vollkotzen würde. Also hatte er ihn doch in sein Elternhaus gebracht und war gleich selbst dortgeblieben, weil er keine Lust gehabt hatte, mitten in der Nacht von Connecticut bis nach Manhattan zu fahren.

Jetzt lag J.T. nackt, stöhnend und stinkend auf dem Bett und hielt sich ein Kissen vor das Gesicht, weil Stuart die Vorhänge nicht zugezogen hatte. Seiner Meinung nach durfte sein Cousin ruhig etwas leiden nach allem, was er sich am vergangenen Abend geleistet hatte.

„Das sagst du jetzt. Spätestens in ein paar Tagen trinkst du eh wieder."

„Erschieß mich einfach", stöhnte J.T. erbärmlich.

Obwohl Stuart selbst bereits diverse Kater erlebt hatte, fühlte er kein großes Mitleid in sich aufsteigen.

„Damit *ich* mit meiner Mom im Doppel spielen muss? Kommt gar nicht infrage."

„Dann lass es wie einen Selbstmord aussehen. Und sorg auf meiner Beerdigung für gute Stimmung. Ich will nicht vom Himmel auf deprimierte Trauergäste schauen."

Stuart schnaubte abfällig. „Vom Himmel? Ich glaube ja eher, dass du in die Hölle kommst."

„Vermutlich", krächzte J.T. undeutlich. „Auf jeden Fall gibt es ein paar Frauen, die mich bereits zum Teufel gewünscht haben."

„Nicht nur Frauen", betonte Stuart und ging zu einem der Fenster, von denen man in den weitläufigen Garten sehen konnte, um es zu öffnen. „Du hast dich gestern wie ein Idiot aufgeführt."

Wieder erklang ein Stöhnen vom Bett aus. „Was habe ich getan?"

„Kannst du dich nicht erinnern?"

„Ich kann mich nur an Tequila erinnern. Viel Tequila." Er klang, als müsste er würgen. „Und an zwei blonde Schwestern, mit denen ich Billard spielen wollte." J.T. lugte aus dem Gewirr von Decken und Kissen heraus. „Bitte sag mir nicht, dass ich mit den beiden Sex hatte und mich nicht mehr an diesen Dreier erinnern kann!"

Stuart verdrehte die Augen. „Du warst gestern nicht einmal mehr in der Lage, dich anzuschnallen und ohne Hilfe aus dem Auto zu steigen. Nichts für ungut, J.T., aber wenn du in dem Zustand einen hochbekommen hättest und in der Lage gewesen wärst, es gleich mit zwei Frauen aufzunehmen, dann wärst du ab sofort mein ganz persönlicher Held."

„Red bitte etwas leiser“, flehte sein Cousin. „Mein Schädel explodiert gleich.“

„Das wäre gar nicht schlecht.“ Missmutig sah Stuart aufs Bett. „Anstatt dich dermaßen abzuschießen, solltest du dich lieber auf diese Vaterschaftsklage konzentrieren.“

„Du klingst wie meine Mom.“

Darauf antwortete Stuart gar nicht, sondern erklärte mit einem Anflug von Zorn: „Du hast dich in Gegenwart der Frau, mit der ich gestern geredet habe, wie ein Riesenarschloch verhalten.“

Sein Cousin seufzte schwer. „Habe ich dir eine Nummer versaut?“

Stuart versetzte grimmig: „Du hast die Frau vergrault, die ich um ein Date bitten wollte.“

„Die Rothaarige?“

„Ja, ihr Name ist Lauren.“

„Scheiße“, murmelte J.T. niedergeschlagen. „Dumm gelaufen – entschuldige.“

„Kein Problem“, entgegnete Stuart mit diabolischem Unterton und bekam nun doch ein bisschen Mitleid mit seinem Cousin. Nun ja – fast. „Ich mache mich jetzt auf den Weg zur Arbeit. Amy erwartet dich in zwanzig Minuten unten.“

Das Bettzeug raschelte, als der Kopf seines Cousins auftauchte und er verdattert wissen wollte: „Was? Wovon sprichst du?“

„Du solltest dich lieber duschen, J.T. Du stinkst nämlich erbärmlich. Ach, Patrick lässt ausrichten, dass er dir für deine Bereitschaft zum Babysitting dankt. Die Zwillinge sind zwar ziemlich anstrengend, aber das kriegst du sicherlich spielend hin.“

Bevor J.T. etwas hätte erwidern können, ließ Stuart ihn allein und schlug die Tür hinter sich zu – einfach, weil sein Cousin einen Brummschädel hatte. Er wünschte ihm einen langen Tag mit seinen Neffen und hoffte, dass seine Mom den Idioten die Windeln wechseln lassen würde, schließlich verfügten die Zwillinge über eine reibungslose Verdauung.

Da Stuart noch etwas zu erledigen hatte, fuhr er nicht sofort nach New York, sondern machte einen kleinen Abstecher zu Laurens Tierarztpraxis. Anscheinend hatte sie gerade Sprechstunde, weil das Wartezimmer voller Tierbesitzer war, die zusammen mit ihren Lieblingen darauf warteten, an die Reihe zu kommen.

Brav stellte sich Stuart an die unbesetzte Rezeption, sah sich um und stellte fest, dass Dr. Lauren McPherson eine beliebte Tierärztin zu sein schien, denn ihr Wartezimmer wäre mit Sicherheit nicht dermaßen voll gewesen, wenn sie die Tiere schlecht versorgen würde. Er entdeckte diverse Hunde, Katzen, die in Käfigen saßen und miauten, und ein paar Exoten wie einen Papagei und sogar ein Hausschwein, das neben seinem Frauchen auf dem Boden saß und eine frappierende Ähnlichkeit zu dem Filmschwein namens Babe hatte. Angesichts der freundlichen Miene des kleinen Schweinchens lag Stuart der Frühstücksspeck plötzlich schwer im Magen. Bevor er auf die Idee kommen konnte, Veganer zu werden, wandte er den Blick ab und fühlte sich von dem hechelnden Mops beobachtet, dessen Augen leicht glupschig aussahen und dessen Zunge fast handtellergroß wirkte.

Unbehaglich stieg Stuart von einem Bein auf das andere, weil der asthmatisch hechelnde Hund ihn unvermindert anstarrte. Einen Moment lang überlegte Stuart, wie merkwürdig es wäre, einen Mops daheim zu haben und mitten in der Nacht von dem durchaus lauten Hecheln geweckt zu werden.

Glücklicherweise ging die Tür zum Untersuchungszimmer auf, ehe Stuart noch Paranoia entwickelte.

„Cherry sollte in den nächsten drei Tagen Schonkost bekommen. Und vergessen Sie die Kohletabletten nicht, damit der Durchfall besser wird." Lauren trat zusammen mit einer älteren Dame und einem schokoladenbraunen Labrador aus der Tür heraus und sah für Stuarts Geschmack überhaupt nicht wie eine Tierärztin aus. Nein, sie sah zum Anbeißen aus.

Turnschuhe, enge Jeans, ein kariertes Hemd und eine Frisur, mit der ihr geflochtenes, rotes Haar hochgebunden war. Dazu kam ein Lächeln, das die Besitzerin des Labradors wohl beruhigen sollte und ihm durch und durch ging. Selbst gestern Abend hatte er sie bezaubernd gefunden – trotz der Augenringe und des weiten Pullovers. Und jetzt dieses Lächeln ...

Stuart war hin und weg.

Das galt nicht für Lauren, deren Lächeln erstarb, als sie ihn entdeckte. Davon ließ er sich jedoch nicht ins Bockshorn jagen, sondern blieb stehen, wo er war, und verfolgte, wie sie die Hundebesitzerin verabschiedete, ein paar Papiere unterschrieb und sie der Sprechstundenhilfe gab, die zusammen mit ihr aus dem Raum gekommen war und sich nun hinter die Rezeption setzte, von wo aus sie ihn erwartungsvoll ansah.

Auf die stumme Frage antwortete er mit dem charmantesten Lächeln, zu dem er fähig war: „Ich würde gerne mit Dr. McPherson sprechen."

Eigentlich hatte er mit Abwehr gerechnet, aber Lauren protestierte nicht, sondern nahm den nächsten Patienten in Empfang – den hechelnden Mops.

Dessen Besitzer blieb mit bleichem Gesicht im Wartezimmer sitzen und raunte nervös: „Wenn es Ihnen nichts ausmacht, Dr. McPherson, dann würde ich lieber wieder draußen warten."

„Keine Sorge, ich kümmere mich gut um Archie", versprach sie lächelnd und schaute Stuart plötzlich auffordernd mit ihren grünen Augen an. „Kommst du?"

Er brauchte einen Moment, um zu realisieren, dass sie ihn mit ins Untersuchungszimmer nehmen und tatsächlich mit ihm reden wollte. Bevor sie ihre Meinung ändern konnte, lief er ihr hinterher und schloss die Tür, sodass sie beide ungestört waren – vom Mops Archie einmal abgesehen, der sich mit einem furchtsamen Zittern an der Wand verstecken wollte.

„Was machst du so früh in Connecticut? Wohnst du nicht in New York?"

„Ich ... ich habe im Haus meiner Familie übernachtet", erwiderte er abgelenkt, weil sie sich bückte, um den Mops hochzunehmen und auf den glänzend polierten Untersuchungstisch zu setzen, bevor sie nach einem Paar Handschuhe griff und sich diese überstreifte.

Lauren sah dem Mops in die Ohren, in die Augen, öffnete sein Maul und hörte ihn ab, während Stuart danebenstand und nicht genau wusste, was er hier tat. Er seufzte schwer: „Hör mal, Lauren, wegen gestern

Abend ... ich wollte mich für meinen Cousin entschuldigen. Er ..."

„Kannst du dich nach vorne stellen und Archie am Halsband festhalten?", unterbrach sie ihn und ging überhaupt nicht auf seine Entschuldigungstirade ein.

Mit gerunzelter Stirn kam er ihrem Wunsch nach, hielt den Mops fest und suchte nach passenden Worten, um sich für J.T.s unmöglichen Auftritt am gestrigen Abend zu entschuldigen. Er hatte gespürt, wie unangenehm ihr das übergriffige Verhalten seines Cousins gewesen war, und hätte die Situation am liebsten geklärt, jedoch war sie so schnell aufgesprungen und verschwunden, dass er dafür gar keine Gelegenheit gefunden hatte. Dabei hatten sie gerade extrem viel Spaß miteinander gehabt, und Stuart hatte gemerkt, dass sie ihm gegenüber merklich aufgetaut war.

Wenn J.T. nicht so einen erbärmlichen Eindruck gemacht hätte, hätte Stuart ihn gerne in den Hintern getreten oder ihm ein paar Zähne eingeschlagen.

„Ich weiß, es ist keine Entschuldigung, aber J.T. hatte ein bisschen zu viel getrunken. Eigentlich ist er ein umgänglicher Typ und hat es gestern nicht so gemeint, wie es rüberkam."

„Mhm."

Stuart sah an die Decke des Raumes und überlegte, was er noch sagen konnte, um Lauren milde zu stimmen. „Vielleicht ist es dir ein Trost, dass er heute den schlimmsten Kater seit Jahren hat und mich bereits darum bat, ihn zu erschießen."

„Vielleicht."

Seine Mundwinkel zuckten, als er den Blick wieder nach unten senkte. „Glaub mir, er ..." Entsetzt stockte er. „Was tust du denn da?"

Ihre Stimme klang nach einem Schmunzeln. „Wonach sieht es denn aus?"

Seine Augenbrauen schossen in die Höhe, als er krächzte: „Willst du etwa, dass ich es laut ausspreche?!"

„Himmel, Stuart ..." Lauren schien jeden Moment lachen zu müssen. „Schau weg, wenn du so zimperlich bist."

Er schluckte schwer und wusste nicht, ob er ebenfalls lachen, aus dem Raum stürzen oder kotzen sollte. Jetzt verstand er auch, woher der abartige Geruch kam, der ihm seit ein paar Sekunden in der Nase kitzelte. „Ich bin nicht zimperlich, aber ... aber ..."

Wie die Ruhe selbst verkündete sie, während sie den Stummelschwanz des hechelnden Hundes in die Höhe zog und dem armen Kerl am Hintern herumdrückte: „Archie hat Probleme mit den Analdrüsen. Deshalb müssen sie manuell alle paar Wochen ausgedrückt werden."

Stuart spürte, wie sein Gesicht seine Farbe verlor.

Lauren musste ihn und seine Gesichtsfarbe beobachtet haben, weil sie schnaubte und erklärte: „Wenn du umkippst, sag mir vorher Bescheid."

Er konnte nicht glauben, was hier passierte, während er dabei war.

Analdrüsen?

Das war doch ein schlechter Scherz!

Panisch sah er in das mopsige Gesicht des Hundes und verstand jetzt auch das hektische Hecheln des armen Kerls. Archie hatte allem Anschein nach gewusst, was ihn erwartete. Und das war auch der Grund, weshalb sein Besitzer lieber draußen geblieben war – und weshalb Lauren ihn mit nach drinnen gebeten hatte. „Das ist Folter", beschwerte er sich und kniff die Augen zusammen. „Es sieht nach Tierquälerei aus."

„Unsinn, dadurch geht es Archie besser."

Stuart bezweifelte stark, dass es dem Hund dadurch besser ging, dass seine Tierärztin an seinem Hintern herumdrückte. Wieder schauderte er.

„Woher willst du das wissen? Hat Archie es dir verraten?"

„Stuart ..."

„Der arme Kerl", murmelte er inbrünstig.

„Das ist noch gar nichts. Heute Nachmittag kastriere ich eine Bulldogge."

„Lauf, Archie", flüsterte er dem Mops halblaut zu und hielt die Augen noch immer geschlossen. „Lauf, bevor sie dich auch entmannen will."

„Spinner." Sie lachte glucksend auf. „Du bist herzlich eingeladen, dabei zuzuschauen."

„Nur über meine Leiche." Er schüttelte rigoros den Kopf. „Ich bin ein Mann, und alleine aus Loyalitätsgründen darf ich nicht zusehen, wie du einen Geschlechtsgenossen drangsalierst."

„Ich bin fertig, Stuart. Du kannst die Augen also wieder öffnen."

***

Lauren betrachtete Stuart, der mit einer Todesverachtung den Mops an seinem Halsband festhielt, dessen Gesichtsfarbe eine grüne Note angenommen hatte und der vermutlich am liebsten die Beine in die Hände genommen hätte, um das Untersuchungszimmer so schnell wie möglich zu verlassen.

Sein Gesichtsausdruck, als sie das Wort Analdrüse ausgesprochen hatte, war Gold wert gewesen.

Eigentlich stellte er sich weitaus weniger zimperlich an, als sie es vermutet hatte. Tatsächlich war sie davon ausgegangen, dass er würgend das Weite suchen würde, jedoch stand er immer noch am Kopf des Untersuchungstisches und ging sogar dazu über, den Kopf des Hundes zu streicheln. Wie es aussah, hatte sie ihn unterschätzt. Er war aus härterem Holz geschnitzt, als sie gedacht hatte. Sogar die meisten Hundebesitzer zogen es vor, draußen zu warten, wenn es ans Eingemachte ging, aber Stuart blieb auf seinem Posten – und das bei einem völlig fremden Hund.

Wenn er nicht schon wieder einen geschäftsmäßig aussehenden Anzug getragen hätte, hätte sie ihn glatt für einen Tierbesitzer halten können, aber so kam er ihr in ihrer Welt fremd vor. Sogar gestern Abend hatte er einen Anzug getragen, auch wenn er die Hemdsärmel hochgekrempelt hatte. Konnte der Mann nicht ein einziges Mal zu Jeans und T-Shirt greifen?

Konnte er nicht normal aussehen und nicht wie einer dieser Schnösel?

Ohne den Sportwagen, den Anzug und das ganze Drumherum war Stuart womöglich ein netter, lustiger Kerl, mit dem man Spaß haben konnte, aber so konnte

Lauren nur daran denken, dass er zu den Menschen gehörte, die sie unerträglich fand.

Schweigend machte sie den Untersuchungstisch sauber und dachte an den gestrigen Abend, der damit geendet hatte, dass sie beinahe geflohen war. Heute Morgen war sie sich schrecklich albern vorgekommen, aber gestern Abend hatte sie nicht anders gekonnt, als so schnell wie möglich das Weite zu suchen. Dass Stuart hier war, um sich für seinen Cousin zu entschuldigen, rechnete sie ihm zwar an, aber gleichzeitig wünschte sie sich, dass er nicht gekommen wäre, denn er machte sie nervös.

„Machst du das öfter? Vor Männern, mit denen du flirtest, über Kastrationen zu reden? Plötzlich merke ich, dass ich mich in deiner Gegenwart nicht mehr sicher fühle."

Lauren hob den Blick und streifte die Handschuhe ab, die sie in den kniehohen Mülleimer gleich hinter sich warf. „Ich dachte, du wärst hier, um dich zu entschuldigen", entgegnete sie und griff nach dem Desinfektionsspray, das sie auf den Tisch stellte. „Von Flirten habe ich kein Wort gesagt."

„Und was war das, was wir gestern gemacht haben?"

Schulterzuckend wollte sie Archie vom Tisch heben, als er ihr eine Hand auf den Arm legte.

Sie begegnete seinem Blick und merkte, wie ihr Herz schneller zu schlagen begann. Nichtsdestotrotz klang ihre Stimme gelassen. „Ich kann nicht für dich sprechen, aber ich wollte nur etwas zu essen bestellen."

„Du hast vorgeschlagen, dass ich ein Foto meines Hinterns für dich machen sollte." Nachdrücklich sah er sie an. „In meiner Welt nennt man das Flirten, Lauren."

„Nimm nicht alles so ernst, was ich sage." Sie schob seine Hand beiseite und hob Archie von dem Untersuchungstisch hinunter. Fröhlich sprang der kleine Kerl durch das Zimmer und drehte sich vor lauter Erleichterung, der Untersuchung entkommen zu sein, mehrmals um sich selbst.

Von ganz allein lächelte sie.

Stuart hingegen hockte sich hin und kraulte Archie den Kopf, was der Mops sichtlich zu genießen schien, weil er sich gegen sein Hosenbein lehnte. „Auch wenn du es nicht glaubst, aber ich nehme alles ernst, was du sagst, Lauren. Insbesondere dann, wenn wir nett beieinandersitzen und du mich anlächelst."

Seufzend verschränkte sie die Arme vor der Brust, während sie sich gegen den Untersuchungstisch lehnte. Sie wollte, dass er ging. Außerdem wollte sie, dass er blieb, weil ... Nun, darüber wollte sie sich lieber keine Gedanken machen. Ihrer Meinung nach schlich sich Stuart Ashcroft viel zu häufig in ihren Kopf hinein. „Falls du dich für deinen Cousin entschuldigen wolltest, hast du das hiermit getan. Wie du siehst, ist das Wartezimmer brechend voll und ich habe zu tun."

Seine Miene blieb unverändert freundlich. „Vielleicht bin ich ja auch hier, weil ich deinen Rat als Tierärztin brauche."

Sie verzog den Mund. „Ich kastriere nur Tiere. Falls du jemanden suchst, der sich um deinen übergriffigen, großkotzigen Cousin kümmert, bist du hier leider falsch."

Als er grinste, wurden seine Grübchen deutlich sichtbar. „Da ich meinen übergriffigen, großkotzigen Cousin ganz gut leiden kann, werde ich ihn lieber warnen, dir nicht zu nahe zu kommen."

Lauren wusste, dass sie nicht bedrohlich aussah, dennoch nickte sie mit gerunzelter Stirn. „Besser ist das für ihn."

Zur Antwort lachte er und kraulte Archie unvermindert weiter. „Eigentlich wollte ich dich um einen klitzekleinen Gefallen bitten."

„Der da wäre?"

Stuart erhob sich und legte den Kopf freundlich zur Seite, während er die Hände in den Hosentaschen versenkte. „Es ist nichts Weltbewegendes ..."

„Was, Stuart?"

„Denk dran, dass ich hier war und dir geholfen habe, als du die ... die ... *du weißt schon* des Hundes behandelt hast."

Er verzog das Gesicht so angewidert, dass Lauren glucksen musste. „Analdrüse, Stuart. Es heißt Analdrüse. Und jetzt sag mir, was du von mir willst."

„Eigentlich wollte ich dich fragen, ob du ein paar Pfadfinderinnen einen Einblick in die Arbeit einer Tierärztin geben könntest."

Sie hatte mit allem gerechnet, aber nicht damit. „Wie bitte?"

Als wäre es das Normalste von der Welt, erklärte er: „In Zukunft leite ich Audreys Pfadfindergruppe und überlege deshalb, was ich mit den Mädchen unternehmen kann. Da kam mir die Idee, dich zu fragen."

Sie hatte wohl nicht richtig gehört. Stuart Ashcroft wollte die Pfadfinderleitung übernehmen? Lauren musterte ihn, wie er vor ihr stand und das perfekte Bild eines erfolgreichen Geschäftsmannes abgab. „Du willst eine Pfadfindergruppe leiten?"

„Ja, die Gruppe meiner Nichte.“ Auskunftsfreudig führte er aus: „In ein paar Wochen geht es zum Camping in den Wald.“

„Trägst du dabei einen Anzug?“

Nun runzelte er die Stirn und sah sie verwirrt an. „Was?“

Lauren deutete mit einer ausladenden Handbewegung auf seine Gestalt. „Ich stelle mir gerade vor, wie du in deinem Anzug durch den Wald robbst und Feuerholz suchst.“

Seine hellbraunen Augen weiteten sich. „Wie kommst du denn darauf?“

„Weil ich dich noch nie ohne Anzug gesehen habe.“

„Natürlich könnte ich jetzt sagen, dass ich mich für dich gerne augenblicklich ausziehe, aber das würde dich sicherlich davon abhalten, mir den Gefallen zu tun, um den ich dich gebeten habe.“

Seufzend fragte sie nach: „Wieso kommst du eigentlich immer auf Nacktheit zu sprechen, wenn wir uns sehen? Liegt es an mir oder ...“

„O ja, es liegt ganz sicher an dir, Lauren.“

Dank seines heiseren Tonfalles musste sie schlucken und brach den Blickkontakt sofort ab. Die Temperatur im Untersuchungszimmer erreichte in wenigen Sekunden ein kaum auszuhaltendes Maß. Räuspernd trat Lauren an den PC heran, der an der Wand stand und den sie dazu benutzte, Patientendaten einzugeben. „Du darfst gerne deine Klamotten anbehalten, schließlich möchte ich nicht, dass es zu Gerüchten kommt, wenn Stuart Ashcroft in meiner Praxis die Hüllen fallen lässt.“

Sie konnte ihn hinter sich lachen hören. „Danke, ich bevorzuge auch einen privateren Rahmen, wenn ich blank ziehe."

Betont desinteressiert erklärte Lauren: „Die Warteschlange wird draußen vermutlich immer länger."

„Du hast meine Frage noch nicht beantwortet."

Sie starrte auf den Bildschirm, ohne etwas zu sehen. Alle ihre Sinne waren auf den Mann konzentriert, der hinter ihr stand und auf eine Antwort wartete. Beiläufig nickte sie, während sie seinen Geruch in sich aufnahm und gegen das Kribbeln auf ihrer Haut ankämpfte. Wann hatte sie jemals so sehr auf die Gegenwart eines Mannes reagiert? „Selbstverständlich kann die Gruppe vorbeikommen. Ich zeige ihnen gerne alles und erkläre ihnen ein bisschen etwas zu meinem Beruf."

Er klang hochzufrieden. „Danke, Lauren."

„Nichts zu danken. Ich mag Kinder."

Als er nicht antwortete, wurde sie nervös, gab jedoch weiterhin vor, Archies Krankenblatt auszufüllen.

Stuart räusperte sich. „Lauren ..."

Genau in dem Moment klopfte es an der Tür und ihre Sprechstundenhilfe Monica steckte den Kopf herein. Lauren konnte ihr sofort ansehen, wie neugierig sie war, immerhin war sie stets auf dem Laufenden, was Stuart Ashcroft anging, und kam vermutlich gerade fast um, weil sie nicht wusste, warum er hier war. „Ich möchte nicht stören, Lauren, aber ..."

„Schon gut." Sie winkte Monica zu und drehte sich in der Annahme um, dass Stuart ein paar Schritte entfernt hinter ihr stand – was er jedoch nicht tat. Er stand direkt hinter ihr. Erschrocken musste sie den

Kopf in den Nacken legen, um ihm ins Gesicht zu sehen. Beinahe stotterte sie: „Meine Patienten warten."

„Ich weiß." Das Lächeln, das er ihr schenkte, warf sie fast um. Hypnotisch sah sie in seine hellbraunen Augen, als seine Hände ihre Schultern umfassten. „Ich melde mich, Lauren." Er ließ sie langsam wieder los und erklärte an den hechelnden Mops gewandt: „Tschüss, Archie."

Lauren hörte Monica seufzen, als Stuart aus dem Raum schlenderte.

Sie selbst sah ihm nach und konnte nur an eins denken: Als er sie berührt hatte, war sie nicht zurückgezuckt.

6. Kapitel

Es klopfte an seiner Tür, bevor er die Stimme seines Bruders hörte: „Willst du nicht mal eine Pause einlegen? Wie wäre es mit einem Mittagessen?“

Stuart sah nur kurz von den Papieren auf, die er gerade durchsah. „Ich will vor dem Wochenende mit dem Vertrag fertig werden und habe vor, heute vor Mitternacht nach Hause zu kommen“, erwiderte er trocken. „Deshalb fällt der Lunch für mich heute aus.“

„Muss ich Mom anrufen, damit sie dir die Leviten liest?“

„Bloß nicht.“

Sobald das Türschloss knarzte, sah Stuart zum zweiten Mal auf und fragte sich, was Patrick von ihm wollte, weil der den Raum durchquerte und sich auf den Besucherstuhl setzte, als hätte er alle Zeit der Welt.

„Kann ich irgendetwas für dich tun?“

„Kann ich nicht meinen Bruder besuchen?“

Misstrauisch schob Stuart die Papiere beiseite und legte auch den Stift weg, den er gerade noch in der Hand gehalten hatte. Langsam lehnte er sich zurück.

„Was ist los?“

„Nichts, ich wollte nur mal nachsehen, wie es dir geht.“

„Klar.“ Stirnrunzelnd maß er seinen Bruder. „Spuck es lieber aus, Patrick. Was ist los?“

„Nichts Dramatisches, ich wollte dich nur um einen kleinen Gefallen bitten.“ Seufzend hob er eine Hand. „Ich habe heute Abend ein wichtiges Geschäftsessen und brauche einen Juristen, der mich begleitet.“

„Hat Wheeler keine Zeit? Der lässt sich doch nur unter Lebensgefahr ein Gratisessen entgehen."

Sein Bruder schnaubte. „Doch, Wheeler wäre zwar verfügbar, aber ... ich hätte es gerne, wenn du mitkommen würdest."

Irgendetwas stimmte hier nicht. Er verschränkte die Arme vor der Brust. „Warum?"

Patrick zuckte mit den Schultern. „Weil Wheeler über fünfzig ist und zur Glatzenbildung neigt."

Plötzlich wusste er, worauf sein Bruder hinauswollte. Er schnaubte abfällig. „Hast du nicht gerade noch gesagt, du bräuchtest bei diesem Geschäftsessen juristischen Rat? Wheeler ist ein hervorragender Jurist, auch wenn er keinen Modelcontest für sich entscheiden würde."

„Ich weiß. Mir gefällt das auch nicht." Patrick verdrehte die Augen. „Olivier Trudeaux hat sich mit seiner Tochter Florence angekündigt. Wir wollen die zukünftige Kooperation unserer Firmen besprechen und Florence ..."

„Ist vermutlich zum Shoppen mitgekommen", beendete Stuart den Satz seines Bruders. „Und damit sie sich bei eurem Geschäftsessen nicht langweilt, soll ich mitkommen, um sie zu unterhalten."

Patrick grinste. „So in etwa. Du bist ein kluger Kopf – jetzt weiß ich auch, warum wir dich eingestellt haben."

„Sehr komisch." Stuarts Miene verfinsterte sich. „Ich dachte, ihr hättet mich wegen meiner juristischen Expertise und nicht wegen meiner Flirtfähigkeiten eingestellt."

„Sieh es als Rundumpaket an."

„Für mich klingt das nach Prostitution."

Sein Bruder begann zu lachen. „Ich habe nicht gesagt, dass du ihr die Klamotten ausziehen sollst."

„Ich habe wirklich keine Lust, heute Abend den Babysitter zu spielen, Patrick. Sicherlich kriegst du es hin, mit ihrem Dad zu verhandeln und nett zu ihr zu sein."

Demonstrativ hob sein Bruder seine Hand in die Höhe und zeigte mit der anderen auf seinen Ehering.

„Patrick ..."

„Florence ist ein hübsches Ding von fünfundzwanzig und wird von ihrem Dad auf Händen getragen. Dir wird es sicherlich nicht schwerfallen, dich heute Abend nett mit ihr zu unterhalten."

Doch es fiel ihm schwer, sich nett mit ihr zu unterhalten, als er ein paar Stunden später zusammen mit einer Gruppe aus französischen und amerikanischen Geschäftsleuten in einem privaten Speisezimmer des *Eleven Madison Park* saß und ein zehngängiges Menü vertilgte.

Florence Trudeaux saß neben ihm und hob ihren Drink geziert an den Mund. Von der köstlichen Lachstartarpraline hatte sie kaum gekostet. Was für eine Verschwendung!

Vermutlich hätte er sich wirklich gut mit ihr unterhalten können, wenn er nicht viel lieber an den Verhandlungen teilgenommen hätte, über die die anderen Anwesenden redeten, während er neben der bildschönen, gebildeten und sterbenslangweiligen Tochter von Olivier Trudeaux sitzen musste und mit ihr über den Unterschied zwischen Sankt Moritz und Aspen sprach.

Bisher hatte er erfahren, dass sie in der Schweiz auf ein Internat gegangen war, in Paris, London und

München Betriebswirtschaft und Kommunikationswissenschaft studiert hatte und nun ihren Vater auf dessen Reisen begleitete. Mit anderen Worten: Sie war von Beruf Tochter.

Florence hätte wunderbar zu seinem Cousin J.T. gepasst, denn der beherrschte auch mehrere Sprachen, hatte ein schwieriges Studium absolviert, und ihm standen ebenfalls alle Türen offen, ohne dass er Anstalten machte, etwas anderes zu tun, als es sich gut gehen zu lassen. Das Problem bei den beiden wäre nur gewesen, dass J.T. die Ehe mied wie der Teufel das Weihwasser und dass Florence sehr offensichtlich auf der Suche nach einem Ehemann war, der ihr genau den Lebensstandard bieten konnte, den sie von ihrem Vater gewohnt war.

Stuart war zwar auf der Suche nach einer festen Beziehung, aber er wiederum mied Luxusehefrauen wie der Teufel das Weihwasser. Wenn er mit einer Frau zusammenkam, wollte er sicher sein können, dass sie ihn seinetwegen liebte und nicht wegen der teuren Handtaschen, die sie sich mit seiner Kreditkarte kaufen konnte.

Er warf seiner Tischnachbarin einen versteckten Blick zu und registrierte die dunkle Haarpracht, die zu einer perfekten Frisur gekämmt war, bei der nicht ein einziges Haar aus der Reihe tanzte. Das Make-up verdeckte jede noch so winzige Pore und zeigte nichts anderes als einen perfekten Teint. An ihren Ohrläppchen baumelten dezente und vermutlich wahnsinnig teure Ohrringe, zu deren Kollektion auch das Armband und der Ring gehören mussten, die Florence trug. Das Ganze wurde von einem schwarzen Kleid gekrönt, das ihr wie angegossen passte und keine einzige Falte warf. Dazu eine makellose Haltung, höfliche Konversation und eine gezierte Stimme.

Während er Florence lauschte, die ihm im akzentfreien Englisch von ihrem letzten Urlaub in Saint Tropez erzählte, musste er plötzlich an Lauren denken – und an ihre ungekünstelte Natürlichkeit.

Ja, ungekünstelt und natürlich war sie wirklich, wie er zugeben musste, schließlich hatte sie in seiner Gegenwart eine proktologische Untersuchung an einem Hund vorgenommen.

Urplötzlich musste er leise lachen und zog dadurch die Aufmerksamkeit seiner Begleiterin auf sich.

„Habe ich etwas Komisches gesagt, Stuart?"

„Entschuldigung, ich war gerade in Gedanken bei meiner Nichte", log er und schenkte ihr sein charmantestes Lächeln, während er im Geiste vor sich sah, wie Lauren mit verschränkten Armen vor ihm gestanden hatte. Sie hatte Handschuhe getragen und war zerzaust gewesen – und sie hatte mit dem armen Mops unaussprechliche Dinge getan, die er nicht einmal seinem schlimmsten Feind wünschte, aber er war entzückt gewesen.

Anstatt hier zu sitzen und ein Menü zu essen, das pro Kopf dreihundert Dollar kostete, während er sich ein Gespräch über Sankt Moritz, Saint Tropez und erlesene Weine anhören musste, hätte er viel lieber Lauren bei Carl gegenübergesessen, mit ihr einen Burger gegessen und sie gefragt, warum sie so sehr erschrocken war, als J.T. einen Arm um sie gelegt hatte.

Er hätte ihr auch noch sagen wollen, dass er sich in ihrer Nähe wohlfühlte und sie gerne lächeln sah. Aber damit hätte er sie sicherlich total verschreckt.

„Wie alt ist denn Ihre Nichte?"

„Acht“, erwiderte er leichthin und verabschiedete sich gezwungenermaßen von seinen Gedanken, die sich um Lauren gedreht hatten. Stattdessen schenkte er der jungen Französin seine Aufmerksamkeit und griff nach seinem Drink, um einen Schluck zu nehmen.

„Das ist ein schönes Alter. Was macht Ihre Nichte in ihrer Freizeit?“

Ein Gespräch über Audrey war ihm allemal lieber als eine Unterhaltung, die sich um ihre letzten Urlaube drehten, also erklärte er: „Sie ist eine begeisterte Reiterin und verbringt die meiste Zeit am Stall.“

„Mädchen und Pferde gehören irgendwie zusammen.“ Florence lächelte ihm zu. „Ich glaube, ich war in dem Alter ebenfalls sehr verrückt nach Pferden. Leider komme ich mittlerweile nicht mehr sehr häufig dazu, mich in den Sattel zu schwingen. Reiten Sie, Stuart?“

„Gelegentlich.“ Er schielte zur Seite, wo Patrick ein zufriedenes Gesicht machte und zusammen mit seinem Gast über irgendetwas lachte. Verdammt, er hätte zu gerne gewusst, was dort besprochen wurde.

„Mein Vater besitzt ein Gestüt in der Normandie. Dort ist es sehr beschaulich. Wenn Sie das nächste Mal in Frankreich sind, sollten Sie sich bei mir melden. Ich würde mich freuen, Sie ein bisschen herumzuführen und Ihnen Paris zu zeigen.“

Irgendwie hatte Stuart im Gefühl, dass sie ihm noch mehr als die französische Hauptstadt und das Gestüt ihres Vaters zeigen wollte, aber er blieb höflich und nickte lediglich.

„Ich werde an Ihr Angebot denken“, antwortete er, hatte jedoch nicht die Absicht, es zu tun.

***

„Wer von euch hat denn überhaupt ein Haustier?“

Mehrere Hände fuhren in die Höhe.

„Wir haben eine Katze.“

„Wir haben zwei Kaninchen.“

„Wir haben einen Hund und einen Hamster, und meine Mom sagt, dass mein Dad einen Vogel hat. Aber der sitzt in seinem Kopf.“

Sechs Mädchen im Alter von acht Jahren begannen zu kichern.

Lauren betrachtete voller Belustigung die Schar, die sich in ihrem Wartezimmer versammelt hatte und in ihren Pfadfinderuniformen zum Anbeißen aussah. Selten hatte sie etwas Niedlicheres gesehen. Wohlerzogen, neugierig und gut gelaunt begutachteten die Mädchen das unspektakuläre Wartezimmer, in dem vor allem Tierfotografien zu sehen waren. Und sie stellten zu allem und jedem Fragen, über die Lauren bereits mehrmals leise gelacht hatte.

Der Mann, der hinter den Mädchen stand und sie vor wenigen Minuten in einem Minivan hergebracht hatte, trug leider keine Pfadfinderuniform, sondern war in einem obligatorischen Anzug gekleidet. Sehr höflich hielt er sich im Hintergrund und schenkte den Kindern seine volle Aufmerksamkeit. Sie wollte nicht zu offensichtlich in seine Richtung schauen und auch nicht darüber nachdenken, weshalb sie vor einer halben Stunde forschend in den Spiegel geblickt und zu einer Bürste und zu etwas Rouge gegriffen hatte.

„Bekommen die Tiere auch Spritzen, wenn sie hier sind?"

Lauren schaute das blondhaarige Mädchen an, von dem die Frage stammte, und konnte ihr ansehen, dass Spritzen ihr generell zuwider waren. Sie deutete auf die Anmeldung, die am heutigen Nachmittag unbesetzt war, weil sie mittwochs nur am Morgen Sprechstunde hatte. „Wenn Tiere krank sind, kommen ihre Besitzer mit ihnen her und gehen zuerst zur Anmeldung, damit ich weiß, dass sie hier sind und was den Tieren fehlt. Anschließend nehmen sie im Wartezimmer Platz."

„Streiten sich die Tiere denn nicht im Wartezimmer?" Ein anderes Mädchen wirkte ratlos. „Wenn unsere Katze in den Nachbargarten läuft, bellt der Hund von nebenan immer ganz, ganz laut."

„Nun, die Hunde sind hier immer an der Leine und Katzen sitzen meistens in einem Transportkorb."

Die Antwort schien die Mädchen zufriedenzustellen.

Es folgten Fragen zu Tieren im Allgemeinen, zu Katzenkrankheiten und zum Lieblingsessen von Mäusen, woraufhin sich die Diskussion um einen neuen Kinofilm drehte, in dem sprechende Mäuse gegen sprechende Katzen kämpften.

Als zwei Mädchen darüber debattierten, welche Maus ihre Lieblingsmaus war, begegnete Lauren dem langen Blick von Stuart, der ihr anscheinend sagen wollte, dass er die Debatte bereits kannte. Sein Augenzwinkern war vermutlich für das warme Kribbeln in ihrer Magengegend verantwortlich, das sie sehr schnell unterdrückte. Lieber zeigte sie den Mädchen eine Schautafel, auf der die verschiedenen Hunderassen abgebildet waren.

Die Mädchen waren sich einig, dass der Bernhardiner süß sei, aber zu viel sabberte, während sie beim peruanischen Nackthund befanden, dass er lieber einen Pullover anziehen sollte, um nicht zu erfrieren.

Anschließend machte sich Lauren daran, ihnen das Sprechzimmer zu zeigen, erklärte ihnen, wie sie die Tiere untersuchte, und ließ ein Stethoskop herumgehen, mit denen sie ihren Herzschlag hören konnten.

Danach führte sie die Mädchen in das Zimmer, in dem sie Operationen vornahm und in dem es nach Desinfektionsmittel roch. Mit großen Augen schauten sich die eifrigen Pfadfinderinnen um.

„Hast du hier auch ein Tierkrankenhaus?“ Audrey blickte sich staunend um.

„Nein, Schätzchen, aber ich operiere die Tiere, und manchmal bleiben sie dann noch für eine Nacht bei mir, damit ich aufpassen kann, dass es ihnen auch gut geht.“

„Ich mag Krankenhäuser nicht. Die sind gruselig.“ Die Kleine runzelte die Stirn. „Als ich klein war, musste ich lange Zeit in einem Krankenhaus bleiben und mochte es da gar nicht.“

„Deshalb wollen wir es unseren Patienten hier so schön wie möglich machen“, versicherte sie ihr.

Das putzige blondhaarige Mädchen zog an Laurens Hand und deutete verzagt auf den Operationstisch. „Tust du den Tieren weh, wenn sie operiert werden?“

„Die Tiere merken gar nichts von dem, was ich mache, weil sie in Narkose sind“, beruhigte Lauren die Kleine.

„Meine Schwester war im Krankenhaus, weil ihr der Blinddarm wehtat. Müssen Tiere deshalb auch zum Doktor?“

„Nein, bei Tieren ist das nicht so.“

Ein anderes Mädchen erzählte forsch: „Unser Hund Sammy war immer ganz aufgeregt und sprang gegen die Haustür, wenn ein anderer Hund vor unserem Garten herlief. Manchmal heulte er die ganze Nacht so laut, dass wir nicht schlafen konnten. Und er bellte ganz viel. Daddy brachte Sammy deshalb zum Tierarzt. Als Sammy wiederkam, hatte er einen weißen Plastiklampenschirm um den Hals. Danach bellte er nicht mehr und wollte am liebsten nur noch schlafen und fressen. Er wurde immer dicker. Mein großer Bruder sagt, das kommt daher, weil man ihm die Kronjuwelen weggeschnitten hat. Aber das verstehe ich nicht. Was sind denn Kronjuwelen und haben alle Hunde welche?"

Sechs fragende Augenpaare richteten sich auf sie. Laurens Mundwinkel zuckten, und sie bemühte sich darum, nicht in Stuarts Richtung zu schauen, was jedoch scheiterte. Er wirkte genauso belustigt wie sie und schien sie auffordern zu wollen, den Mädchen zu erklären, was es mit dem immer dicker werdenden Sammy und seinen Kronjuwelen auf sich hatte.

Sie räusperte sich und trat auf das andere Bein. „Äh, das kann euch bestimmt Audreys Onkel erklären. Er kennt sich mit ... äh ... Kronjuwelen besser aus als ich."

Empört erwiderte er ihren Blick, auch wenn die Grübchen in seinen Wangen jedes Bedrohungsgefühl, das in ihr hätte aufkommen können, sofort minimierten. „Ach, ich weiß nicht, Dr. McPherson, als Ärztin solltest du den Mädchen am besten erklären können, was mit Sammys Kronjuwelen passiert ist."

Beide fochten ein humoriges Blickduell aus, das den Mädchen anscheinend zu langweilig wurde, weil eines von ihnen rätselte: „Meine Tante Elsa wird auch immer dicker und isst jedes Mal Kuchen, wenn wir sie besuchen gehen. Vielleicht hat sie auch keine Kronjuwelen mehr. Ich frage sie beim nächsten Mal danach."

Vor lauter Schreck hustete Lauren und wollte dem Kind sagen, dass es das lieber nicht tun sollte, als Stuart belustigt prustete: „Gute Idee, Chloe. Ich bin schon gespannt auf ihre Antwort."

Nachdem die Führung durch ihre Praxis beendet war und die Mädchen keine Fragen mehr stellten, verteilte Lauren Schokoladeneis am Stiel, das sie extra für den heutigen Tag besorgt hatte, und sah anschließend mit an, wie die Mädchen im Stall verschwanden, in dem Audrey ihren Freundinnen alles zeigen wollte.

Sie blieb mit Stuart zurück und saß auf der Holzbank vor ihrer Wohnungstür. Im himmlischen Schweigen vertilgten sie beide ebenfalls ein Eis. Wieder staunte Lauren, wie angenehm es sein konnte, in seiner Nähe zu sein und nicht gegen das Gefühl ankämpfen zu müssen, die Beine in die Hände zu nehmen und so schnell wie möglich das Weite zu suchen.

„Ich überlege gerade, wie Tante Elsa reagieren wird, wenn Chloe sie fragt, wo sie ihre Kronjuwelen gelassen hat."

Auf seinen gelassenen Kommentar reagierte Lauren mit einem Glucksen und hielt ihre linke Hand unter das Eis, weil sie befürchten musste, dass es so schnell schmelzen und die einzige gute Jeans ruinieren würde, die sie momentan besaß. Wenn man tagtäglich mit Tieren arbeitete und ständig Katzen- und

Hundehaare an der Kleidung fand, war es eine Verschwendung, viel Geld für Klamotten auszugeben. Heute hatte sie sich jedoch ein bisschen herausputzen wollen – und Lauren befürchtete, dass der Grund für diesen Wunsch nicht eine Gruppe von achtjährigen Mädchen gewesen war, sondern der Mann neben ihr, der gerade sein Eis verschlang.

„Bestimmt wird es ein denkwürdiges Familientreffen werden."

„Mit Sicherheit." Stuart räusperte sich und stupste sie mit seinem Ellenbogen sachte an. „Du hättest ihnen auch einfach erklären können, was eine Kastration ist."

„Ich?" Perplex drehte sie den Kopf zur Seite. „Wieso denn ich? Du bist schließlich derjenige, der selbst Kronjuwelen hat. Oder etwa nicht?"

„Oder etwa nicht?" Er klang, als würde er gleich an seinem Eis ersticken. „Soll das bedeuten, dass du Zweifel an meiner Männlichkeit hast?"

„Kein Kommentar."

„Lauren ..."

„O bitte", seufzte sie gespielt schwermütig. „Jetzt fehlt nur noch, dass du vorschlägst, nach oben in meine Wohnung zu gehen, damit du die Hosen herunterlassen und mir deine Kronjuwelen zeigen kannst."

„So etwas würde ich niemals vorschlagen", gab er empört von sich, auch wenn er nicht ernst bleiben konnte.

Lauren kniff ein Auge zusammen und musterte ihn eingehend, nachdem sie den letzten Bissen Eis vom Stiel gegessen hatte. „Vielleicht wollte ich dein zartbesaitetes Wesen auch einfach nur schonen, schließlich hast du erst beim letzten Mal eine fürchterliche Miene gezogen, als ich Archie untersucht habe. Nicht auszudenken, wie du reagiert hättest, wenn ich über eine Kastration gesprochen hätte.“

Er musterte sie ebenfalls eingehend und so lange, dass Lauren beinahe hypnotisiert worden wäre, weil seine hellbraunen Augen einen kaum wahrnehmbaren grünen Schimmer in der inneren Iris zeigten, der unbeschreiblich schön war. Ganz automatisch hielt sie den Atem an.

„Machst du das eigentlich mit Absicht?“

„Was?“

„In meiner Gegenwart proktologische Untersuchungen an Hunden vorzunehmen und über Kastrationen zu reden? Das würde die meisten Männer abschrecken.“

„Du denkst, ich habe Archie nur deshalb in deiner Anwesenheit behandelt, damit es dich abschreckt?“

„Ich denke, dass du mich mehr magst, als du zugeben willst, Lauren.“

„Wer sagt denn, dass ich dich nicht mag?“

Blöderweise wurden ihre Wangen heiß, als er wissend zu lächeln begann. „Wärst du wirklich mit mir in deine Wohnung gegangen, wenn ich es vorgeschlagen hätte?“

Sie schluckte schwer. „Tja, das werden wir jetzt wohl nie erfahren.“ Lauren erhob sich, weil es sich für sie sicherer anfühlte, etwas Abstand zu ihm zu schaffen, und deutete auf das Eis in seiner Hand. „Du solltest es lieber essen, wenn du nicht willst, dass es dir auf die Hose tropft.“

Bevor er etwas hätte erwidern können, lief sie in den Stall.

7. Kapitel

Lauren staunte nicht schlecht, als sie den Einkaufswagen durch die Gemüseabteilung schob und Stuart entdeckte, der ebenfalls hinter einem Einkaufswagen stand und Äpfel in eine Tüte packte, während der Junge neben ihm einen Fußball in den Händen hielt und auf ihn einredete.

Neugierig schob sie den Einkaufswagen näher an das blondhaarige Paar heran und kam nicht umhin, Stuart zu mustern, schließlich trug er schon wieder einen Anzug und schien gerade aus dem Büro zu kommen. Auch wenn sie es nicht gerne zugab, aber er sah gut aus. Als großer Mann mit langen Beinen und breiten Schultern stand ihm der anthrazitfarbene Anzug ganz ausgezeichnet.

Ja, Lauren konnte snobistische Anzugträger nicht leiden, aber Stuart stellte – leider – eine Ausnahme dar, denn irgendwie hatte sie begonnen, ihn sympathisch zu finden.

„Deine Mom würde mich einen Kopf kürzer machen, Scott“, erklärte er gerade an den Jungen neben sich gewandt und hatte sie noch nicht entdeckt, weil er halb mit dem Rücken zu ihr stand und völlig vertieft in die Obstauswahl vor sich war.

„Mom muss es ja nicht wissen, Onkel Stuart. Bitte, bitte, bitte!“

„Na klar“, erwiderte Stuart spöttisch. „Weißt du eigentlich, was passiert, wenn Grandma davon erfahren würde? Dann habe ich den Schlamassel und nicht du, mein Freund.“

„Was soll Grandma denn machen? Du bist schließlich schon groß, Onkel Stuart."

„Ha! Da kennst du aber deine Grandma schlecht. Sie würde ..." Anscheinend hatte er Lauren nun doch entdeckt, weil er mitten im Satz stockte, den Kopf hob und ihr ins Gesicht sah.

„Lauren, hi."

„Hi." Sie lächelte die beiden Blondschöpfe an. „So sieht man sich wieder."

„Ja, so sieht man sich wieder", entgegnete Stuart mit einem schiefen Lächeln.

„Ist das deine Freundin, Onkel Stuart?"

Auf die vorlaute Frage des Jungen zog Lauren amüsiert eine Augenbraue in die Höhe und verfolgte, wie Stuart reagierte.

Der seufzte gequält und zog den vorlauten Jungen an sich, um ihm spielerisch einen Arm um den Hals zu legen. „Scott, wir haben doch schon einmal über unangebrachte Fragen in Gegenwart anderer Menschen gesprochen."

Dass der Kleine es faustdick hinter den Ohren hatte, bewies er, als er charmant lächelte und mit dem Finger auf Lauren zeigte. „Ich habe doch nur gefragt, ob sie deine Freundin ist, weil sie so hübsch ist."

„Oho! Vielen Dank." Fast hätte sie laut gelacht. „Das ist aber lieb von dir."

„Darf ich dir meinen Neffen Scott vorstellen, der mal wieder vergessen hat, dass man nicht mit dem Finger auf Menschen zeigen soll?"

„Hi, Scott, ich bin Lauren."

„Hi, Lauren", erwiderte der Junge leichthin und maß sie neugierig. „Bist du denn Onkel Stuarts Freundin?"

„Ich fürchte nein“, erklärte sie mit zuckenden Mundwinkeln.

„Schade“, erwiderte Scott seufzend. „Meine Mom sagt immer, dass Onkel Stuart unbedingt eine Freundin braucht, damit er nicht immer ...“

Was der Kleine noch hatte sagen wollen, verstand Lauren leider nicht mehr, weil sein Onkel ihm die Hand auf den Mund presste.

„Er hat eine blühende Fantasie.“ Stuart verdrehte kurz die Augen. Dass sich seine Wangen leicht gerötet hatten, fand Lauren ausgesprochen niedlich. Langsam zog er seine Hand wieder beiseite – vermutlich um den Jungen nicht zu ersticken.

„Von wem er das wohl geerbt hat?“ Lauren deutete auf seinen Einkaufswagen. „Gehst du für deine Schwester einkaufen?“

„Eigentlich nicht. Scott hatte vergessen, dass er morgen für den Pausensnack seiner Klasse zuständig ist, also mussten wir nach seinem Fußballtraining noch schnell in den Supermarkt fahren.“ Er wirkte gestresst, als er sich durch sein Haar fuhr. „Bei meiner Schwester haben die Wehen eingesetzt, deshalb kümmere ich mich heute um ihn und seinen Bruder.“

„Hamilton hat noch eine Stunde lang Klavierunterricht“, informierte der Junge sie gelassen und machte nicht den Eindruck, sonderlich aufgeregt zu sein. Stattdessen spielte er mit dem Fußball in seinen Händen herum.

Fragend schaute Lauren zu Stuart, der im Gegensatz zu seinem Neffen ziemlich nervös wirkte.

„Hey, Scott, wärst du so lieb und würdest mir aus dem Kühlregal eine Flasche Orangensaft holen?“, bat sie den Neunjährigen.

„Mach zwei draus, Kumpel.“ Stuart klopfte ihm freundschaftlich auf die Schulter.

Der Junge sah mit großen Augen zu seinem Onkel und schlich anschließend in Richtung Kühlregal.

Besorgt wollte Lauren wissen: „Ist alles in Ordnung mit deiner Schwester?“

„Ja, ihr geht es gut. Und dem Baby auch. Ihr Mann ist bei ihr und darf ihr die Hand halten.“ Er lächelte schwach und legte ein paar Bananen in den Korb hinein. „Scott interessiert sich momentan mehr für sein Fußballtraining als für sein neues Geschwisterchen, aber das ändert sich, wenn das Baby erst einmal da ist.“

Obwohl Lauren ihm die gespielte Lässigkeit nicht ganz abnahm, ließ sie das Thema fallen und fragte stattdessen: „Bist *du* denn nervös, weil deine Schwester in den Wehen liegt?“

Stuart schnitt eine Grimasse. „Ich habe schon sechs Nichten und Neffen – es wird zur Routine. Sag mir lieber, was ich für morgen einkaufen soll, schließlich habe ich keine Ahnung, was die Schule meint, wenn sie von einem gesunden Pausensnack spricht.“

Demonstrativ schielte sie in den Einkaufswagen. „Äpfel und Bananen. Das sieht doch ziemlich gut aus. Pack noch ein paar Haferkekse dazu, dann ist es perfekt.“

„Danke.“ Er zwinkerte ihr zu. „Wenn es nach Scott gegangen wäre, hätte ich Unmengen Schokolade kaufen sollen.“

„Tja, der Kleine hat es wohl faustdick hinter den Ohren.“

Ganz automatisch schaute er in Richtung Kühlregal. Das liebevolle Lächeln eines stolzen Onkels traf sie wie ein Schlag und erweckte ein merkwürdiges Flattern in ihrer Herzgegend.

„Ja, das hat er tatsächlich, der Schlingel. Leider kann man ihm nie böse sein."

Lauren musste sich räuspern, weil sie plötzlich einen Kloß im Hals hatte. „Und du kümmerst dich heute um deine Neffen?"

„Mehr oder weniger." Stuart steckte die Hände in die Taschen seiner Hose. „Ich habe Scott von seinem Training abgeholt, jetzt kaufen wir etwas ein, und danach holen wir Hamilton ab, bevor wir etwas essen gehen und dann zu ihnen nach Hause fahren, wo ich heute schlafen werde, damit mein Schwager im Krankenhaus bleiben kann. Morgen früh bringe ich die beiden zur Schule."

„Es klingt ziemlich aufreibend."

Er winkte ab. „Ach, das mache ich gerne."

Sie glaubte ihm sogar, dass er es gerne machte und nicht nur sagte, damit er vor ihr in einem besseren Licht stand. Er mochte zwischenzeitlich wie ein Aufschneider wirken, aber mittlerweile war sich Lauren nicht mehr sicher, ob das nicht irgendeine Masche von ihm war, denn im Umgang mit seiner Nichte und auch hier im Supermarkt mit seinem Neffen war von diesem Eindruck nichts mehr übrig.

Bevor sie noch länger über Stuart Ashcrofts Charakter hätte nachgrübeln können, kam sein Neffe zurückgeschlurft und reichte ihr eine Flasche Orangensaft.

„Dank dir, Scott."

„Bitte", erwiderte der Kleine und zog gleich darauf an der Hand seines Onkels. „Du, Onkel Stuart, ich habe noch einmal wegen Grandma nachgedacht. Vielleicht ...“

„Scott.“ Stöhnend verdrehte er die Augen. „Das kommt gar nicht infrage. Deine Mutter würde mich umbringen, meine Mutter würde mich umbringen und ... und ...“

Anscheinend fiel ihm nichts mehr ein, weil er den Satz nicht beendete.

Angesichts der finsteren Miene des Jungen wollte Lauren wissen: „Worum geht es?“

Stuart verzog den Mund. „Scott will morgen die Schule schwänzen ...“

Sein Neffe fiel ihm ins Wort. „Da hast du mich falsch verstanden, Onkel Stuart. Ich will sie nicht schwänzen, sondern ...“ Nachdenklich runzelte er die Stirn. „Ich will die Schule nicht schwänzen, sondern morgen nur *aussetzen*.“

„Aussetzen?“ Sein Onkel schnaubte. „Keine Chance. Mich kriegst du damit nicht rum, schließlich war ich in deinem Alter der König aller Ausredenerfinder.“

„Ich glaube, damit animierst du ihn nur noch mehr“, warf Lauren ein und bemerkte, dass sie gerne gewusst hätte, wie er im Alter seines Neffen gewesen war.

„Genau!“ Scott nickte enthusiastisch. „Sie hat recht – du anitierst mich nur noch mehr.“

Vergnügt prustete Lauren, während Stuart schnaubte: „Das heißt *animieren*, Scott. Und gegen mich bist du ein Waisenknabe, frag ruhig deine Grandma.“

Ehe Scott etwas antworten konnte, ließ sich Lauren vernehmen: „Damit solltest du vielleicht nicht unbedingt hausieren gehen."

„Vermutlich." Er grinste schief. „Unter uns: Ich hatte es wirklich faustdick hinter den Ohren."

„*Hatte*?"

„Touché."

Geradezu listig schlug der Kleine vor: „Wenn ich morgen nicht zur Schule gehen müsste, könnte ich zu Hause aufräumen, damit Mom mit dem Baby in ein sauberes Haus kommt und nicht putzen muss."

Kritisch runzelte Stuart die Stirn und erwiderte trocken: „Du willst putzen? Weißt du überhaupt, wie das geht, Scott? Außerdem weiß ich sehr wohl, dass du nur Fußball spielen würdest, während *ich* den Dreck wegmachen müsste."

Der Junge, der sich einen Fußball unter den Arm geklemmt hatte, wirkte empört. „Gar nicht!"

Lauren verfolgte voller Entzücken den Disput zwischen Onkel und Neffen. „Werden Wetten bereits angenommen?"

„Hier wird nicht gewettet. Scott geht morgen zur Schule, immerhin kaufen wir gerade den Pausensnack ein, den er mitnehmen muss."

Ganz der Neffe seines Onkels beugte sich Scott zu ihr und flüsterte mit einem diabolischen Funkeln in den Augen: „Onkel Stuart mag mich sehr – ich schaffe es bestimmt, ihn zu überreden."

Und so kam es, dass Lauren vor der Auslage mit subtropischen Früchten einen amüsierten Schluckauf bekam.

***

„Wie soll sie denn nun heißen?“

Seine Schwester wandte den Blick von dem Säugling in ihrer Armbeuge ab und schenkte ihm ein Lächeln, das sogar wettmachte, wie erschöpft und abgekämpft sie aussah. Pures Glück strahlte ihm entgegen, als sie erwiderte: „Grace.“

„Grace Campbell.“ Er beugte sich über sie, um seine winzige Nichte besser in Augenschein nehmen zu können. Angesichts des Wonneproppens mit den dichten Wimpern, den zerknautschten Wangen und dem runden Kinn konnte er gar nicht anders, als zu lächeln. Die Erleichterung, dass es Barbara und dem Baby gut ging, ließ ihn bereits vergessen, dass er in der letzten Nacht kaum ein Auge zugetan und ständig auf sein Handy geschielt hatte. „Ein hübscher Name. Er passt zu ihr. Sie sieht wie eine Grace aus.“

„Das finden James und ich auch.“ Ihre Hand legte sich beschützend auf den kleinen Kopf ihrer Tochter. „Danke, dass du auf die Jungs aufgepasst hast.“

Stuart schnaubte leise und erklärte, während er noch immer in den Anblick seiner winzigen Nichte vertieft war: „Dank mir nicht zu früh, schließlich weißt du nicht, wie es bei euch zu Hause aussieht. Ganz davon abgesehen, dass die beiden heute schwänzen.“

Seine Schwester kicherte, bevor sie verständnisvoll erwiderte: „Die beiden wollten nun einmal ihre Schwester kennenlernen. Das ist ein guter Grund, um die Schule zu schwänzen.“

Er erwähnte lieber nicht, dass Scott augenscheinlich eher daran gelegen war, Fußball zu spielen, sobald sie den Besuch bei ihrer Mom beendet hatten. Seine beiden Neffen warteten mit ihrem Dad noch draußen auf dem Flur und konnten jeden Moment zur Tür reinkommen. „Ich hoffe, es gibt keinen Ärger, weil Scott heute für den Nachmittagssnack zuständig ist. Vielleicht bringe ich das Obst gleich noch zur Schule.“

Barbaras müdes Gesicht verzog sich beinahe zu einer Grimasse, als sie vergnügt prustete: „Stuart, du klingst ja wie eine Helikoptermutter!“

„Von wegen Helikoptermutter. Gestern Abend waren wir bei McDonald’s essen. Welche Helikoptermutter tut das schon?“

„Das klingt ja, als hätten Hamilton und Scott viel Spaß gehabt.“

„Was hast du erwartet? Immerhin bin ich der coole Onkel.“

„Ich sehe es schon kommen, dass meine Söhne mich öfter ins Krankenhaus stecken wollen, damit sie in den Genuss kommen, von dir betreut zu werden.“ Sie schnalzte mit der Zunge. „Schule schwänzen und McDonald’s. Jetzt habe ich Angst, dass Hamilton und Scott lieber bei dir wohnen wollen, du cooler Onkel.“

Wenn er daran dachte, wie zappelig beide Jungen gerade noch im Auto gewesen waren, um endlich ihre Mom zu sehen, wusste er, dass sich Barbara darum keine Sorgen machen musste. Dennoch neckte er seine Schwester, indem er ebenfalls mit der Zunge schnalzte. „Wenn sie bei mir wohnen wollen, dann nur wegen des Babygeschreis – und weil meine Sandwiches deine um Längen schlagen.“

Ihre Mundwinkel kräuselten sich. „Grace ist ein kleiner Schatz, der kein Theater machen wird. Ganz sicher – und das mit dem Sandwich habe ich überhört."

„Wenn du das sagst."

„Eine Mom hat das im Gefühl." Sie rappelte sich ein Stück auf. „Hier, nimm du sie einmal."

Das musste Barbara nicht zweimal sagen.

Mit einem besonderen Geschick, das er sich im Laufe der letzten Jahre angeeignet hatte, übernahm er das schlafende Baby und schmiegte die Kleine in seine Armbeuge. Wenn seine Schwester Pech hatte, würde sie ihm seine Nichte entreißen müssen, denn der Säugling duftete so gut und fühlte sich so wunderbar warm an, dass es Stuart schwerfallen würde, sie wieder herzugeben. Jetzt hatte er auch die Gelegenheit, Grace eingehend zu betrachten, und wiegte sie behutsam, als das pausbäckige Mädchen mit einem geöffneten Auge nach oben linste, bevor es schmatzend weiterschlief.

Stuart stieß brabbelnde Laute aus und scherte sich nicht darum, dass Barbara ihn hören konnte.

„Glaubst du, dass Grace dich versteht, wenn du vor dich hin brabbelst?"

„O ja, sie versteht mich", antwortete er auf die amüsierte Frage seiner Schwester und setzte sich mit seiner Nichte im Arm auf die Bettkante. „Sie ist ein kluges Mädchen, das habe ich im Gefühl."

Seine Schwester sagte ein paar Sekunden nichts, bis sie deutlich ernster erklärte: „Du bist nicht nur ein cooler Onkel, sondern wärst auch ein guter Vater."

Was sollte er darauf antworten? Vermutlich ahnte Barbara nicht einmal, dass sie einen wunden Punkt getroffen hatte.

Seine Familie hielt ihn für einen Aufreißer – für einen ewigen Junggesellen, der sich nicht binden wollte und es lieber genoss, sich mit schönen Frauen zu zeigen, die sich nichts aus ihm, sondern aus seiner Geldbörse machten. Aber so war er schon lange nicht mehr. Er wollte eine feste Beziehung eingehen und in nicht allzu ferner Zukunft Vater werden – und vor allem wollte er diese feste Beziehung mit einer Frau eingehen, die sich etwas aus ihm machte – aus Stuart. Nicht aus Stuart *Ashcroft*.

Vermutlich hätte ihn nur sein Bruder verstanden, denn Patrick hatte selbst damit zu kämpfen gehabt, eine Frau zu finden, die ihn seinetwegen liebte und nicht wegen des Geldes auf seinem Bankkonto.

Ja, es gab genügend Frauen, die ihn höchstwahrscheinlich sofort geheiratet hätten, aber er war nicht an ihnen interessiert.

Die Frau, für die er sich tatsächlich interessierte, die ihn neugierig machte und die er kennenlernen wollte, machte keine Anstalten, sich mit ihm zu verabreden.

„Ein Onkel zu sein ist viel besser als ein Vater zu sein“, erwiderte er daher gelassen. „Die Kinder lieben mich, weil ich coole Sachen mit ihnen machc, und sobald sie quengeln, Hausaufgaben machen müssen oder eine volle Windel haben, kann ich sie wieder abgeben.“

„Das passt“, gluckste Barbara amüsiert. „Apropos: Riecht Grace, als bräuchte sie eine frische Windel?“

„Nein, das tut sie nicht.“ Stuart vergrub für einen Augenblick seine Nase an dem zarten Öhrchen seiner Nichte und küsste die Kleine auf die Stirn, als die Tür hinter ihm leise geöffnet wurde.

Scotts Stimme sollte wohl ein Flüstern sein, glich jedoch eher einem Donnerhall, als er überdeutlich rief: „Hallo, Mom! Dürfen wir unsere Schwester ansehen?“

„Gerne, Schatz. Eure Schwester wartet schon auf euch und möchte euch kennenlernen.“ Barbara winkte ihnen zu.

Gleich darauf betraten die drei Campbell-Männer das Zimmer. Hamilton und Scott blieben staunend vor dem winzigen Säugling stehen und betrachteten mit großen Augen ihre Schwester. Ihr Dad stand direkt hinter ihnen und hatte jedem seiner Söhne eine Hand auf die Schulter gelegt. Wie auch Barbara strahlte er vor Glück und Stolz. Stuart gab das Baby zurück an seine Schwester und trat anschließend an das Fenster, um die Familienzusammenführung beobachten zu können. Als sein ältester Neffe, der ruhige und besonnene Hamilton, der mit seinen elf Jahren bereits in die Höhe zu schießen begann, sich auf die Bettkante setzen sollte und das Baby in den Arm gelegt bekam, musste Stuart schmunzeln, denn Hamilton machte ein höchst alarmiertes Gesicht.

„Und was ist, wenn Grace jetzt pinkeln muss?“, wollte Scott wissen und verfolgte das Geschehen neugierig. „Pinkelt sie dann auf Hamilton?“

„Nein, sie hat doch eine Windel an“, erläuterte sein Dad und setzte sich auf die andere Seite auf die Bettkante.

„Das erinnert mich daran, dass du deinen Dad mehrmals vollgepinkelt hast.“ Barbara lachte vergnügt.

„Echt?“ Der Kleine machte große Augen.

„Ja, jedes Mal, wenn ich dir die Windeln wechseln wollte.“ James runzelte gespielt mürrisch die Stirn. „Ich glaube ja immer noch, dass das pure Absicht war, Scott."

Der Kleine grinste lediglich und lugte anschließend wieder zu dem Bündel im Arm seines Bruders.

Stuart vergrub die Hände in seinen Hosentaschen und schlenderte auf das Bett zu. „Gefällt euch eure Schwester?"

„Sie ist so süß", beteuerte Hamilton ernst.

Scott hatte eine ganz eigene Meinung zu seiner Schwester. „Ich finde, sie sieht wie ein Faltenhund ohne Haare aus." Und zur Verdeutlichung seiner Worte kniff er die Augen zusammen und schnitt eine Grimasse.

„Na ja." Barbara blickte zu ihrer Tochter. „Irgendwie hast du schon recht, aber das legt sich in ein paar Tagen."

James zerzauste das Haar seines Jüngsten. „Als du geboren wurdest, sahst du wie ein kahlköpfiger Maulwurf aus."

„Echt?" Die Vorstellung schien Scott nicht sonderlich zu betrüben.

Sein Dad nickte. „Wenn wir wieder zu Hause sind, kann ich dir Fotos zeigen. Mom und ich hatten schon Angst, sie hätten uns ein Maulwurfbaby untergeschoben."

Tadelnd schnalzte Barbara mit der Zunge. „James."

„Cool!" Scott dagegen wirkte begeistert.

Seine Mom wechselte rasch das Thema. „Und? Was habt ihr gestern gemacht, Liebling?"

Wie selbstverständlich erwiderte Scott: „Wir haben Onkel Stuarts Freundin beim Einkaufen getroffen. Sie ist sehr hübsch."

Stuart konnte den Blick seiner Schwester förmlich auf sich spüren. „Freundin?"

„Eine Freundin“, betonte er und bemerkte auch James’ belustigte Miene. „Nicht *meine* Freundin.“

„Eine Freundin oder eine *Freundin*?“, wollte Barbara interessiert wissen.

„Eine Freundin.“

„Sie heißt Lauren“, verkündete der kleine Verräter, ohne mit der Wimper zu zucken. „Sie hat rote Haare und wollte gestern Abend Spaghetti kochen. Onkel Stuart hat sie angeschaut, als wolle er sie küssen.“

Er war einunddreißig Jahre alt und hatte einen verantwortungsvollen Posten in einem international agierenden Unternehmen, aber der Kommentar eines Achtjährigen ließ ihn erröten.

„Scott.“ Er knirschte mit den Zähnen. „Das ist doch gar nicht wahr.“

„Doch! Du hast ihr ständig auf den Mund geschaut und mit den Wimpern geklimpert – genau wie die Menschen in Moms Lieblingsfilmen. Und die küssen sich auch andauernd.“ Er stieß einen Würgelaut aus. „Igitt!“

Sein Schwager machte es nicht besser, weil er glucksend nachforschte: „Hat Onkel Stuart sie denn geküsst, Kumpel?“

„Dad.“ Scott verdrehte die Augen und wirkte wie ein abgeklärter Biologielehrer, der seinen Schülern Aufklärungsunterricht gab. „Wir waren doch in einem Supermarkt. Da küsst man sich nicht.“

„Ach, stimmt ja. Entschuldige“, erwiderte James äußerst ernst und zwinkerte Stuart zu. „Zum Glück weiß das auch dein Onkel.“

Wenn die Kinder nicht dabei gewesen wären, hätte er seinem Schwager vermutlich den Mittelfinger gezeigt.

8. Kapitel

Stuart stand neben der Stallbesitzerin und betrachtete interessiert die Pferdebox, die sie ihm gerade gezeigt hatte, als hinter ihnen Schritte zu hören waren.

„Patty, ich bräuchte ... Oh."

Er drehte sich um und entdeckte Lauren, die mitten im Schritt verharrte und fragend zwischen ihm und der Stallbesitzerin Patricia hin und her sah.

„Entschuldigung, ich wollte euch nicht stören."

„Das tust du nicht", entgegnete ihre Freundin. „Ich zeige Stuart gerade eine der Boxen, die zurzeit leer stehen."

Überrascht öffnete sie den Mund. „Willst du dir ein Pferd kaufen?"

Kopfschüttelnd erläuterte er gut gelaunt: „Nein, ich will Audrey ein Pferd kaufen und es hier unterstellen."

Auf ihren fassungslosen Blick reagierte er mit einem Augenzwinkern. „Bist du enttäuscht, dass es nicht mein Pferd ist, weil du gehofft hattest, mich öfter hier zu sehen?"

Wie nicht anders zu erwarten gewesen war, schnaubte sie und verdrehte die Augen. „Aber natürlich!" Anschließend wandte sie sich leichthin an ihre Freundin. „Bist du dir sicher, dass du ihm eine Box vermieten willst? Sein protziger Sportwagen wird dann ständig auf dem Parkplatz stehen und die Mädchen werden seinetwegen völlig durchdrehen."

Während Patty fröhlich lachte, zwinkerte er verblüfft. „Wer wird meinetwegen durchdrehen? Und warum?"

Täuschte er sich, oder wurde sie tatsächlich etwas verlegen, als sie fahrig eine Hand in die Höhe hob und mit dieser vor ihrem Gesicht herumfuchtelte. „Jetzt sag nicht, du würdest die Kicherorgie nicht miterleben, die jedes Mal stattfindet, wenn du dich hier sehen lässt."

In seinen Ohren klang das verdächtig nach Eifersucht. Zufrieden verschränkte er die Arme vor der Brust. „Kicherorgie?"

Laurens Wangen röteten sich ein wenig. „Mindestens die Hälfte der Teenager ist in dich verknallt und die Unter-Fünfunddreißigjährigen ohne Ring am Finger kommen nicht mehr ungeschminkt her, seit du dich hier herumtreibst."

Wieso wurde er das Gefühl nicht los, dass ihr das nicht passte? Lauren wirkte auf ihn alles andere als zufrieden und hatte die Stirn in grimmige Falten gelegt.

„Interessant." Er fuhr sich durch sein Haar. „Was dir so alles auffällt."

Stuart sah, dass sie bereits den Mund öffnete, um ihm eine – vermutlich – gepfefferte Antwort zu geben, als Patty neben ihm das Wort ergriff. „Keine Sorge, Lauren. Zwar würde ich ihm die Box vermieten, aber es wird Audrey sein, die täglich herkommen und ihr Pferd versorgen würde. Du musst dir also keine Sorgen machen, dass Stuart vor lauter Anmachen weder ein noch aus weiß."

Empört schnappte Lauren nach Luft. „Ich mache mir keine Sorgen!"

„Meinetwegen – dann machst du dir also Gedanken und keine Sorgen."

„Patty ..."

Räuspernd unterbrach er Laurens Widerspruch und wandte sich an Patty, die wie ein Honigkuchenpferd strahlte. „Ich nehme die Box."

„Das habe ich mir fast gedacht", erwiderte sie zufrieden.

Laurens Seufzen war zu hören. „Ist das euer Ernst?"

Da er nicht wusste, worauf sie sich bezog, zuckte Stuart mit den Schultern. „Audrey kennt den Stall wie ihre Westentasche und sie ist gerne hier. Für ihr Pferd käme sowieso kein anderer Platz infrage und Patty hat glücklicherweise noch eine Box frei. Es ist perfekt." Mit absoluter Ernsthaftigkeit versprach er Lauren: „Und den protzigen Sportwagen werde ich immer brav vor deiner Haustür abstellen, damit alle verknallten Teenager und liebestollen Frauen unter fünfunddreißig Jahren davon ausgehen, dass du und ich eine heiße Affäre haben. Abgemacht?"

Anstatt etwas zu antworten, zuckten ihre Mundwinkel.

„Heiße Affäre? Habe ich etwas verpasst?"

„Überhaupt nicht, Patty", warf Lauren ein, ließ ihn jedoch nicht aus den Augen. „Stuart verfügt lediglich über eine blühende Fantasie."

Er deutete eine Verbeugung an. „Das sagt meine Mom auch andauernd."

Anscheinend wurde Lauren wieder ernster, als sie wissen wollte: „Du willst Audrey wirklich ein Pferd schenken?"

Stuart überlegte einen Moment lang. „Es ist ihr Herzenswunsch, und ich finde es gut, dass sie Verantwortung für ein anderes Lebewesen übernehmen will. Das formt den Charakter." Er lehnte sich gegen die Pferdebox. „Den Mist des eigenen Pferdes zu beseitigen und sich dabei dreckig zu machen, wird sie davon abhalten, vom Boden abzuheben."

„Sprichst du aus Erfahrung?"

Stuart grinste. „Und wie! Vergiss nicht, dass ich dreckiges Geschirr spülen und Tische abwischen musste, um Taschengeld zu verdienen."

„Stimmt, ich vergaß."

Pattys Räuspern ertönte. „Ich will euch ja nicht stören, aber ich bekomme gleich noch einen Telefonanruf und verschwinde deswegen jetzt."

Da er nichts dagegen hatte, allein mit Lauren zu sein, nickte er ihr zu. „Sag mir Bescheid, wenn ich die Papiere unterschreiben soll."

„Mache ich."

Anscheinend wollte Lauren noch etwas sagen, aber ihre Freundin war so schnell verschwunden, dass sie dazu gar nicht mehr kam. Stattdessen trat sie von einem Fuß von auf den anderen und wirkte fast schon verlegen.

„Ich wollte euch wirklich nicht stören."

„Das hast du nicht", versicherte er ihr. „Wir hatten schon längst alles geklärt."

Stuart ließ seine Augen für einen verführerisch kurzen Moment über sie wandern und stellte fest, dass der zerzauste Look ihm am besten an ihr gefiel. Ihr rotes Haar war zwar zu einem Pferdeschwanz frisiert, aber widerspenstige Strähnen hatten sich gelöst und fielen ihr in die Stirn und den Nacken. Sie trug keine Spur von Make-up. Und mit den kniehohen Gummistiefeln und den dunklen Jeans sowie dem grauen T-Shirt sah sie aus, als würde sie sich in einem Stall am wohlsten fühlen.

Er fand sie zum Niederknien.

„Audrey wird ausflippen, wenn sie ein Pferd von dir geschenkt bekommt.“ Lauren strich sich eine der Strähnen hinter das Ohr. „Damit wirst du auf jeden Fall für alle Zeiten ihr Lieblingsonkel sein.“

„Genau das war ja der Plan“, raunte er ihr zu, bevor er kurz den Kopf schüttelte. „Nein, ganz im Ernst. Ich habe mit meinem Bruder und meiner Schwägerin darüber gesprochen, die beide die Idee sehr gut finden. Audrey ist zu Hause die älteste Schwester und sechs Jahre älter als ihre Zwillingsbrüder. Mit dem Baby im Haus und den Zwillingen soll sie nicht untergehen.“

Es war Lauren anzusehen, dass sie die Idee ebenfalls schön fand, weil ihre Gesichtszüge weich wurden. „Apropos Baby: Geht es deiner Schwester und ihrem Baby gut?“

„Grace – das Baby heißt Grace und ist bereits zu Hause.“ So stolz, als wäre er selbst dafür verantwortlich, fuhr er fort: „Einundfünfzig Zentimeter und dreitausendzweihundertvierundfünfzig Gramm.“

„Herzlichen Glückwunsch. Wie schön, dass es der Kleinen gut geht.“

„Sie ist ein richtiger Wonneproppen.“

„Was haben deine Neffen zu ihrer Schwester gesagt?“

„Ich glaube zwar, dass Scott lieber einen neuen Fußball bekommen hätte, aber mittlerweile ist er Feuer und Flamme für die Kleine, außerdem war er glücklich, weil er am Tag nach Grace’ Geburt die Schule schwänzen durfte.“ Er verdrehte die Augen, als sie ihr Glucksen hörte. „Ja, ich weiß. Ich konnte nicht Nein sagen.“

„Ich hätte vermutlich auch nicht Nein sagen können – der Kleine hatte es wirklich faustdick hinter den Ohren.“ Sie räusperte sich. „Wie sein Onkel.“

„Das habe ich überhört.“

Ihr Blick wirkte neugierig, als die den Kopf zur Seite legte. „Hast du schon ein Pferd für Audrey in Aussicht?“

Stuart stieß sich von der Boxentür ab und machte einen Schritt auf sie zu. Im ersten Moment rechnete er fast damit, dass Lauren zurückweichen würde, aber das tat sie nicht, sondern blieb stehen, wo sie war. „Ein Bekannter hat mir ein Gestüt in Pennsylvania empfohlen, das American Quarter Horses züchtet – die Belmont Farm. Vielleicht fahre ich am Wochenende hin und schaue mich einmal um.“

Lauren schien zu zögern und fuhr sich unsicher über die Lippen, bis sie kurz schluckte, wie Stuart an der Bewegung ihres Halses erkennen konnte. Ihre Stimme klang eine Spur zu hoch, als sie vorschlug: „Ich kenne mich mit Pferden ein bisschen aus. Wenn du willst, könnte ich dich begleiten.“

Er starrte sie an, als habe er sie nicht richtig verstanden, und es dauerte einen Moment, bis Stuart zu einer Antwort ansetzen konnte. Verblüfft über ihren Vorschlag fragte er wie der letzte Idiot: „Du willst mitkommen?“

Sie wirkte verlegen. „Ja ... wenn dir das recht ist.“

Noch immer konnte er es nicht glauben. „Also ...“

Ihr Seufzen sollte wohl geschäftsmäßig wirken. „Ich will Audrey ja nur davor bewahren, dass sie dir einen lahmen Vierjährigen andrehen, der viel zu früh angeritten wurde. Wenn das Mädchen ein Pferd bekommt, dann soll es auch der perfekte Begleiter für sie sein."

Vielleicht hätte er sie damit aufziehen können, dass sie nur an die mehrstündige Fahrt dachte und mit ihm allein sein wollte, aber Stuart hielt es für besser, einfach die Klappe zu halten und ernst zu bleiben.

„Danke für dein Angebot. Falls ich dich von nichts Wichtigem abhalte, dann würde ich mich natürlich freuen, wenn du mich begleitest", erklärte er daher formvollendet.

Damit hatte Lauren wohl nicht gerechnet, weil sie ihn teils misstrauisch, teils verblüfft ansah. Vielleicht wunderte sie sich auch über sich selbst, weil sie ihm von sich aus diesen Vorschlag unterbreitet hatte – immerhin wirkte sie meistens, als würde sie es vermeiden wollen, allzu lange mit ihm allein zu sein.

„Okay." Anscheinend suchte sie nach Worten. „Dann ... dann sag einfach Bescheid, wann du am Samstag losfahren willst. Ich muss jetzt wirklich wieder ... los."

Stuart konnte sich das breite Grinsen nicht verkneifen, weil er sicher war, dass sie nicht plötzlich losmusste. Sie floh. Vor ihm.

Und das gefiel ihm irgendwie, weil es hieß, dass er sie ebenso aus der Fassung brachte wie sie ihn.

***

Dass Stuart Humor besaß, zeigte sich, als er sie samstagmorgens um sieben Uhr in einem Volvo abholte. Von seinem Sportwagen war keine Spur zu sehen, stattdessen fuhr er mit einem familientauglichen Kombi auf den Hof, stieg aus und versetzte Lauren den nächsten Schlag.

Er trug nämlich keinen Anzug.

Stattdessen zeigte er sich in Jeans, einem dünnen Sweatshirt und Turnschuhen.

Sie musste sogar zweimal hinsehen, um ihn überhaupt erkennen zu können.

Lauren schluckte und wusste augenblicklich, dass es eine dumme Idee gewesen war, mit ihm nach Pennsylvania zu fahren und sich Pferde anzusehen. Warum tat sie das überhaupt? Sie würde heute insgesamt acht Stunden mit ihm in einem Auto sitzen, acht Stunden lang mit ihm reden und acht Stunden lang in seiner Nähe sein – die Stunden nicht mitgerechnet, die sie sonst noch mit ihm verbringen würde. Dass er völlig normal aussah und nicht wie der viel beschäftigte Geschäftsmann, der er nun einmal war, machte die Sache nicht besser. Wie sehr er ihr in diesem saloppen Aufzug gefiel, wollte sie lieber nicht näher ergründen. So sah er nicht mehr aus wie ...

Wie *er*.

Augenblicklich sackte ihr Magen ins Bodenlose, während sie verfolgte, wie Stuart grüßend die Hand hob und das Auto vor ihren Augen wendete.

Einen Moment lang befürchtete Lauren, keine Luft mehr zu bekommen, und verkrampfte sich. Gleichzeitig zwang sie sich dazu, alle unschönen Erinnerungen so weit wie möglich von sich zu schieben, und biss dabei die Zähne so fest aufeinander, dass es wehtat.

Sie war eine selten dämliche Kuh, schalt sie sich innerlich.

Da hatte sie dem Rennzirkus, der Pferdezucht und Geschäftsmännern den Rücken gekehrt, um noch einmal neu anzufangen und ihren Erinnerungen davonzulaufen, und wo war sie jetzt? Auf dem Weg zu einem Gestüt mit einem Mann an ihrer Seite, der all das symbolisierte, womit sie nichts mehr zu tun haben wollte.

„Hey, guten Morgen!“

„Guten Morgen“, erwiderte sie und lächelte zittrig, während sie sich sagte, dass sie langsam verrückt wurde.

„Kein Kommentar zu unserem Gefährt?“

Sein Lächeln und sein Augenzwinkern waren so jungenhaft und ansteckend, dass die unschönen Gedanken langsam verpufften. Lauren schlenderte mit ihrer Jacke über dem Arm und ihrer Tasche in der Hand auf das Auto zu und neckte: „Ich versuche gerade, meine Enttäuschung in den Griff zu bekommen, immerhin hatte ich mich insgeheim darauf gefreut, in deinem protzigen Sportwagen zu sitzen.“

Es war zu komisch, seine Miene zu beobachten, die leicht fassungslos wirkte. „Was?“

Bedauernd nickte sie. „Es wäre die perfekte Gelegenheit gewesen ...“

„Ich erinnere mich an mehrere Situationen, in denen du mir erklärt hast, dass du nicht in meinen Sportwagen einsteigen würdest.“

„Ach das.“ Sie vollführte eine fahrige Handbewegung. „Das war doch nur ein Scherz.“

„Ha!“ Über das Autodach hinweg sah er sie an. „Wenn du glaubst, dass ich vergessen hätte, was du über die Rückbank eines Volvos gesagt hast, dann hast du dich geschnitten.“ Seine hellbraunen Augen funkelten übermütig.

Lauren kniff die Augen zusammen und kontrollierte das Zucken ihrer Mundwinkel. „Keine Chance, Stuart. Wir sind heute unterwegs, um für deine Nichte nach einem Pferd zu suchen. Was dir vorschwebt, wird nicht passieren.“

„Ich habe keine Ahnung, wovon du sprichst.“

Die engelsgleiche Miene nahm sie ihm nicht ab, hielt es jedoch für besser, das Thema zu wechseln. „Sag mir nicht, dass du extra für heute ein Auto gekauft hast.“

Er schnaubte. „Nein, das habe ich natürlich nicht. Der Autovermieter hat mich vermutlich für verrückt erklärt, weil ich auf einem Volvo bestand.“

„Das hätte ich auch.“ Sie öffnete die hintere Tür und legte ihre Jacke hinein, bevor sie die Beifahrertür öffnete und ihn erwartungsvoll ansah. „Sollen wir losfahren, schließlich haben wir eine vierstündige Fahrt vor uns?“

Die vierstündige Fahrt verging wie im Flug.

Tatsächlich unterhielten sie sich so gut, dass Lauren nicht einmal merkte, wie die Zeit verging. Außerdem war der Sitz des Volvos bequem und das schnelle Fahren derart angenehm, dass die Fahrt sogar Spaß machte. Zudem stellte sich Stuart als netter Gesprächspartner heraus. Sie redeten über seine Familie, über den Hof und ihre Praxis, ohne dass er irgendwelche Flirtversuche startete, stritten sich gutmütig über das Radioprogramm und entschieden sich schließlich für den Sender, der Lauren gefiel. Selbstverständlich musste sie sich gefallen lassen, dass er sie damit neckte, dass sie gerne Countrymusik hörte, aber selbst das war egal.

Bevor sie es sich versah, fuhren sie auf den Hof eines gepflegt wirkenden Gestüts im östlichen Pennsylvania. Die Belmont Farm war hübsch, sauber und ziemlich weitläufig. Stuart und sie waren gerade an mit weißen Holzzäunen gesäumten Weiden vorbeigekommen, auf denen Pferde in Herdenverbänden gestanden hatten. Kleine Fohlen waren zwischen ihren Müttern und weiteren Tieren herumgetollt und hatten Lauren dadurch ein gutes Gefühl gegeben, weil sie auf diese Weise sicher sein konnte, dass die Pferde der Belmont Farm gut sozialisiert waren. Ihr Bauchgefühl sagte ihr, dass sie hier ein perfektes Pferd für Audrey finden würden.

Dass Lauren heute mitgekommen war, lag auch daran, dass sie die Belmont Farm nicht kannte. Sie hatte den Namen nie zuvor gehört. Wenn das Gestüt Renn-Quarters züchten würde, dann hätte Lauren den Namen auf jeden Fall schon einmal gehört. Aber da sie es nicht hatte, konnte sie davon ausgehen, dass man sich hier auf Freizeitpferde spezialisiert hatte.

Lauren wusste, dass es paranoid klang, aber sie wollte das Risiko einfach nicht eingehen, irgendjemanden zu treffen, der ...

„Also mir gefällt der erste Eindruck“, unterbrach Stuart ihre Gedanken und fuhr das Auto auf einen der Parkplätze. „Die Pferde auf den Weiden machen einen gesunden Eindruck und alles sieht sehr gepflegt aus.“

Sie nickte und stieß den Nagel ihres linken Mittelfingers unter ihren linken Daumennagel. Der kleine Schmerz holte sie zurück in die Gegenwart und sagte ihr, dass alles gut war.

„Die Tiere sehen wirklich sehr gut aus“, stimmte sie ihm zu und schnallte sich ab, damit Stuart keinen Verdacht schöpfte.

Kaum waren sie ausgestiegen, wurden sie zuerst vom Hofhund, einem lebhaften Border Collie, begrüßt und lernten anschließend den Besitzer des Gestüts kennen, der aus dem Haupthaus trat und sich als Alan vorstellte.

Den Kaffee, den er ihnen in seinem Büro, einem gemütlich eingerichteten Raum mitten in den Stallungen, anbot, nahmen Stuart und sie gerne an und unterhielten sich mit ihm über seine Pferde.

Der positive Eindruck, den Lauren bereits von seinem Hof und seinem Gestüt bekommen hatte, verstärkte sich, als er von seinen Tieren sprach, weil man merkte, dass er mit Herzblut bei der Sache war und in den Pferden nicht nur eine Investition sah. Ehrlicherweise konnte sie es kaum abwarten, die Pferde zu begutachten.

In der Stallgasse führte Alan sie beide zu verschiedenen Boxen und zeigte ihnen ein paar seiner Zöglinge. Vor allem der wunderschöne Fuchswallach, der freundlich wieherte, als sie vor seiner Box stehen blieben, hatte es Lauren angetan. Ein edler Kopf, neugierig gespitzte Ohren, sanfte Augen und ein weiches Maul – Lauren war begeistert. Stuart ebenso, weil er dem hübschen Wallach über die Stirn strich und ihn mit einem Zungenschnalzen begrüßte, das der Wallach mit einem Wiehern beantwortete.

„Sein Name ist Maximus, aber alle rufen ihn Max“, erklärte Alan Belmont. „Sein Vater ist ein exzellenter Springer und seine Mutter unsere beste Zuchtstute.“

„Ein schönes Tier“, gab Stuart zu. „Wie alt ist er?“

„Er ist sechs, gut ausgebildet und sehr ausgeglichen. Ein optimales Reitpferd für jüngere Reiter, die noch nicht erfahren sind. Die Hilfen nimmt er zuverlässig an und ist sehr lernwillig. Außerdem hat er einen genügsamen Charakter und ist nicht aus der Ruhe zu bringen."

In Laurens Ohren klang Max tatsächlich perfekt für ein Mädchen wie Audrey.

Als Max gesattelt und auf den Platz geführt wurde, wo eine Bereiterin ihn vorführte, stand Lauren neben Stuart und musterte die geschmeidigen Bewegungen des Fuchses. Sie verfolgte den perfekten Wechsel in die verschiedenen Gangarten sowie die Wendigkeit und sah, wie gehorsam der Wallach auf die Befehle der Reiterin reagierte. Pferd und Reiterin waren eine bestens funktionierende Einheit.

Als Tierärztin registrierte sie den gesunden Eindruck, das glänzende Fell und den Stand des Pferdes. Als Reiterin und Pferdeliebhaberin erkannte sie die kräftige Brustmuskulatur, die gute Sattellage und die Leichtigkeit, mit der Max auf die Hilfen reagierte, und sie erfreute sich an der Harmonie zwischen Pferd und Reiter.

„Ich glaube, ich will Max für mich selbst", flüsterte Stuart ihr ins Ohr und klang ebenso verliebt in den Wallach, wie sie sich fühlte.

„Das kann ich gut nachvollziehen", erwiderte sie ebenso flüsternd und lehnte sich gegen den Zaun. „Wenn du ihn nicht für Audrey kaufst, muss ich es wohl tun."

Seine Antwort bestand aus einem heiseren Lachen, bevor er sich an Alan Belmont wandte, um mit ihm über das Pferd zu sprechen.

Während die beiden Männer über das Geschäftliche redeten, wandte sich Lauren wieder dem Wallach zu und lächelte der Bereiterin zu, die sich gerade aus dem Sattel schwang. Sie war sich ziemlich sicher, dass sich Stuart und Alan einig wurden. Dass sie ihr Geschäft mit einem Handschlag besiegelten, verwunderte Lauren ein bisschen, denn Anwälte, wie Stuart einer war, schlossen ihrer Erfahrung nach Verträge sogar am liebsten über den Kauf von Toilettenpapier ab.

Als Stuart und sie das Gestüt verließen, war Lauren einerseits froh, dass sie so ein schönes Pferd für Audrey gefunden hatten, andererseits wäre sie noch gerne geblieben, denn die Pferde waren unglaublich schön und Lauren konnte sich an ihnen nicht sattsehen. Zwar wohnte sie in der unmittelbaren Umgebung eines Reitstalles, aber es war irgendwie nicht dasselbe. Noch vor nicht allzu langer Zeit war sie fast täglich mit Pferden zusammen gewesen, und jetzt merkte sie, wie sehr sie es vermisste.

Zur Belohnung für die erfolgreiche Suche nach einem Pferd lud Stuart sie zum Mittagessen ein, bevor sie zurück nach Connecticut fahren wollten. Sobald sie sich in einem niedlichen, ländlichen Restaurant gegenübersaßen, bemerkte Lauren, wie angenehm dieser Tag bisher verlaufen war und wie wohl sie sich in Stuarts Gegenwart fühlte. Tatsächlich fühlte es sich völlig natürlich und unverkrampft an, mit ihm Zeit zu verbringen. Sie hatte schon lange nicht mehr so einen schönen Tag verbracht.

Anscheinend dachte auch Stuart darüber nach, weil er völlig unvermittelt erklärte, nachdem sie das Essen bestellt hatten: „Danke, dass du mitgekommen bist. Ich hatte viel Spaß.“

„Ehrlicherweise muss ich mich bedanken, dass du mich mitgenommen hast, schließlich musste ich nicht viel tun.“

Da sich Stuart das Sweatshirt ausgezogen hatte und ihr jetzt nur noch in T-Shirt gegenübersaß, kam Lauren nicht umhin, die ausgeprägte Armmuskulatur zu bewundern, die ihr zuvor nie aufgefallen war. Für einen Geschäftsmann schien er sehr gut in Schuss zu sein. Bislang war ihr selbstverständlich aufgefallen, dass er groß gewachsen, breitschultrig und sportlich war. Und seinen Sitz im Sattel hatte sie bereits vor einiger Zeit auf besagtem Poloturnier registrieren können, aber angesichts der trainierten Arme und des ausgeprägten Schlüsselbeins, das sie dank des runden Ausschnitts des T-Shirts erkennen konnte, wurde ihr ganz anders zumute. Wärme breitete sich in ihrer Magengegend aus.

„Wenn du nicht auf Anhieb so begeistert von Max gewesen wärst, hätte ich vermutlich gezögert.“

„Hättest du nicht“, wandte sie augenzwinkernd ein. „Ich habe doch gesehen, dass du dich Hals über Kopf in ihn verliebt hast.“

„Auch wieder wahr.“ Er nippte an seinem Wasser und musterte sie fragend. „Du scheinst viel Spaß auf dem Gestüt gehabt zu haben und hast mit Alan oft gefachsimpelt.“

„Ich hatte viel Spaß, außerdem bin ich Tierärztin. Natürlich fachsimpele ich gerne“, erwiderte sie so beiläufig wie möglich.

Stuart runzelte nachdenklich die Stirn. „Für mich klang es eher, als hättest du ein gesteigertes Interesse an dem Gestüt und an dessen Zuchtlinien. Hast du nicht in

Kentucky gearbeitet? Dann musst du ja naturgemäß etwas von Reitsport und Pferdezucht verstehen."

Lauren fiel es schwer, den entspannten Gesichtsausdruck beizubehalten, als sie mit den Schultern zuckte. „Eigentlich komme ich aus Georgia."

„Aber in Kentucky hattest du eine Praxis, oder?"

„Mhm", entgegnete sie und griff nach ihrem Wasserglas. Gleichzeitig hoffte sie, dass er das Thema wechseln würde.

„Wie lange hast du dort gearbeitet?"

Magensäure fraß sich ihren Weg durch ihre Kehle. „Drei Jahre."

„Lief die Praxis nicht sonderlich gut oder warum bist du nach Connecticut gekommen?"

Ihre Praxis war hervorragend gelaufen – unglaublich hervorragend, aber das würde sie ihm nicht sagen. Sie würde ihm auch nicht sagen, dass sie unter den in Kentucky ansässigen Pferdezüchtern und Rennstallbesitzern als Koryphäe gehandelt worden war, weil Stuart dann nur hätte wissen wollen, warum sie weggezogen und mitten auf dem Land in Connecticut eine Kleintierpraxis eröffnet hatte, anstatt Vollblüter, Zuchtpferde und Rennpferde zu behandeln.

„Patty bot mir die Praxis an und ich wollte mich verändern."

An dieser Antwort schien Stuart nichts Merkwürdiges zu finden, denn er hakte freundlich nach: „Wohnen deine Eltern noch in Georgia?"

„Meine Eltern sind gestorben, als ich auf dem College war – ein Autounfall." Ihre Mundwinkel verzogen sich zu einem schwachen Lächeln. „Ich habe noch einen älteren Bruder, Paul, aber wir haben keine sehr enge Beziehung zueinander. Als er aufs College ging, war ich erst fünf Jahre alt. Mittlerweile lebt er in Seattle und wir sehen uns sehr selten."

„Das mit deinen Eltern tut mir leid."

„Danke", antwortete sie leise.

Bevor es noch unangenehmer werden konnte, wurde glücklicherweise das Essen serviert. Während der nächsten halben Stunde beschränkten sie sich auf Small Talk und fuhren anschließend zurück nach Connecticut.

Als Stuart sie nach Hause brachte, war es fast neun Uhr am Abend.

Lauren öffnete den Gurt und hielt Jacke sowie Tasche in der Hand, als sie ihn unschlüssig ansah. Vermutlich hätte sie ihn auf einen Kaffee hinaufbitten sollen, aber so weit war sie noch nicht. Vielleicht würde sie niemals so weit sein, überlegte sie verzagt und schaute in sein attraktives Gesicht, das ihr den Atem nahm, wenn er sie mit seinen Augen so ansah wie jetzt. Bevor sie der Mut verließ, beugte sie sich vor und küsste ihn auf die Wange. Sein Geruch ließ ihre Knie weich werden.

„Danke für den schönen Tag", murmelte Lauren und stieg aus, ohne ihm die Gelegenheit zu einer Erwiderung zu geben.

9. Kapitel

J.T. hatte sich wirklich nicht lumpen lassen, was diesen Junggesellenabschied betraf.

Ein Essen im besten Steakhouse der Stadt, anschließend ein Boxkampf im Mandalay Bay Hotel, dann ein bisschen Pokern im Bellagio und nun eine Privatparty in der Luxussuite des MGM Grand, die J.T. für das Wochenende gebucht hatte. Nicht zu vergessen, die halb nackten Frauen, die sich gerade gegenseitig mit Champagner bespritzten und dabei wie verrückt kreischten.

Eine von ihnen hatte Parker vor zwei Stunden einen Lapdance gegeben, von dem sich der baldige Bräutigam noch nicht erholt hatte. Er lag halb bewusstlos auf dem Sofa und trug zur Feier des Tages eine Krone, die ihm schief auf dem Kopf hing. Dazu kamen unzählige rote Kussmünder auf seinem Gesicht und seinem Hals, die die Damen auf seiner Haut hinterlassen hatten.

Stuart wollte lieber nicht wissen, wo sein Cousin die Mädels herhatte, die alle nur noch Bikinis trugen und trotz der späten beziehungsweise frühen Stunde gut gelaunt und feierwütig waren.

Er selbst hätte gerne geschlafen, aber J.T., Dixon und die Mädels machten nicht den Eindruck, die Party bald zu beenden.

Während J.T. damit beschäftigt war, Fotos von Parker und seinem derangierten Zustand zu machen, tanzte der betrunkene Dixon mit gleich zwei der Damen, von denen nur noch eine ihr Bikinioberteil trug, und ihr anderer Freund Malcolm stand auf der Terrasse des Lofts und qualmte seine Cohiba.

Von ihnen fünf war Parker der Erste, der heiraten würde, aber da Malcolm den ganzen Abend lang auf sein Handy gestarrt und keine Augen für die halb nackten Mädchen gehabt hatte, ging Stuart davon aus, dass sein anderer Kumpel nicht mehr zu haben war.

Dem Schauspiel vor sich drehte er den Rücken zu und kramte in seiner Hose nach seinem Handy. Es war halb fünf Uhr morgens.

In Connecticut war es halb acht.

Seufzend steckte er das Handy wieder weg und nahm den Geräuschpegel hinter sich kaum mehr wahr, auch wenn es klang, als würden sich zwei der Mädchen gerade in die Haare bekommen. Ihn ging es nichts an, denn sie waren J.T.s Problem.

Auch er hatte nicht besonders viel Spaß gehabt, als J.T. die Mädchen in die Suite geführt hatte, sondern hatte gute Miene zum bösen Spiel gemacht und Parker angefeuert, als dem ein Paar nackter Brüste ins Gesicht gepresst wurden. Innerlich war er jedoch völlig unbeteiligt gewesen.

Und keine der Frauen, die hier herumsprangen und mit ihren Reizen nicht geizten, interessierte ihn auch nur ansatzweise.

„Hey, machst du etwa schon schlapp?“

Stuart bekam einen kräftigen Schlag auf die Schulter ab, als sein Cousin neben ihm auftauchte und nach einer Flasche Wodka griff, die auf der Bar stand, die sich mitten im Wohnzimmer der riesigen Luxussuite befand.

Während J.T. großzügig etwas von dem harten Alkohol in sein Glas gab, hatte Stuart die Gelegenheit, ihn zu beobachten. J.T. schien den Junggesellenabschied mehr zu genießen als der Bräutigam. Sein Cousin grinste von einem Ohr zum anderen, sein Mund zeigte Lippenstiftspuren, sein Haar war zerzaust und die obersten Knöpfe seines Hemdes waren offen.

Stuart würde es nicht wundern, wenn J.T. bald mit einer weiteren Vaterschaftsklage konfrontiert wäre.

„Wir haben halb fünf", ließ er sich dumpf vernehmen und kam sich einen Moment lang wie eine Gouvernante vor, die die Schlafsaalaufsicht eines Internats innehatte.

„Na und?", grunzte sein Cousin und nahm einen großen Schluck des russischen Erzeugnisses.

„Es ist Parkers letzte Möglichkeit, auf den Putz zu hauen, bevor er sich selbst versklavt. Das müssen wir ausnutzen."

Da Parker bewusstlos auf dem Sofa lag und schnarchte, reagierte Stuart auf den Kommentar seines Cousins mit einem abfälligen Schnauben. „Parker hat schon längst aufgegeben und schläft. Wem willst du eigentlich etwas beweisen?"

Verdutzt sah J.T. ihn kurz an, bevor er finster die Stirn runzelte. „Versau hier nicht die Stimmung!"

„Wie soll ich denn die Stimmung versauen? Die ist doch schon im Keller!" Stuart verschränkte die Arme vor der Brust und nickte mit hochgezogener Augenbraue in die Mitte des Raumes. „Parker liegt völlig betrunken auf dem Sofa und kriegt nichts mehr mit, Malcolm hat sich vor fast einer Stunde auf die Terrasse verzogen, und Dixon sieht aus, als müsste er jeden Moment kotzen, weil du ihn so abgefüllt hast. Außerdem sind wir seit vierundzwanzig Stunden unterwegs. Wie lange soll das Theater denn noch dauern?“

„Seit wann bist du so eine Spaßbremse?“

Stuart griff nach einer Flasche Wasser. „Ich bin keine Spaßbremse, aber ich muss mir nicht selbst etwas beweisen und auf Teufel komm raus feiern, weil ich Schiss habe, dass alle um mich herum erwachsen werden.“

Es wäre nicht das erste Mal gewesen, dass er sich mit J.T. geprügelt hätte, nur war das letzte Mal schon eine Weile her.

Sein Cousin sah tatsächlich so aus, als würde er ihm liebend gerne die Fresse polieren, doch vielleicht erinnerte er sich daran, dass Stuart ihm beim letzten Mal fast einen Zahn ausgeschlagen hatte und dass er im Gegensatz zu ihm bei Weitem nicht so viel gebechert hatte. Auf jeden Fall wurde seine Miene immer finsterer und er grollte bedrohlich: „Ich will mich nicht mit dir prügeln, also halt lieber die Klappe, Stuart.“

„Ich gehe in mein Zimmer und gönne mir etwas Schlaf. Du solltest die Mädels lieber loswerden, bevor sie die Einrichtung zerlegen, und pass auf, dass Dixon nicht die Bude vollkotzt.“

Als er in seinem Schlafzimmer war, konnte er hören, wie die Musik leiser gedreht wurde. Eigentlich hätte er sich eine Dusche gönnen müssen, aber darauf hatte er keine Lust, sondern zog sich aus und legte sich nackt auf das Bett. Obwohl Stuart tierisch müde war, merkte er, dass er nicht einschlafen konnte, und schaltete den Fernseher ein. Lustlos zappte er durch die Programme und fand nichts, was ihn fesselte.

Wieder griff er nach seinem Handy und betrachtete es zweifelnd.

Ohne zu wissen, was er überhaupt sagen wollte, wählte er Laurens Nummer.

„McPherson?“

„Hey, Lauren. Ich bin’s – Stuart.“

„Stuart?“ Ihre Stimme klang verschlafen. „Hey ... ist etwas passiert?“

„Nein, ich wollte dich einfach nur anrufen.“ Über seine eigene Antwort verdrehte er die Augen. Etwas Dümmeres war ihm wohl wirklich nicht eingefallen.

„Ach so.“ Sie klang nach einem Gähnen. „Wie spät ist es denn?“

„Halb acht.“ Er stellte den Ton des Fernsehers aus. „Scheiße. Habe ich dich geweckt?“

„Nicht wirklich. Ich muss sowieso aufstehen.“

Er bekam ein schlechtes Gewissen und hätte sich selbst am liebsten in den Hintern getreten. „Dann lege ich lieber wieder auf.“

„Nein ... nein, schon gut. Ich bin wach.“

„Jetzt habe ich ein schlechtes Gewissen, weil ich dich so früh an einem Sonntag geweckt habe.“

„Musst du nicht. Patty hat mich gefragt, ob ich heute den Reitunterricht der Kleinen übernehme, und der fängt um neun an. Da ich morgens mindestens eine halbe Stunde über meiner Kaffeetasse sitze, war es sogar gut, dass du angerufen hast.“

Er hörte das Rascheln von Bettzeug am anderen Ende der Leitung und musste unweigerlich grinsen.

„Und was treibt dich so früh an einem Sonntagmorgen ans Telefon?“, hakte sie bei ihm nach.

„Ich bin gerade erst ins Bett gegangen und konnte nicht einschlafen.“

Ihre Stimme nahm einen verblüfften Tonfall an. „Wo bist du denn?“

„In Las Vegas."

„Wie viel Uhr ist es bei euch?"

„Halb fünf."

Lauren schien zu schmunzeln. „Und was treibst du um halb fünf Uhr morgens in Las Vegas?"

Seufzend fuhr er sich durchs Haar und streckte seine Beine von sich. „Ich bin auf einem Junggesellenabschied."

Am anderen Ende der Leitung herrschte kurze Zeit Stille, bis sie ungläubig wissen wollte: „Du bist auf einem Junggesellenabschied und rufst mich an?"

Zum Glück konnte sie nicht sehen, dass er errötete. Weil Stuart jedoch befand, dass er mit einunddreißig zu alt für Spielchen war, erwiderte er ehrlich: „Ich musste ziemlich oft an dich denken."

„Oh."

„Und ich fand unseren Ausflug nach Pennsylvania sehr schön."

„Das fand ich auch", gab sie zu.

„Vielleicht könnten wir das wiederholen?"

„Die Fahrt nach Pennsylvania?"

Auf ihre belustigte Frage antwortete Stuart mit einem Grinsen. „Eigentlich dachte ich an ein Abendessen – ohne eine vierstündige Fahrt hin und zurück, aber wenn du darauf bestehst, miete ich einfach noch einmal einen Volvo."

„Nein, das muss wirklich nicht sein."

„Und?", wollte er nach ein paar Sekunden wissen, in denen beide geschwiegen hatten und er wie auf heißen Kohlen saß. „Möchtest du mit mir ausgehen?"

Laurens Stimme war zwar leise, aber fest, als sie entgegnete: „Ja, das würde ich gerne."

***

Lauren beendete gerade das Gespräch mit Gregory Perkins, als sie das Motorengeräusch vor dem Haus hörte. Ein Blick auf die Uhr an ihrem Handgelenk sagte ihr, dass Stuart auf die Minute pünktlich war.

Perfektes Timing.

Ihre Schultern sackten enttäuscht hinunter, weil sie sich auf diesen Abend wirklich gefreut hatte. Verdammt, sie hatte sich sogar ein Kleid von Patty ausgeliehen und angezogen, weil sie hübsch hatte aussehen wollen. Eine ganze Stunde hatte sie im Badezimmer verbracht, um ihre Haare zu glätten, sich die Fingernägel zu lackieren, ihre Beine ordentlich zu rasieren und sich zu schminken. Selbst Lippenstift hatte sie benutzt und die Perlenohrringe ihrer Mom angesteckt.

Dass sie sich auf ein Date einließ und sich darauf freute, war für sie eine große Sache – umso enttäuschter und betrübter war sie, dass sie es jetzt absagen musste. Jetzt, da sie über ihren Schatten gesprungen war.

Da besaß sie schon einmal den Mut, um mit Stuart auszugehen, und wurde dann davon abgehalten.

Sobald es an ihrer Tür klingelte, schlüpfte sie aus den hohen Schuhen und lief barfuß die Treppen zur Haustür hinunter, vor der Stuart stand und einen Strauß Blumen in der Hand hielt.

Seine Augen glitten bewundernd über ihre Gestalt, was sie mit einer Mischung aus Verlegenheit und Freude zur Kenntnis nahm.

„Hi."

„Hi“, entgegnete sie wenig einfallsreich und fragte sich, was er wohl von ihrer Aufmachung hielt, ob ihm das Kleid gefiel und ob er auch nur ahnte, wie viel Mühe sie sich mit ihrer Frisur gegeben hatte. Bisher hatte er sie meistens im völlig zerzausten Zustand gesehen, aber heute hatte sie ihm zeigen wollen, dass sie auch anders aussehen konnte.

„Du siehst toll aus“, erklärte er mit heiserer Stimme und sandte damit warme Schauer über ihre Haut.

„Danke“, murmelte sie und schlug automatisch die Augen nieder. „Du siehst auch sehr gut aus.“

Stuart lachte leise und überreichte ihr mit einer formvollendeten Geste den Strauß gelber Rosen. Lauren fand es sympathisch, dass er sich für gelbe Rosen und nicht für rote entschieden hatte, weil das bei einem ersten Date ziemlich vorschnell gewesen wäre. Ihr stieg der liebliche Duft der Blumen in die Nase.

Sein Blick fiel auf ihre nackten Füße. „Brauchst du noch ein paar Minuten, bis du fertig bist?“

Augenblicklich erinnerte sie sich an das Telefongespräch und erklärte bedauernd: „Es tut mir leid, aber ich fürchte, dass ich unser Date absagen muss.“

„Magst du keine Rosen?“

„Unsinn“, widersprach sie leise und widerstand dem Drang, die Rosen an sich zu drücken. „Sie sind ganz zauberhaft. Mich rief gerade ein Farmer an, dessen Kuh Probleme bei einer Geburt hat. Deshalb muss ich unser Date absagen.“

Seine hellbraunen Augen sahen sie neugierig an, während sein Gesicht völlig entspannt blieb. „Du bist zu der Geburt eines Kalbes gerufen worden?“

Hilflos zuckte sie mit den Schultern. „Das ist das Los einer Tierärztin.“

„Und ich dachte, so etwas kommt nur in Filmen vor.“

„Nein“, widersprach Lauren mit gespielter Ernsthaftigkeit. „Geburten kommen sogar in der Realität vor.“

Er grinste und zeigte dabei die Grübchen, die Lauren so sehr an ihm mochte. „Eigentlich meinte ich, dass ich glaubte, es gäbe Szenen nur im Film, in denen ein Date ins Wasser fällt, weil jemand zur Geburt eines Tieres gerufen wird.“

„Leider muss ich dich enttäuschen.“ Lauren seufzte. „Wäre es okay, wenn wir das Date verschieben?“

Er schüttelte den Kopf. „Ich komme mit.“

Sie hatte nicht richtig verstanden. „Wie bitte?“

„Wenn du nicht zum Date kommen kannst, dann muss das Date zu dir kommen“, meinte er leichthin.

Das war nett und charmant, aber Lauren konnte sich nicht vorstellen, dass eine Geburt in einem Kuhstall die richtige Gelegenheit war, um mit Stuart auszugehen. „Das ist nett, aber die Geburt wird sicher ziemlich lange dauern und schmutzig und ...“

Stuart unterbrach sie mit einem Augenverdrehen. „Willst du etwa in deinem Kleid dort auftauchen?“

Lauren brauchte einen Moment, um sich auf das Offensichtliche zu konzentrieren. „Nein, aber ...“

„Ich komme mit“, wiederholte er gelassen. „Die Geburt eines Kälbchens will ich nicht verpassen. Außerdem hast du dir so viel Mühe mit deinen Haaren gegeben, dass es eine Schande wäre, wenn ich sie nicht würdigen würde.“

Reflexartig hätte sie sich fast ins Haar gefasst.

So ließ sie ihn jedoch unten warten, während sie oben in ihrer Wohnung die Blumen ins Wasser stellte und in Jeans, T-Shirt und Pullover schlüpfte, bevor sie sich ihre Tasche und ein Paar Gummistiefel schnappte und die Treppen nach unten polterte, wo Stuart noch immer auf sie wartete. Beim Anblick seines eleganten Anzuges beschlich sie das Gefühl, dass er nicht ahnte, worauf er sich eingelassen hatte.

Das sagte sie ihm auch, als er ihre Arzttasche in seinem Kofferraum verstaute.

Lakonisch erwiderte er: „Ich habe meine Sporttasche im Auto und kann mich umziehen."

Lauren hielt den Kommentar für einen Scherz und stieg in sein Auto – den protzigen Sportwagen –, das sie schnurstracks zum Hof des Bauern brachte. Natürlich hätte Lauren nie zugegeben, dass es Spaß machte, in seinem Porsche zu sitzen, aber insgeheim musste sie bekennen, dass die Fahrt, auch wenn sie relativ kurz war, Lust auf mehr machte.

Tatsächlich hatte Stuart nicht gescherzt, was seine Sporttasche betraf. Kaum waren sie nämlich auf dem Hof angekommen, öffnete er in aller Seelenruhe seine Hose und zog das gute Stück einfach aus.

Ihr fiel die Kinnlade nach unten, als sie ihn mit nackten Beinen und hellblauen Boxershorts bekleidet hinter seinem Auto stehen sah.

„Was machst du da?", krächzte sie verwirrt und presste ihre Arzttasche wie einen Schutzschild gegen ihre Brust.

„Wonach sieht es denn aus?"

„Es sieht so aus, als würdest du dich mitten auf einem Bauernhof ausziehen“, konterte sie mit viel zu hoher Stimme.

„Hast du mir nicht gesagt, dass es im Stall ziemlich dreckig zugehen kann?“ Wie die Ruhe selbst stand er nur mit einem weißen Hemd und Boxershorts vor ihr und kramte in seiner Sporttasche herum.

Ihre Kehle wurde trocken, als sie seine Beine begutachtete. Männerbeine fand sie meistens nicht sonderlich spektakulär, aber Stuart war eine Ausnahme. Dass seine Beine lang und athletisch sein mussten, hatte Lauren bereits geahnt, aber dass sie gut bemuskelt waren und ziemlich sexy aussahen, hatte sie nicht gewusst. Als er in eine kurze Trainingshose schlüpfte, die etwas weiter ausgestellt war und über den Knien endete, kam Lauren nicht umhin, die winzige Narbe auf seinem linken Knie zu entdecken.

Ihr war es regelrecht peinlich, dass er ihren neugierigen Blick bemerkt haben musste, weil er unvermittelt sagte: „Ein Unfall beim Wasserskifahren, als ich achtzehn war – beendete leider meine Karriere als professioneller Balletttänzer.“

Das Geräusch, das Lauren daraufhin von sich gab, hörte sich grauenvoll an, weil sie das Lachen unterdrückte, als Gregory Perkins auf den Hof eilte und sie begrüßte. Wenn er es merkwürdig fand, dass Lauren roten Lippenstift trug und ihr Begleiter in einer Sporthose auf seinem Hof stand, ließ er sich nichts anmerken und führte sie in den Stall, wo er Stuart ein Paar Gummistiefel in die Hände drückte, in die dieser auch gleich hineinschlüpfte.

Lauren sah mit einem Blick, dass das Muttertier, das im Stroh lag und schnaubende Geräusche von sich gab, in den Wehen lag, und Lauren erkannte, dass sich das Kalb in einer falschen Geburtslage befand, weil weder das Flotzmaul noch die Füße zu sehen waren, sondern der Schwanz des Kalbes sichtbar wurde.

„Wann ist die Fruchtblase geplatzt?“ Fragend schaute sie den Bauern an und öffnete ihre Arzttasche.

„Vor drei Stunden. Erst als sie unruhig wurde und der Schwanz des Kalbes heraustrat, wusste ich, dass etwas nicht stimmt.“

„Wir kriegen das hin“, versicherte sie dem Mann und kniete sich hin, um in ihrer Arzttasche nach den Geburtsmänteln zu suchen, die sie zu Hause noch schnell eingepackt hatte. „Ich brauche einen Eimer warmes Wasser, Seife und frisches Stroh.“

Wortlos verschwand er eilig und ließ sie beide mit der kalbenden Kuh allein.

Lauren warf Stuart über die Schulter hinweg einen kurzen Blick zu. „Es wartet ein hartes Stück Arbeit auf uns.“

„Uns?“

Sie maß ihn und nickte zuversichtlich. „Du bist ziemlich stark und kannst mir helfen. Zieh dir lieber das Hemd aus, bevor du es ruinierst.“

„Willst du, dass ich halb nackt ein Kalb entbinde?“

„Ich mache mir nur Sorgen um dein Hemd. Hier.“ Sie warf ihm einen der Plastiküberzüge zu, den er mit einer Hand fing. „Zieh den drüber, wenn du dir die Arme gründlich gewaschen hast. Ein bisschen Gleitgel kriegst du auch gleich.“

„Gleitgel?“ Ihm entglitten alle Gesichtszüge. „Du willst mir doch nicht sagen, dass ich ...“ Entsetzt starrte er zwischen der Kuh und ihr hin und her.

„Keine Sorge, wir wechseln uns ab.“ Lauren erhob sich und schenkte ihm ein entschuldigendes Lächeln. „Zuerst müssen wir die Hinterbeine in den Geburtskanal bringen und anschließend einen Geburtsstrick an den Fesseln des Kalbes anbringen, bevor wir es nach draußen ziehen können. Das wird ein ziemlicher Kraftakt.“ Weil sie ihm sagen wollte, dass er ihr dabei eine große Hilfe sein würde, murmelte sie dankbar: „Gut, dass du dabei bist. Ohne dich wäre es sehr schwer für mich allein. Ist es denn okay, dass ...“

„Natürlich ist es okay“, unterbrach er sie und stieß die Atemluft aus. „Auch wenn ich danach mit Sicherheit einen Drink brauche.“

„Den bekommst du“, versicherte sie ihm.

„Was mache ich nicht alles, um dich zu beeindrucken“, krächzte Stuart und trat neben sie. „Erst Archie und diese unmenschliche Prozedur, dann Gespräche über Kastrationen und jetzt das.“

„Ich werde dir ewig dankbar sein“, schwor sie feierlich.

In wortloser Eintracht wuschen sie sich beide die Hände, als Gregory Perkins zurückkam, Lauren desinfizierte die Schamgegend des Muttertieres und zog sich – ebenso wie Stuart – den Geburtsmantel an. Anschließend machte sie sich daran, das ungeborene Kalb zurück in den Uterus zu stoßen, und musste dafür alle Kraft anwenden, die sie besaß. Wenn sie nicht derart beschäftigt gewesen wäre, hätte sie vielleicht darüber nachdenken können, wie lustig Stuart in den Gummistiefel, den Sporthosen und dem Geburtsmantel aussah, aber dafür blieb keine Zeit. Sobald sie merkte, dass sie kräftemäßig nicht mehr weiterkam, leitete sie Stuart an, wie er den angewinkelten Oberschenkel des

Kalbes nach außen drehen und die Fessel nach innen schieben musste. Zwar machte er anfangs ein Gesicht, als müsste er im Biologieunterricht einen lebendigen Frisch sezieren, aber irgendwann konzentrierte er sich nur noch auf seine Aufgabe und stellte sich dabei sehr geschickt an.

Es dauerte eine halbe Ewigkeit, in der sie sich abwechselten und es endlich schafften, die Hufe des Kalbes über den Beckenrand in den Geburtskanal zu ziehen und den Geburtsstrick anzulegen.

Lauren troff der Schweiß aus allen Poren, und auch Stuart ging es nicht anders, als er ziemlich außer Atem dabei half, das Kalb zur Welt zu bringen.

Das Zeitgefühl war Lauren völlig abhandengekommen, und zwischendurch hatte sie befürchtet, dass sie nicht vorankamen und im wahrsten Sinne des Wortes feststeckten, aber dann ging alles ganz schnell. Das Muttertier schnaubte laut auf, und das Kalb glitt plötzlich ins Stroh, wo es zitternd liegen blieb.

Erleichtert und erschöpft knieten Stuart und Lauren im Stroh und begannen das Kalb abzureiben, während sie beide töricht grinsten und gleichzeitig zu lachen anfingen – vermutlich vor Müdigkeit, weil draußen bereits ein rötlicher Schimmer am Horizont zu sehen war.

Wenig später saßen sie nebeneinander auf einer Holzbank, während der Bauer Kalb und Muttertier versorgte, tranken Kaffee und mussten beide entsetzlich stinken, weil eine Geburt in einem Kuhstall nun einmal anstrengend, dreckig und schweißtreibend war. Dennoch fühlte sich Lauren angenehm zufrieden. Zwar war ihr ganzer Körper taub, sie wollte nur noch unter die Dusche und hatte ausschließlich Watte im Kopf, weil sie erschöpft und müde war, aber gleichzeitig hätte sie nicht woanders sein wollen.

Als Stuart nach ihrer rechten Hand griff und behutsam begann, ihren Handballen und jedes einzelne Fingerglied zu massieren, seufzte sie vor Wohlbehagen und machte sich nichts daraus, dass sie sich förmlich an ihn schmiegte.

„Dates mit dir sind wohl nie langweilig, oder?“

„Keine Ahnung“, murmelte sie mit geschlossenen Augen und genoss die Berührungen seiner Hand.

Sein leises Lachen brachte sie dazu, die Augen langsam zu öffnen. Er saß dicht neben ihr und schaute konzentriert auf ihre Hand in seiner. Etwas, was sich schwer und leicht, süß und bitter zugleich anfühlte, fuhr ihr durch den Bauch und direkt in ihre Herzgegend, als sie sein kühnes Profil betrachtete. Als hätte er ihren Blick gespürt, wandte er ihr das Gesicht zu.

„Danke für den schönen Date-Abend.“

„Wir mussten unser Date absagen“, erinnerte sie ihn gutmütig.

„Unser Date war perfekt“, wandte er leise ein. „Wer will schon ein Dinner mit Wein und Kerzenschein, wenn er stattdessen ein Kälbchen auf die Welt holen kann?“

Lauren schmolz dahin, als er das Wort Kälbchen so weich und voller Zuneigung aussprach.

„Gegen etwas Wein hätte ich nichts einzuwenden.“

„Wein gibt es beim nächsten Date.“

Sie räusperte sich und raunte unsicher: „Gibt es denn ein nächstes Date?“

Als er sein Gesicht so nah an ihres heranrückte, dass sich ihre Nasenspitzen beinahe berührten, hielt

Lauren die Luft an. Jedoch nicht vor Nervosität oder Anspannung, sondern weil sie sich danach sehnte, von Stuart geküsst zu werden.

Und das tat er dann auch – süß, leicht und zärtlich.

Ohne einen Herzschlag zu zögern, erwiderte Lauren den weichen Kuss, der ihr bis in die Fußsohlen fuhr und ihr Herz ganz weit machte.

Zum ersten Mal seit langer Zeit hatte sie die Hoffnung, dass alles gut werden würde.

10. Kapitel

„Ich kann nicht fassen, dass du noch nie in New York warst.“

Und sie konnte nicht fassen, dass sie im Washington Square Park neben Stuart auf einer Steinbank saß und einen Hotdog aß.

Lauren wusste gar nicht mehr, wie es dazu gekommen war, dass sie sich von ihm hatte überreden lassen, die Praxis für einen Tag zu schließen und nach New York zu fahren, wo er bereits den ganzen Tag den Fremdenführer spielte und ihr die Stadt zeigte. Dennoch war sie heute Morgen in den Zug gestiegen, hatte dann einen Bus und schließlich die U-Bahn genommen, um mitten in Manhattan auszusteigen, wo sie Stuart getroffen hatte. Nicht einmal anderthalb Stunden hatte sie vom ländlichen Connecticut bis in die Metropole gebraucht, die niemals schlief.

Sie hatte sich New York immer furchtbar überfüllt, laut, dreckig und stressig vorgestellt – und das war die Stadt auch. Aber gleichzeitig war sie faszinierend, bunt und voller Leben. Lauren hätte hier beispielsweise den ganzen Tag auf der Steinbank verbringen können, mit dem Brunnen in ihrem Rücken, und den Menschen zuschauen wollen, die vorbeiliefen. Und der Hotdog schmeckte so gut, dass sie am liebsten noch einen gegessen hätte, obwohl sie bereits satt war.

Auch ihr Fremdenführer verputzte seinen Snack voller Genuss.

Stuart Ashcroft steckte voller Überraschungen, denn er aß nicht nur sein Mittagessen unter freiem Himmel und gab dafür weniger als fünf Dollar aus, nein, er besaß sogar eine Metrocard und fuhr U-Bahn, anstatt in einer Limousine durch die Gegend kutschiert zu werden. Außerdem trug er Jeans, Turnschuhe und ein T-Shirt und sah wie ein Tourist aus, über die man hier alle fünf Meter stolperte. Nur dass dieser Tourist die Stadt wie seine Westentasche kannte.

Mit dem Wassertaxi waren sie ganz früh am Morgen an der Westside aufgebrochen, über den Hudson River gefahren und am Pier vierundfünfzig vorbeigekommen – dem Pier, an dem die Überlebenden der Titanic an Land gegangen waren. Anschließend waren sie an Ellis Island und der Freiheitsstatue vorbeigeschippert, bevor sie in Brooklyn ausgestiegen und über die Brooklyn Bridge zurück nach Manhattan gegangen waren. Stuart hatte ihr Chinatown und Little Italy gezeigt, war mit ihr an einem alten Gebäude vorbeigekommen, in dem sein Ururgroßvater, ein Immigrant aus Deutschland, eine Schusterei betrieben hatte, und jetzt saßen sie hier, aßen schweigend ihre Hotdogs und beobachteten ein paar Schulkinder, die unter fröhlichem Gelächter an ihnen vorbeiliefen.

„Und ich kann nicht fassen, wie nett es hier ist." Lauren verschlang den letzten Bissen und griff nach einer Serviette. „Das ist so ungefähr der hübscheste Platz, den ich mir für einen Mittagssnack vorstellen kann."

„Die meisten Frauen hätten mit der Nase gerümpft, wenn ich sie zu einem Hotdog-Stand anstatt in ein Restaurant gebracht hätte."

Lauren wischte sich die Hände ab. „Ich bin nicht wie die meisten Frauen."

„O ja, das weiß ich“, erwiderte er belustigt. „Immerhin verdanke ich es dir, dass ich zum Geburtshelfer eines Kälbchens wurde.“

„Tja, da siehst du, was dir in meiner Begleitung geboten wird.“

Stuart griff nach seiner Coladose, hob diese an seinen Mund und sah ihr genau in die Augen. „Ich bleibe gespannt.“

Sein intensiver Blick war nicht unangenehm, dennoch senkte Lauren ihre Augen und betrachtete ihre halb nackten Beine, weil dies unverfänglicher war, als ihn anzusehen. Seit jener Nacht, in der sie geholfen hatten, das Kalb zur Welt zu bringen, war eine Woche vergangen. Eine Woche, seit sie sich geküsst hatten und Laurens Welt kopfstand.

Sie wollte wieder von ihm geküsst werden. Gleichzeitig hatte sie Angst, dass es ihr zu schnell gehen würde – dass sie sich zu schnell zu nahekamen und dadurch alles ruinierten. Lauren mochte Stuart. Ja, sie mochte ihn wirklich, verbrachte gerne Zeit mit ihm und konnte sich in seiner Nähe entspannen. Sie suchte sogar seine Nähe, weil sie sich sicher und beschützt fühlte, wenn er da war. Aber was würde passieren, wenn sie die Kontrolle verlor? Sie wollte ihn nicht von sich stoßen, aber vielleicht konnte sie ja gar nicht anders.

Ausgerechnet Stuart Ashcroft war dafür verantwortlich, dass ihr Herz schneller schlug, wenn er sie anlächelte. Ausgerechnet Stuart Ashcroft war der Mann, bei dessen Berührung sie nicht zurückzuckte. Und ausgerechnet Stuart Ashcroft schien sie aus der dunklen Höhle hervorzulocken, in die sie sich selbst begeben hatte.

„Ich wusste gar nicht, dass dein Ururgroßvater ein deutscher Schuster war", sagte sie spontan und in dem Bemühen, über etwas Unverfänglicheres zu reden.

„Du hast auch nie gefragt", erwiderte er gut gelaunt und stellte seine Coladose wieder beiseite. „Woher kommen deine Vorfahren?"

„Ich heiße McPherson und habe rotes Haar." Lauren verdrehte die Augen. „Meine Vorfahren kommen aus Schottland. Woher sonst?"

„Die Großmutter meiner Mutter kam auch aus Schottland", entgegnete er und streckte seine Beine von sich. „Außerdem gab es Vorfahren aus England, Schweden, Polen und Italien. Wir vermuten ja, dass Patrick das dunkle Haar von dieser Seite der Familie geerbt hat."

Sinnierend betrachtete sie seinen blonden Haarschopf. „Und du kommst nach deinem deutschen Ururgroßvater?"

„Wer weiß?" Er zuckte mit den Schultern. „Im Foyer unseres Firmengebäudes steht eine Bronzeskulptur von ihm. Ähnlich sehe ich ihm überhaupt nicht."

„Also jetzt will ich mir diese Bronzeskulptur unbedingt ansehen."

„O Gott, lieber nicht", seufzte er schwer. „Mein Ururgroßvater trug einen Schnurbart und eine runde Brille."

Lauren warf ihm einen nachdenklichen Blick zu und nickte. „Der würde dir sicherlich auch stehen."

Er schnaubte.

Entzückt über die Wendung des Gespräches stieß sie ihn auffordernd an. „Was weißt du sonst noch über deinen Vorfahren?"

„Willst du das wirklich hören? Die Geschichte meines Ururgroßvaters?“

„Unbedingt. Ich finde es interessant, woher du kommst“, erwiderte sie ehrlich. „In meinen Ohren klang Ashcroft nach einem alten Adelsgeschlecht aus England, aber nicht nach einem deutschen Schusterjungen.“

„Eigentlich hieß mein Ururgroßvater Assenkreutz. Johann Assenkreutz.“ Stuarts Mundwinkel kräuselten sich, als er über den Platz vor ihnen schaute. „Mit neunzehn Jahren wanderte er nach Amerika aus und nannte sich ein Jahr später John Ashcroft. In New York eröffnete er nur ein paar Blocks von hier entfernt eine winzige Schusterei, die er nach zwei Jahren verkaufte, um mit einem Freund einen Kaffee- und Gewürzhandel zu betreiben. Weil das Geschäft nicht lief, verkaufte er seinen Anteil an seinen Freund und bekam dafür Schürfrechte für eine Mine in Colorado überschrieben, die als verödet galt. Alle hielten ihn für verrückt, sich darauf einzulassen und dann auch noch dorthin zu ziehen – mit einem Seesack, einem Paar Schuhe, vierzig Dollar und nur einer Hose. Als er drei Jahre später zurück nach New York kam, besaß er eine Bank, mehrere Handelsketten, Anteile an der Eisenbahn und ein paar Stahlfabriken. Er kaufte das Grundstück, auf dem heute das Firmengebäude der Familie steht, und nannte sein Unternehmen *Ashcroft Enterprise*.“

Lauren lauschte seiner ruhigen Stimme und merkte, dass sie ihm den ganzen Tag über hätte zuhören können. Sie fuhr sich über ihre trockenen Lippen und murmelte: „Vom Tellerwäscher zum Millionär.“

„Vom Schusterjungen zum Millionär“, schränkte Stuart amüsiert ein. „Mein Dad hat uns früher als

Kinder die Geschichte so oft erzählt, dass ich sie irgendwann nachts im Schlaf hätte auswendig aufsagen können." Er verstellte die Stimme: „*Von nichts kommt nichts. Arbeite hart, sei fleißig, und lass dir von anderen nicht sagen, was richtig und was falsch ist, sondern höre auf deine Intuition. Und wenn du hinfällst, stehst du wieder auf.*"

Ganz automatisch griff Lauren nach seiner Hand, die locker über seinem Knie lag. Ohne groß darüber nachzudenken, schob sie ihre Hand in seine und verschränkte ihre Finger mit seinen.

„Deinen Dad hätte ich gemocht", flüsterte sie. „Sein Rat klingt sehr vernünftig."

„Mhm."

„Fehlt er dir?"

Als Stuart seinen Atem ausstieß, zeigte er ihr seine verletzliche Seite. Lauren drückte seine Hand.

„Oft", gab er zu. „Als er starb, war ich gerade mit der Highschool fertig und ging aufs College. Ich wünschte, ich hätte mehr Zeit mit ihm verbracht."

„Das kann ich verstehen."

„Fehlen dir deine Eltern?"

„Ja", entgegnete sie leise und hörte selbst, wie belegt ihre Stimme klang.

Dass nun Stuart ihre Hand drückte und sonst nichts sagte, war ungemein tröstlich.

***

Stuart nickte einem Bekannten zu und blieb neben Lauren stehen, um ihr ein Glas zu reichen, während sie völlig vertieft in den Anblick des Bildes vor sich war.

„Danke."

„Bitte." Er nahm einen Schluck und hätte beinahe das Gesicht verzogen, weil das Gebräu geradezu erbärmlich süß schmeckte. Wo trieb seine Schwägerin nur immer das Catering auf? Auf ihrer eigenen Ausstellung hätte sie ruhig etwas Besseres anbieten können als mit viel zu vielen künstlichen Zusatzstoffen versetzten Sekt, bei dessen Genuss man in ein diabetisches Koma fallen konnte.

Glücklicherweise hielt sich Lauren an Wasser und musste nicht am eigenen Leib erfahren, dass Amy keinen Geschmack in Sachen Drinks hatte. Dass sie über einen exzellenten Kunstgeschmack und unglaubliches Talent verfügte, war dagegen nicht zu leugnen.

Ihre Bilder wurden momentan in der renommierten Galerie in Bridgeport ausgestellt, in der sie heute alle zusammengekommen waren, um die Ausstellungseröffnung zu feiern. Er hatte Lauren gefragt, ob sie ihn hatte begleiten wollen, und zu seiner Freude – und seiner Überraschung – hatte sie zugestimmt.

Jetzt stand er neben ihr und konnte seine Augen nur schwer von ihr lassen, weil sie so bezaubernd aussah und weil er nur daran denken konnte, wie gut sie roch, wie hübsch ihr Lächeln war und wie schön es sich angefühlt hatte, sie zu küssen – in jener Nacht in einem Kuhstall.

Stuart fand sich in der für ihn ungewohnten Situation wieder, einer Frau auf die gute, altmodische Weise den Hof zu machen.

Früher war er mit Frauen ausgegangen, mit denen er spätestens beim dritten Date im Bett gelandet war. Entweder hatten sich ihre Wege anschließend getrennt, oder sie hatten sich das eine und andere weitere Mal getroffen, um Sex miteinander zu haben. Gekannt hatte er von diesen Frauen keine so richtig. Zwar hatte er gewusst, wie sie nackt ausgesehen hatten, aber wer sie wirklich waren, hatte er nicht einmal ansatzweise geahnt. Bei Lauren war es völlig anders.

Mittlerweile kannte er sie. Sie waren Freunde. Richtig gute Freunde, die miteinander über alles sprechen konnten, ohne sich zurücknehmen zu müssen, um vor dem anderen in einem besseren Licht zu stehen. Er schätzte ihre analytische Art und ihren feinen Sinn für Humor. Und ihre Feinfühligkeit mochte er besonders.

Wenn sie sich trafen, führten sie lange Gespräche, fanden heraus, was der andere für Interessen hatte, und verbrachten völlig ungezwungen Zeit miteinander. Seit jener Nacht im Kuhstall, in der er sie geküsst hatte, war es zu keinem weiteren Kuss gekommen. Es war nicht so, dass er nicht ständig daran dachte, aber irgendwie machte Lauren nicht den Eindruck, den nächsten Schritt gehen zu wollen. Sie nahm zwar oft seine Hand und suchte seine Nähe, aber was Küsse oder Zärtlichkeiten betraf, zögerte sie und wirkte unsicher.

Stuart ließ sie das Tempo bestimmen. Er wäre nie auf den Gedanken gekommen, sie zu drängen, denn dafür war sie ihm zu wichtig. Und ihm war es wichtiger, dass sich Lauren bei ihm wohlfühlen konnte, als dass er sie in sein Bett bekam.

Himmel, wenn ihm jemand noch vor ein paar Monaten gesagt hätte, dass er nur mit einer Frau Händchen hielt und darauf wartete, dass sie den nächsten Schritt tat, wäre er vermutlich lachend umgefallen.

„Es ist wunderschön."

Er brauchte einen Moment, um zu begreifen, dass Lauren das Bild meinte, das vor ihnen an der Wand hing, und nicht den sanften Schwung ihres Nackens, den er gerade betrachtet hatte und völlig versunken in der anmutigen Kurve ihres Halses gewesen war.

„Hm." Um sich und seine Gedanken, die sich um ihren weichen Mund drehten, in geordnetere Bahnen zu lenken, nahm er einen weiteren Schluck des süffigen Getränks, das ihm sofort in der Kehle brannte.

„Ich wusste nicht, dass du solche Künstler in der Familie hast."

„Amy ist leider nur angeheiratet. Meine Geschwister und ich besitzen keinerlei künstlerische Fähigkeiten, aber sag das nicht Barbara, schließlich denkt sie, dass diese hässlichen Seidentücher, die sie bemalt, hübsch sind."

Prustend drehte sie den Kopf in seine Richtung. „Stuart, sie ist deine Schwester."

„Eben – ich habe ja auch von hässlichen Seidentüchern gesprochen und nicht von grottenhässlichen."

Als sie gluckste, begann sein Herz schneller zu schlagen. Gerne hätte er sie in diesem Moment einfach an sich gezogen, aber weil er nicht wusste, ob ihr dies unangenehm gewesen wäre, ließ er es lieber sein.

Außerdem erklang die Stimme seines Bruders gleich hinter ihnen.

„Bist du an dem Bild interessiert, Brüderchen?" Patrick trat neben ihn. „Eigentlich wollte ich das Bild kaufen, aber Amy sagt, wir hätten keinen Platz dafür, außerdem verbietet sie mir, für ihre Bilder Geld auszugeben." Er schob Stuart einfach beiseite und reichte Lauren die Hand. „Hi, ich bin Patrick – der Ehemann der talentierten Malerin. Und Sie sind?"

„Lauren", erwiderte sie freundlich und warf Stuart einen Seitenblick zu, den er beantwortete, indem er eine Grimasse schnitt. „Wir haben uns schon einmal gesehen, als Sie Audrey zum Reitunterricht gebracht haben."

„Stimmt." Sein übergriffiger Bruder, der einen Hang dazu hatte, zu den ungelegensten Momenten aufzutauchen, packte sich an den Kopf. „Sie sind *die* Lauren. Die Tierärztin. Meine Tochter kennt kein anderes Thema mehr als Sie, seit sie mit ihrer Pfadfindergruppe bei Ihnen vorbeischauen durfte. Das war ausgesprochen nett von Ihnen."

„Du hast bisher nie erwähnt, wie ausgesprochen nett es von deinem Bruder ist, die Pfadfindergruppe deiner Tochter zu leiten", hielt Stuart ihm vor und übergab ihm das Glas, das Patrick anstandslos in die Hand nahm. „Richte deiner Frau aus, dass das Zeug grauenvoll schmeckt."

Patrick runzelte kurz die Stirn, bevor er wieder zu Lauren sah und neugierig wissen wollte: „Was treiben Sie an einem so schönen Abend mit meinem griesgrämigen Bruder? Müssen Sie Sozialstunden ableisten und tun der Gesellschaft einen Dienst, indem Sie Stuart Gesellschaft leisten?"

Während Lauren amüsiert gluckste, hätte Stuart seinen Bruder gerne erwürgt.

„Oder sind Sie gar nicht mit meinem Bruder hier und der Trottel belästigt Sie gerade?“

„Das kann man nicht so sagen.“ Lauren zwinkerte Stuart zu. „Ihr Bruder hat mich netterweise eingeladen.“

Mit hochgezogenen Augenbrauen schaute Patrick ihn an. „Ehrlich?“

„Die Bilder Ihrer Frau sind wunderschön.“ Sie deutete auf das farbenfrohe Gemälde mit den abstrakten Figuren vor ihnen. „Ich könnte es mir den ganzen Tag ansehen, wenn ich ehrlich bin.“

„Tatsächlich? Das wird meine Frau sehr gerne hören. Warten Sie kurz, ich hole sie direkt.“

Innerlich stöhnte Stuart, als Patrick abdampfte, um nach Amy zu suchen. Er hatte nämlich gehofft, dass sich nicht gleich die ganze Familie auf sie stürzen würde und dass er ein bisschen Zeit mit Lauren allein haben würde.

„Es tut mir leid“, raunte er Lauren resigniert zu. „Mein Bruder ist ein Idiot.“

„Eigentlich finde ich ihn sehr nett.“

Nett? Was meinte sie mit *nett*? „Wie meinst du das?“

„Ich meine, dass er nett ist.“ Ihm war, als könne sie seine Gedanken lesen, weil sie listig fortfuhr: „Ein netter großer Bruder.“

„Ich bin einunddreißig“, warf er ein.

„Das weiß ich, Stuart.“ Sie nippte an ihrem Wasserglas.

„In dem Alter klingt es merkwürdig, wenn ich von meinem *großen* Bruder spreche. Ich bin nicht mehr zehn.“

„Auch das weiß ich.“ Ihre Augen funkelten übermütig. „Wie zehn siehst du wirklich nicht mehr aus.“

Für ihn klang das nach einem Flirten.

Er schluckte hart und machte einen Schritt auf sie zu, sodass er so nah neben ihr stand, um das unaufdringliche Parfum riechen zu können, das sie aufgelegt hatte.

„Was willst du mir denn damit sagen?“

„Dass du nicht mehr wie zehn aussiehst.“ Gänzlich unbeteiligt drehte sie den Kopf wieder weg und schaute zurück auf das Bild. Doch ihr Mund zuckte, als sie fortfuhr: „Du weißt sehr wohl, dass du ziemlich gut aussiehst, Stuart Ashcroft. Und heiß.“

Beinahe wäre ihm die Kinnlade hinuntergefallen, weil sie ihn heiß genannt hatte.

Gerade als er sich vortasten wollte und seine Hand ihre streifte, polterte Patrick mit Amy im Schlepptau zu ihnen. Jetzt hätte er seinen Bruder tatsächlich erwürgen können.

Stattdessen blieb er dicht neben Lauren stehen, hörte zu, wie sie mit Amy über das Bild sprach, und freute sich über den leidenschaftlichen Tonfall in ihrer Stimme. Gleichzeitig wäre er gerne allein mit ihr gewesen.

„Eigentlich sollte ich mich gar nicht mit Ihnen unterhalten, Lauren. Dank Ihnen und Ihrer Tierarztpraxis redet Audrey zu Hause nur noch über Katzen, Hunde und Meerschweinchen. Sie macht uns noch verrückt, weil sie unbedingt ein Haustier haben möchte."

„Na, das wird sich ja bald legen, wenn ihr Onkel ihr diesen schönen Wallach schenkt, um den sie sich kümmern darf."

Aus dem Augenwinkel sah Stuart, wie sich Amys Kopf irritiert zu ihm drehte.

Auf ihre unausgesprochene Frage erklärte er leichthin: „Lauren kennt Max bereits. Sie hat mich zu dem Gestüt begleitet, um mich von einem Fehlkauf abzuhalten."

„Ach? So ist das also?" Amy lächelte erfreut und musterte Lauren mit Interesse.

„Ja, so ist das", stellte er fest und reckte das Kinn nach vorn.

Seine Schwägerin schien sich als Cupido betätigen zu wollen, weil sie so begeistert in die Hände klatschte, als habe sie soeben ein Mittel gegen Krebs entdeckt. „Ich habe eine Idee ..."

„Wollen wir sie hören?"

„Ruhe, Stuart", beschied sie knapp und wandte sich an Lauren. „Sie kennen doch Audreys Pfadfindergruppe, Lauren.

„Ja, das tue ich. Sie sind sehr süße Mädchen."

Voller Mutterstolz strahlte Amys Gesicht. „Danke, dass Sie das sagen. Die Mädchen wollten am nächsten Wochenende campen gehen – Stuart wollte das zusammen mit einer weiteren Betreuerin machen, aber die musste nun leider kurzfristig absagen. Seither sind wir auf der Suche nach jemandem, der für sie einspringt. Ich würde es ja machen, aber meine jüngste Tochter ist noch zu klein, als dass ich sie alleine lassen kann. Es ist viel verlangt, aber würden Sie ...?"

„Amy“, unterbrach Stuart seine Schwägerin und war ein wenig entrüstet, weil er genau wusste, dass es diese ominöse zweite Betreuerin gar nicht gab. Er hatte es nicht nötig, von seiner Schwägerin verkuppelt zu werden. „Du kannst doch nicht Lauren bitten, mit fremden Kindern campen zu gehen.“

„Aber sie kennt die Mädchen doch schon!“

„Lauren hat ...“

„Ich mach’s.“

Laurens gelassene Stimme unterbrach den Disput mit seiner Schwägerin. Verdutzt hielt Stuart inne und schaute zu Lauren, die lediglich mit den Schultern zuckte. „Ich mache es.“

„Im Ernst?“

„Natürlich. Ich mag die Mädchen und bin campingerprobt. Das wird bestimmt lustig.“

Stuart glaubte nicht, dass eine Nacht auf einem Campingplatz mit sechs kichernden achtjährigen Mädchen lustig werden könnte, aber er hielt lieber den Mund. Amys triumphierenden Blick ignorierte er gänzlich.

Nach der Ausstellung fuhr er Lauren nach Hause und parkte direkt vor der Tür zu ihrer Wohnung. Stuart stellte den Motor aus und lehnte sich zurück, während er zu Lauren sah, die sich noch nicht abgeschnallt hatte, sondern auf etwas zu warten schien.

„Wenn du nicht mit zum Camping kommen möchtest, ist das überhaupt kein Problem.“ Er fuhr sich durch sein Haar und erklärte leise: „Amy prescht manchmal etwas vor.“

„Nein, ich komme wirklich gerne mit.“

Nachdenklich ließ er seine Augen über ihr Gesicht wandern. „Du sollst dich nicht gezwungen fühlen, Lauren."

„Das tue ich nicht. Die Mädchen sind wirklich nett und ..."

Als sie nicht weitersprach, hakte er nach: „Und?"

Sie holte tief Luft und seufzte. „Und ich verbringe gerne Zeit mit dir."

Das überraschte ihn nicht, aber ihre Offenheit ließ ihn verstummen.

Ihr Lächeln wirkte zittrig, als sie sich abschnallte und im Begriff war, aus seinem Auto zu steigen.

„Lauren." Er legte seine Hand auf ihre und schluckte schwer. „Ich verbringe auch gerne Zeit mit dir."

Ihre Kehle bewegte sich nervös. „Aber?"

„Kein Aber", widersprach er weich. „Du solltest nur wissen, dass ich dich mag – sehr mag."

Als sie ihn mit ihren schönen grünen Augen ansah, setzte er alles auf eine Karte und legte seine Hand auf ihre Wange. „Du solltest auch wissen, dass ich dir nahe sein möchte."

Lauren widersprach nicht, zuckte auch nicht zurück, sondern sah so einladend aus, dass er sich vorbeugen und sie küssen wollte.

Im letzten Moment drehte sie den Kopf ein Stück zur Seite und presste ihre Lippen für einen winzigen Augenblick auf seine Wange.

„Gute Nacht, Stuart."

Wenn ihre Stimme nur nicht so wehmütig geklungen hätte.

11. Kapitel

„Wohin sollen wir gehen, wenn wir Pipi machen müssen?“

Lauren sah neugierig auf, auch wenn die Frage nicht an sie gerichtet wurde, sondern an Stuart, der ein paar Meter weiter damit beschäftigt war, das Zelt für die sechs Mädchen aufzustellen, die alle eifrig dabei halfen, den Zeltplatz bewohnbar zu machen, und aufgeregt den Proviant auspackten.

„Wir sind doch gerade an den Toilettenhäuschen vorbeigekommen, Tracy“, erwiderte Stuart, der damit kämpfte, die Heringe im Waldboden zu versenken, und auf allen vieren kniete.

Der Anblick gefiel Lauren, weil sie unter dem verblichenen Jeansstoff einen so ansehnlichen Hintern erkennen konnte, dass es ihr schwerfiel, die Augen von ihm zu lassen. Der Mann besaß wirklich einen hübschen Allerwertesten.

Stuart Ashcroft trug weder einen Anzug noch sah er wie ein smarter Geschäftsmann aus. Nein, er sah wie der nette Onkel einer Achtjährigen aus, der deren Pfadfindergruppe leitete, die Mädchen in einem Mini-Van durch die Gegend kutschierte und heute Nacht mit ihnen im Wald campen würde. Dieser Stuart Ashcroft, der ein Paar Jeans, ein Sweatshirt und Turnschuhe trug und den Mädchen ein tolles Erlebnis bieten wollte, gefiel Lauren. Er gefiel ihr sogar so gut, dass sie kaum die Augen von ihm nehmen konnte.

Vielleicht wollte sie das auch gar nicht.

„Aber ich weiß nicht, ob ich den Weg finde“, klagte die blondhaarige Tracy, die samt Schmusetuch und Teddybär angereist war.

„Kein Problem, Schätzchen“, erklärte Stuart und sah von seiner Arbeit auf, um der Kleinen ein aufmunterndes Lächeln zu schenken. „Wenn ihr auf die Toilette gehen müsst, sagt ihr entweder Lauren oder mir Bescheid. Wir begleiten euch dann.“

„Okay.“

Weil er Probleme mit dem Aufbau zu haben schien, warf Lauren ihren Schlafsack in ihr bereits aufgebautes Zelt, klopfte sich den Staub von den Knien und schlenderte zu ihm hinüber. Im Hintergrund hörte sie das Lachen der Mädchen, die voller Enthusiasmus den kleinen Zeltplatz mitten im Wald erforschten. „Brauchst du Hilfe?“

Er schnitt eine Grimasse und sah zu ihr auf. „Hast du mit deinem Handy Empfang? Dann finde doch heraus, ob es hier irgendwo ein Hotel gibt, in dem wir schlafen können.“

Amüsiert verschränkte sie die Arme vor der Brust. „Soll das etwa heißen, dass du das Zelt nicht aufbauen kannst? Ich dachte, du hättest Campingerfahrung.“

„Habe ich auch“, beteuerte er. „Aber sie scheint in den vergangenen siebzehn Jahren verloren gegangen zu sein.“

Lauren kicherte und schüttelte gespielt tadelnd den Kopf. „Soll ich dir helfen? Wir wollen ja nicht, dass die Sonne untergeht und das Zelt noch immer nicht steht.“

„Ich bin hier der Mann“, wandte er ein. „Ich baue das Zelt auf.“

Davon ließ sich Lauren nicht beeindrucken und kniete sich neben ihn auf den Waldboden. „Gib schon her, bevor die Mädchen unter freiem Himmel schlafen müssen."

Kommentarlos überreichte Stuart ihr die Heringe und die Anleitung und kniete neben ihr, während sie sich durchlas, wie das Zelt aufgebaut wurde.

„Ich fürchte, dass ich heute bei dir im Zelt schlafen muss."

Lauren stockte einen Moment lang und warf einen kurzen Blick um sich herum, nur um zu sehen, dass keines der Mädchen in Hörweite war. So gelassen wie möglich erwiderte sie seiner vertraulich klingenden Stimme: „Hast du dein Zelt etwa vergessen?"

„Nein, aber vermutlich wird es ewig dauern, bis wir damit fertig sind, dieses Zelt aufzubauen. Mein eigenes wird dann das Nachsehen haben und ich stehe ohne Schlafplatz da."

„Als richtiger Mann könntest du unter freiem Himmel schlafen und uns vor wilden Tieren beschützen."

Sie konnte seinen Duft riechen, als er sich näher zu ihr beugte. „Ich bestehe lediglich aus süßem Blut – die Moskitos werden mich unter freiem Himmel bei lebendigem Leib fressen. Von den Grizzlybären ganz zu schweigen."

„Erstens gibt es in Connecticut keine Grizzlybären und zweitens habe ich Medizin studiert, Stuart. Süßes Blut gibt es ebenfalls nicht. Das ist ein Ammenmärchen."

„Mh." Er klang nachdenklich. „Was ist mit tollwütigen Waschbären?"

„Was soll mit ihnen sein?"

„Wärst du nicht untröstlich, wenn ich Opfer eines tollwütigen Waschbären würde?"

„Ja", entgegnete sie trocken. „Aber keine Sorge, ich würde eine angemessene Zeit lang um dich trauern."

„Das müsstest du nicht, wenn du mich mit in dein Zelt nehmen würdest."

„Es ist ein Ein-Mann-Zelt."

„Umso besser." Er klang höchst erfreut. „Das heißt, wir *müssen* uns eng aneinander kuscheln, weil der Platz sonst nicht reicht."

Der Vorschlag klang ziemlich verführerisch. Sogar so verführerisch, dass sie einen winzigen Moment erwog, ihn tatsächlich in die Tat umzusetzen. Wie wäre es wohl, sich an Stuart zu schmiegen, neben ihm zu liegen und ihn zu küssen? Früher hätte sie wahrscheinlich nicht lange darüber nachgedacht, sondern einfach auf die Stimme in ihrem Kopf gehört, die ihr zuflüsterte, dass der Mann in seinen Jeans fabelhaft aussah und einen hübschen Hintern haben musste. Aber heute war alles anders.

„Hier werden die Nächte ziemlich kalt, also solltest du wirklich darüber nachdenken, mit mir das Zelt zu teilen, Lauren."

Sie stieß ihn in die Seite. „Anstatt dir so viele Gedanken um eine Sache zu machen, die hier ganz bestimmt nicht passieren wird, solltest du mir lieber die Unterfolie geben, damit wir schnell fertig werden und du anschließend dein eigenes Zelt aufbauen kannst."

Grinsend reichte er ihr die Folie. „Man kann es ja mal versuchen."

Eigentlich wollte Lauren missbilligend den Kopf schütteln, stieß jedoch ein unterdrücktes Lachen aus, bevor sie die Folie entgegennahm.

Das Zelt war ziemlich schnell aufgebaut und wurde sofort von den Mädchen bezogen, die unter fröhlichem Gekicher die Schlafplätze aufteilten.

Während sich Lauren darum kümmerte, das Abendessen vorzubereiten, das vor allem aus Erdnussbuttersandwiches bestand, stellte Stuart sein Zelt auf und ging dabei so geschickt vor, dass sich Lauren fragte, ob er ihr nicht etwas vorgespielt hatte, damit sie ihm beim Aufbau des großen Zeltes half. Zur Strafe durfte er sich ums Feuerholz kümmern, während Lauren mit den Mädchen zum Toilettenhäuschen ging und auf dem Weg dorthin nur daran denken konnte, wie fabelhaft sein Hintern in diesen Jeans aussah.

Als sie zurückkamen, hatte Stuart bereits das Lagerfeuer entfacht, auf das die Mädchen mit Begeisterungsrufen reagierten. Lauren fand es wunderbar, dass die Mädchen, die allesamt aus Familien mit gut gefüllten Bankkonten kamen, sich an einem plumpen Lagerfeuer erfreuen konnten und es mit staunenden Augen betrachteten, während sie sich verzückt auf die Erdnussbuttersandwiches stürzten, die Lauren zuvor geschmiert hatte.

Und auch Stuart verschlang sein Sandwich mit Genuss und beteuerte, niemals etwas Leckereres gegessen zu haben. Als ob!

Dass er sich neben sie setzte, nachdem er die Packung Marshmallows aus seinem Zelt geholt hatte, fand sie einerseits schön, andererseits auch beunruhigend, weil der Drang, sich an ihn zu schmiegen und gemütlich neben ihm zu sitzen, ihr Angst machte. Vor allem nach seinem Geständnis. Ihr ging einfach nicht aus dem Kopf, was er ihr in seinem Auto zugeraunt hatte. Er wollte ihr nahe sein. Und ja, das wollte sie auch. Sie wollte es so sehr, dass sie noch durchdrehte. Sie wollte sich einfach fallen lassen und sich auf ihn einlassen. Lauren war es leid, ihr Leben von Dingen bestimmen zu lassen, die vorbei waren und die sie sowieso nicht ändern konnte. Und sie war es leid, sich gegen die Gefühle zu wehren, die Stuart in ihr weckte. Gleichzeitig war da diese Furcht, was passieren könnte, wenn sie sich auf ihn einließ.

„Hat eine von euch eine Ahnung, wie lange ich das Ding ins Feuer halten muss?"

Lauren sah zur Seite und schnaubte belustigt. „Hast du noch nie Marshmallows über einem Lagerfeuer geröstet?"

„Doch, aber dabei habe ich nicht auf die Uhr gesehen."

Zur Belustigung der Mädchen nahm Lauren ihm den Stock aus den Händen und spießte zwei weitere Marshmallows auf. „Wenn du verhungern willst, kannst du natürlich nur einen einzigen Marshmallow nehmen, aber dann lohnt es sich nicht."

„Bist du hier die Marshmallow-Expertin?"

„Und ob! Vielleicht sollte ich mir einen Aufkleber aufs Auto machen lassen, damit das auch jeder weiß." Sie übergab ihm den Stock. „Jetzt ins Feuer halten."

„Danke, was würde ich nur ohne dich tun?"

„Von Moskitos zerfressen und von einem wilden Grizzly angefallen werden", erwiderte sie prompt und erntete ein fröhliches Glucksen von Stuart.

Die Mädchen verstanden diesen Witz nicht. Audrey fragte mit großen Augen: „Gibt es hier Grizzlybären?"

„Nein, mein Schatz", entgegnete Lauren mit einem sanften Lächeln. „Hier gibt es keine Grizzlys – und selbst wenn, müssten wir keine Angst haben, weil dein Onkel sie sicherlich verjagen würde. Nicht wahr, Stuart?"

„Aber sicher!"

„Können Moskitos Menschen wirklich zerfressen?", wollte nun auch Tracy wissen, die das Thema so interessant zu finden schien, dass ihr Marshmallow ins Feuer fiel und dort verkohlte.

Lauren reichte ihr wortlos einen neuen. „Nein, das können sie nicht. Hier ist es ihnen momentan sowieso zu kalt", beruhigte sie das Mädchen.

„Okay." Fröhlich spießte die Kleine den Marshmallow auf ihren Stock.

Während Lauren ihren aus dem Feuer holte, steckten die Mädchen die Köpfe zusammen und begannen zu kichern.

„Was ist los?", wollte Stuart wissen und streckte gleich neben Lauren die Beine von sich. Die unschuldige Berührung ihres Oberschenkels fuhr ihr durch alle Glieder.

Wieder giggelten die Mädchen los.

Die schwarzhaarige Audrey, die ein Paar Leggings und ein mit Sternen bedrucktes Sweatshirt trug, sah ihren Onkel über das Lagerfeuer hinweg an und fragte prustend: „Onkel Stuart? Sag mal, schnarchst du im Schlaf?"

Neugierig sah Lauren auf und verfolgte, wie Stuart verdutzt zu den Mädchen sah. „Wie kommt ihr denn jetzt darauf?"

„Chloe sagt, dass ihr Dad manchmal so laut schnarcht, dass sie nicht schlafen kann", vertraute Audrey ihm an, obwohl Chloe gleich neben ihr saß und eine breite Zahnlücke präsentierte. „Ihre Mom sagt dann immer, dass er Besitzer eines Sägewerks sein müsste, weil er so einen Krach macht. Jetzt wollen wir wissen, ob du auch so laut schnarchst, dass wir nicht schlafen können."

Grinsend fuhr sich Lauren über die Stirn und verfolgte mit Spannung, was er dazu sagen würde.

„Komisch, eigentlich wollte ich euch die gleiche Frage stellen. Schnarcht ihr besonders viel? Ich brauche schließlich meinen Schönheitsschlaf."

„Wir sind doch kleine Mädchen", warf Rosie ein. „Wir schnarchen nicht!"

„Seid ihr sicher? Hoffentlich muss ich mir heute Nacht nicht mein Kopfkissen an die Ohren halten, weil ihr den ganzen Wald absägt."

Wieder kicherten die Mädchen wie verrückt.

Lauren fand eine andere Sache jedoch viel interessanter und drehte den Kopf in seine Richtung. „Du hast ein Kopfkissen dabei?"

Er blinzelte. „Du etwa nicht?"

„O Mann." Lauren verdrehte die Augen und raunte: „Wer nimmt denn sein Kopfkissen mit auf einen Campingausflug?"

„Tracy hat sogar ihr Schmusetuch dabei!"

Sie lachte. „Ja, aber sie ist auch erst acht! Du bist einunddreißig und ein Mann."

„Onkel Stuart, erzähl uns eine Gruselgeschichte", bat Audrey euphorisch und torpedierte das Gespräch der beiden Erwachsenen um Schmusetücher und Kopfkissen.

Fast unmerklich seufzte er und flüsterte ihr zu: „Falls die Gruselgeschichte dir heute Nacht Angst machen sollte, weißt du ja, wo ich bin, Lauren."

Lauren wusste vor allem eins: Wenn er sie weiterhin so intensiv ansah, würde sie noch in Flammen aufgehen. Genauso wie die armen Marshmallows, die in die Glut des Lagerfeuers gefallen waren.

„Keine Sorge, Gruselgeschichten machen mir keine Angst“, raunte sie zurück. „Und falls du Hilfe beim Kampf gegen einen tollwütigen Waschbären brauchst ...“ Lauren ließ den Satz unvollständig.

***

Als es neben seinem Zelt raschelte, war Stuart noch immer hellwach und lauschte nach draußen. Das Kichern der Mädchen war bereits vor einer halben Stunde verstummt und seither war es drüben mucksmäuschenstill. Da von dem Rascheln nichts mehr zu hören war, ging er davon aus, dass es entweder ein Tier oder der Wind gewesen sein musste. Bis auf die Geräusche des Waldes um sie herum, die ihn noch verrückt machten, war es still. Es war so still, dass er einfach nicht schlafen konnte. Stuart war es gewohnt, den Großstadtlärm Manhattans auszublenden und selig wie ein Baby zu schlafen, aber hier – mitten in der freien Natur – war die Stille unerträglich. Keine dröhnenden Motoren, kein Gebrüll auf den Straßen, kein monotones Rattern der U-Bahn, kein Presslufthammer.

Und dann war auch noch Vollmond.

Es war zum Verrücktwerden.

Müde linste er auf das beleuchtete Ziffernblatt seiner Uhr.

Halb zwei.

Stöhnend ließ er den Kopf zurück auf sein Kissen fallen, über das Lauren noch am Lagerfeuer gespottet hatte.

Er mochte vielleicht eine Pfadfindergruppe leiten, aber das hieß noch lange nicht, dass er auf ein Kopfkissen verzichten würde, wenn er auf einer Isomatte und in einem Schlafsack schlafen musste. Himmel, er hatte zum letzten Mal gezeltet, als er vierzehn Jahre alt gewesen war. Und damals war er schon nicht sonderlich erpicht auf das Ganze gewesen. Morgen würde er jeden Knochen im Leib spüren, schließlich hielt die Matte nicht das, was in der Produktbeschreibung versprochen worden war. Er ...

„Stuart, bist du noch wach?"

Sobald er seinen Namen hörte, stockte er. Er hielt den Atem an und hob den Kopf, als er das Geräusch eines sich öffnenden Reißverschlusses hörte, bevor er im Dunkeln sah, wie Lauren den Kopf in sein Zelt steckte.

Plötzlich war er froh, dass Vollmond war. So kam er wenigstens in den Genuss, Lauren erkennen zu können, die ein langärmeliges Shirt und eine Pyjamahose trug.

„Ist etwas passiert?", raunte er und stützte sich auf den Ellenbogen ab.

Sie schüttelte den Kopf, hob den Finger an ihre Lippen und kroch anschließend in sein Zelt hinein, bevor sie den Reißverschluss wieder zuzog.

„Was ...?"

„Pst", raunte sie leise. „Du willst doch nicht die Mädchen wecken. Sie sind endlich eingeschlafen."

„Das weiß ich auch“, flüsterte er zurück. Er hätte einfach nur die Hand ausstrecken müssen, um sie berühren zu können, weil das Zelt winzig war und sie fast auf seinen Beinen saß.

Gott, er hatte niemals etwas Verführerischeres gesehen als Lauren in diesem Aufzug – ungeschminkt, das Haar zu einem zerzausten Pferdeschwanz gebunden und mit Thermosocken an den Füßen. Wenn sie gewusst hätte, dass er die letzten zwei Stunden damit verbracht hatte, ziemlich pornographische Gedanken über sie, sich selbst und ihr Zelt zu hegen, wäre sie vermutlich schnurstracks verschwunden. Stuart hatte nur daran denken können, zu ihr in den Schlafsack zu kriechen.

„Ich kann nicht schlafen“, flüsterte sie ihm zu.

Da war sie nicht die Einzige. Er schluckte und raunte ihr zu: „Vermutlich ist der Kaffee schuld.“

Sie kicherte leise und zog plötzlich an seinem Schlafsack. „Das wird es sein – du Trottel.“

„Trottel?“, flüsterte er heiser. „Du nennst mich einen Trottel? Warum?“

„Weil du einer bist.“ Sie kroch genau neben ihn und schob ihr Gesicht so nah an seines, dass er ihr direkt in die grünen Augen sehen konnte, die im Dunkeln des Zeltes fast schwarz wirkten. „Lässt du mich in deinen Schlafsack hinein?“

Seine Kehle war mit einem Mal wie ausgedörrt.

Wortlos öffnete er seinen Schlafsack und verfolgte, wie sie zu ihm kroch, sich dicht an ihn schmiegte und ihren Kopf direkt neben seinen auf das Kopfkissen legte, während sie ihn stumm ansah.

Nur das Geräusch ihres Atems und seines Atems war zu hören.

Stuart hatte schon mit vielen Frauen eine Nacht verbracht, aber so unschlüssig und gehemmt wie bei Lauren war er noch nie gewesen. Er kam sich wie ein unreifer Teenager vor, der nicht wusste, was er tun musste und wie er vorgehen sollte. Normalerweise hätte er jetzt seine Arme um sie gelegt und sie an sich gezogen, während er sie geküsst hätte, aber bei Lauren konnte er einfach nicht sicher sein. Sie war so anders als alle Frauen, mit denen er zusammen gewesen war. Er wollte sie nicht verschrecken und einen Fehler machen. Dabei sehnte er sich danach, ihr nah zu sein, sie zu halten, sie zu küssen und einfach mit ihr zusammen zu sein. Ja, er wollte auch mit ihr schlafen, aber nicht nur. Es ging um weit mehr als um Sex.

So hatte er noch nie gefühlt.

Er war noch nie verliebt gewesen.

Gott, sie war so wunderschön, wie sie ihn mit ihren großen Augen ansah und ihr Haar auf seinem Kopfkissen lag.

„Gib es zu“, flüsterte er heiser. „Du bist nur hier, weil ich ein Kopfkissen habe.“

Ihre Mundwinkel hoben sich ein Stück hoch. Gleichzeitig kuschelte sie sich der Länge ihres Körpers nach an seinen.

Gebannt verfolgte Stuart, wie ihre Hand näher kam, bis er sie auf seiner Wange spürte. Zärtlich rieb sie mit dem Daumen über seine stoppelige Wange.

„Du hast mich durchschaut“, flüsterte sie zurück und lag dicht gepresst an seiner Brust.

Langsam und beinahe zögerlich schlang Stuart nun doch einen Arm um sie und legte seine Hand auf ihren Rücken. „Normalerweise teile ich nicht mit dreisten Kopfkissendiebinnen.“

„Normalerweise? Heißt das, dass du bei mir eine Ausnahme machst?“

Weil sich die zärtliche Berührung ihres Daumens an seiner Wange so unerträglich gut anfühlte, musste Stuart die Zähne zusammenbeißen, um nicht zu stöhnen. „Vielleicht“, brachte er erstickt hervor und erntete ein winziges Kichern von ihr. „Vielleicht auch nicht.“

„Kann ich etwas tun, um dich zum Teilen zu überreden?“

Stuart setzte gerade zu einer Antwort an, als ihre Hand unter sein Shirt fuhr und sich auf seinen nackten Bauch legte. Augenblicklich hielt er den Atem an und rührte sich nicht von der Stelle.

Schweigend sah er ihr in die Augen.

Keiner von ihnen sagte ein Wort, während ihre Finger federleicht über seinen Bauch aufwärts fuhren und sich mit einem leichten Zittern auf seine Brust legten. Voller Befriedigung spürte Stuart, dass sie ebenso hektisch atmete wie er.

Ihre Nasenspitzen berührten sich beinahe, als er den Kopf senkte und flüsterte: „Ich muss dich enttäuschen, Liebling, aber ich habe strikte Regeln, was Sex in einem Zelt mit einer Pfadfindergruppe von achtjährigen Mädchen nebenan betrifft. Fummeln ist erlaubt, aber ...“

Lauren erstickte seinen Monolog, indem sie ihm ihre freie Hand auf den Mund presste. Belustigt zwinkerte sie ihm zu, zog die Hand weg und küsste ihn.

Der Kuss nahm ihm buchstäblich den Atem und ließ ihn alles vergessen. Sein ganzes Sein konzentrierte sich nur noch auf die Frau in seinem Arm, die seinen Mund zaghaft mit ihren Lippen berührte und sich ihm darbot. Eine süße Schwere fuhr ihm direkt in den Magen. Sanft erwiderte er den Kuss, streichelte über ihren Rücken und schmiegte sich an sie. Eine nie gekannte Zärtlichkeit wuchs in ihm, während er Lauren im Arm hielt und sich wünschte, dass dieser Moment nie vergehen würde.

Er neckte ihre Lippen mit seinen, flüsterte ihren Namen und konnte nicht genug von ihrem Geschmack und ihrem wundervollen Duft bekommen. Über das Gefühl, ihr nah zu sein, vergaß er sogar den spitzen Stein, der sich durch die Isomatte gegen seine Hüfte drückte.

Langsam zog er Lauren halb auf sich und bemerkte zu seiner grenzenlosen Freude, dass sie den Kuss vertiefte und sich vertrauensvoll auf ihn legte.

Ihre Hände verirrten sich in sein Haar und ihre Zunge glitt über seine Lippen.

Stuart umschloss ihren Rücken mit beiden Armen und presste sie mit einem leisen Stöhnen an sich. Gleichzeitig glitten seine Hände über ihre Hüften. Er konnte nicht genug von ihr bekommen.

Atemlos beendeten sie den Kuss, klebten jedoch nach wie vor aneinander.

Seine Hand zitterte, als er ihr eine Strähne aus der Stirn strich.

„Ich bin zu schwer“, flüsterte sie dicht an seinen Mund.

„Du bist genau richtig“, antwortete er heiser und zog ihre Hand an seinen Mund, um ihr einen feuchten Kuss in die Handinnenfläche zu drücken. Dabei war er sich ihres Blickes in seinem Gesicht bewusst.

Es klang kitschig, aber er hätte ewig mit ihr hier liegen können.

„Wenn du mich so ansiehst, gebe ich dir mit Freuden mein Kopfkissen.“

„Bekomme ich auch deinen Schlafsack?“ Lauren legte eine Hand auf seine Brust und begann winzige Kreise über sein Shirt zu ziehen. Er spürte die Berührung bis in die Fußsohlen. „Deiner ist viel gemütlicher als meiner.“

„Er gehört dir“, schwor er feierlich.

„Ach, du kannst ihn ruhig behalten, schließlich will ich nicht, dass du erfrierst.“

Stuart suchte ihren Blick und fragte mit leisem Interesse: „Soll das heißen, dass du dir etwas aus mir machst, wenn du nicht willst, dass ich erfriere?“

Lauren erwiderte nichts, sondern lächelte schlicht.

Langsam hob er den Kopf und küsste sie ein weiteres Mal.

Dieser Kuss fiel drängender aus und schaffte es, dass ihm zugleich schwindelig und heiß wurde. Dass Lauren ihn leidenschaftlich erwiderte, machte ihn schier verrückt.

„Onkel Stuart?“ Über das Dröhnen in seinen Ohren hinweg hörte er die piepsige Stimme seiner Nichte.

Augenblicklich erstarrte er und lauschte auf die Geräusche vor dem Zelt. Auch Lauren musste Audrey gehört haben, da sie bewegungslos auf ihm lag und keinen Mucks von sich gab.

„Schläfst du schon, Onkel Stuart?“ Audreys Stimme klang viel näher – fast schon so, als wäre sie direkt vor dem Zelt. Gleich darauf war das Geräusch des Reißverschlusses zu hören, der hinabgezogen wurde.

In einem Anflug von Panik sah Stuart in Laurens Augen und schob sie kurzerhand von sich, bevor er den Schlafsack über sie zog.

Eine Sekunde später streckte Audrey ihren Kopf in das Zelt herein und sah ihn aus müden Augen an.

Sein Herz raste, während er hoffte, dass seiner Nichte nicht auffiel, dass sich unter seinem Schlafsack jemand versteckte. Auch seine Stimme klang außer Atem. „Hey, Süße. Ist etwas passiert?“

„Tracy und ich müssen zur Toilette, wollen aber nicht alleine gehen.“ Sie gähnte. „Weißt du, wo Lauren ist?“

„Äh ... nein.“

„Komisch“, erklärte Audrey ratlos. „In ihrem Zelt ist sie nicht.“

Natürlich war sie nicht in ihrem Zelt, schließlich lag sie direkt neben ihm und fühlte sich wunderbar weich und warm an.

„Mh.“ Verzweifelt suchte er nach einer Ausrede, während Lauren bewegungslos neben ihm lag. „Vielleicht ... vielleicht ist sie ja auch zum Toilettenhäuschen gegangen.“

„Okay.“ Seine Nichte gähnte ein weiteres Mal. „Kannst du mit Tracy und mir gehen?“

„Aber sicher, Mäuschen.“ Er lächelte verzerrt. „Geh doch schon mal zu Tracy. Ich komme sofort.“

„Mhm. Okay.“

Sobald Audrey aus dem Zelt gekrochen war, fiel ein riesiger Steinbrocken von seinem Herzen. Erleichtert schob er den obersten Zipfel des Schlafsacks beiseite und blickte in Laurens amüsiertes Gesicht.

„Hey.“

„Hey.“ Sie grinste breit. „Das ist ja noch einmal gut gegangen.“

„Aber nur knapp.“ Bedauernd legte er den Kopf schief. „Ich fürchte ...“

„Ich weiß.“ Sie legte ihre Hand ein weiteres Mal auf seine Wange.

Gespielt beiläufig murmelte er: „Wir könnten es wiederholen. Vielleicht nicht unbedingt in einem Zelt und mit kichernden Mädchen in der direkten Umgebung.“

„Vielleicht.“

Er strich über ihre Wange. „Ich gehe dann mal.“

„Tu das.“

Vermutlich gab er ein peinliches Bild ab, als er auf allen vieren aus dem Zelt kroch, aber das war ihm egal, denn nie zuvor war ihm etwas so schwergefallen, wie Lauren allein zurückzulassen. Stattdessen begleitete er zwei Mädchen zu den Toilettenhäuschen und musste die beiden beruhigen, als auf dem Rückweg irgendein Tier durch das Gebüsch rannte.

Sobald er zurück war, war Lauren bereits aus seinem Zelt verschwunden.

Genauso wie sein Kopfkissen.

12. Kapitel

Lauren wollte gerade unter die Dusche gehen, als es an ihrer Tür klingelte.

Weil es schon nach neun Uhr abends war und sie wusste, dass Patty heute nicht zu Hause war, öffnete sie misstrauisch ihr Wohnzimmerfenster, um von dort nach unten zu schauen. Das war die sicherste Methode, um zu wissen, wer vor ihrer Tür stand.

Das dunkle Auto, das vor dem Haus parkte, kannte sie nicht. Aber sie kannte den blondhaarigen Mann, der dagegen lehnte und zu ihr nach oben sah, als hätte er gewusst, dass sie erst aus dem Fenster lugen würde, bevor sie zur Tür ging.

„Hey, komm mal runter", rief Stuart ohne Einleitung zu ihr hoch.

„Wieso?" Lauren strich sich eine Strähne aus der Stirn und vertraute ihm an: „Eigentlich wollte ich gerade unter die Dusche gehen und mich dann ins Bett legen."

„Süße, willst du mich quälen?", trompetete er fröhlich zu ihr hoch.

Lauren schnitt eine Grimasse. „Warum hast du nicht gesagt, dass du vorbeikommen wolltest?"

„Weil ich eine Überraschung für dich habe." Auffordernd winkte er ihr zu. „Jetzt komm schon runter."

„Okay." Sie versteckte ihr Lächeln. „Ich bin in einer Minute unten."

Nachdem sie das Fenster geschlossen hatte, überlegte sie kurz, ob sie sich etwas anderes anziehen sollte als die kurze Pyjamahose und das

Spaghettiträgerhemd, das sie sich übergeworfen hatte, weil es in der Wohnung sommerlich warm war, und entschied sich dann, sich nicht umzuziehen, weil es albern gewesen wäre. Vor einer Woche hatten Stuart und sie noch küssend in seinem Zelt gelegen, warum sollte sie sich also jetzt unter einem Sweatshirt verstecken?

Barfuß lief sie die Treppen nach unten und schloss ihre Tür auf, bevor sie nach draußen trat und automatisch die Arme vor der Brust verschränkte.

„Hast du ein neues Auto?“, begrüßte sie Stuart und wollte sich nicht eingestehen, wie froh sie war, ihn zu sehen.

Sechs Tage lang war er geschäftlich unterwegs gewesen, war von New York nach Tokio, nach Singapur und nach Sydney geflogen und hatte ihr ab und zu Nachrichten geschickt, jedoch nicht angerufen, weil die Zeitverschiebung es nicht zugelassen hatte. Bei seinem Anblick wurde ihr klar, dass sie ihn vermisst hatte.

„Das ist das Auto meiner Mom“, erklärte er und stieß sich von dem Kombi ab, um auf sie zuzukommen. „Sie hat es mir für heute geliehen.“

„Gibt es einen besonderen Anlass?“

„Jetzt warte doch erst einmal“, raunte er ihr heiser zu und blieb dicht vor ihr stehen. Seine Augen blickten genau in ihre. „Ich habe dich sechs Tage lang nicht gesehen und ziemlich vermisst.“

„Oh.“ Ihr Herz begann wie verrückt zu schlagen. „Du hast mich vermisst?“

„Habe ich.“

Als er seine Hand auf ihre Wange legte, stellte sich Lauren auf die Zehenspitzen und küsste ihn zurückhaltend. Dass er den Kuss zärtlich erwiderte, ließ ihre Beine in Gelee verwandeln.

„Ich glaube, du hast mich auch vermisst“, flüsterte er zufrieden gegen ihren Mund.

„Vielleicht ein bisschen.“ Sie ließ sich wieder zurück auf die Fersen sinken. „Man gewöhnt sich ziemlich schnell an dich.“

Stuart seufzte gespielt entzückt. „Etwas Romantischeres habe ich noch nie gehört. Und trotzdem bekommst du eine Überraschung von mir.“

„Eine Überraschung?“

Er löste sich von ihr und deutete auf das Auto. „Ja, dort drinnen.“

Lauren hatte keine Ahnung, wovon er sprach, und verfolgte, wie er den Kofferraum öffnete und ... das Bild hervorzauberte, das sie auf der Ausstellung seiner Schwägerin bewundert hatte.

Die farbenfrohe Komposition war noch immer so schön und lebhaft, wie sie sie in Erinnerung hatte.

„Stuart.“ Fassungslos schüttelte sie den Kopf und konnte nichts sagen. Es war zu viel. Dieses Geschenk war einfach zu viel.

„Was sagst du?“ Mit einem stolzen Lächeln schaute er sie an. „Es hat dir so gut gefallen, dass ich Amy noch an jenem Abend das Bild abgeschwatzt habe.“

Lauren öffnete zwar den Mund, brauchte jedoch drei Ansätze, bis endlich ein Ton herauskam. „Du hast das Bild gekauft? Für mich?“

„Gefällt es dir nicht?“

„Natürlich gefällt es mir! Es ist wunderschön, aber ... aber ich kann es ganz unmöglich annehmen, Stuart. Es ist zu wertvoll.“

Er rümpfte die Nase. „Es ist ein Ashcroft und kein Picasso, Lauren. Keine Sorge, ich musste mich nicht verschulden, um es dir schenken zu können."

„Darum geht es doch nicht", murmelte sie und rieb über ihre Arme. „Du musst mir nichts schenken. Ich bin gerne mit dir zusammen, weil du du bist, nicht, weil du mir schöne Sachen schenken kannst."

„O Mann." Seine Schultern bebten vor unterdrücktem Gelächter.

„Was ist daran komisch?" Lauren runzelte die Stirn und glaubte schon, sich vor ihm lächerlich gemacht zu haben, als sie gesagt hatte, dass sie gerne mit ihm zusammen war. Hätte sie das lieber vor ihm verschweigen sollen?

„Nichts." Seine Augen funkelten amüsiert. „Es ist nur so: Endlich habe ich die Frau kennengelernt, die nicht nur hübsch, intelligent und witzig ist, sondern die auch mich sieht – nicht meinen Familiennamen oder mein Geld. Im Gegensatz zu anderen Frauen, die in teure Restaurants gehen wollten und hübsche Geschenke erwarteten, will diese eine Frau lieber mit mir Hotdogs essen gehen und findet meinen Sportwagen protzig."

„Er ist ja auch protzig", erklärte sie atemlos. Seine Worte lösten etwas in ihr aus, was jede Zelle ihres Körpers erwartungsvoll prickeln ließ.

„Und wenn ich ihr ein Bild schenken will", fuhr er heiser fort, „weil ich mich nicht an ihrem verzückten Gesichtsausdruck sattsehen konnte, als sie es zum ersten Mal betrachtet hat, und weil ich ihr eine Freude machen möchte, einfach weil ich glücklich bin, wenn sie es ist, dann will sie mein Geschenk nicht annehmen. Und sie begründet es, indem sie sagt, dass sie mich mag und nicht die schönen Dinge, die ich ihr schenken kann.“

Laurens Wangen brannten und sie hörte ihren eigenen hastigen Herzschlag in ihren Ohren. Seine Worte waren wie ein Geständnis – es hatte sehr danach geklungen, dass sie ihm etwas bedeutete. Ihre Kehle war staubtrocken, und ihr Herz fühlte sich an, als würde es im nächsten Moment zerplatzen. „Dann nehme ich das Bild sehr gerne an, Stuart“, entgegnete sie mit vibrierender Stimme. „Danke.“

Sein Gesicht wirkte zufrieden, und auch aus seiner Stimme war herauszuhören, dass er erfreut über ihre Antwort war. „Soll ich es dir in die Praxis tragen?“ Er schloss den Kofferraumdeckel.

Nachdenklich schüttelte Lauren den Kopf. „Ich denke, ich würde es lieber in meinem Wohnzimmer aufhängen.“

Er taxierte sie aufmerksam, sagte aber nichts.

„Stimmt etwas nicht, Stuart?“

Mit einem kurzen Schulterzucken gab er zu: „Ich bin neugierig, Lauren. Du hast mich noch nie nach oben in deine Wohnung gebeten. Deshalb bin ich mir nicht sicher, ob ich das Bild überhaupt nach oben tragen *darf*. Ich warte sozusagen auf deine Ansage.“

Es stimmte, dass sie ihn noch nie zu sich in die Wohnung genommen hatte – in ihren geschützten Raum. Bislang hatte er diesen Umstand auch nie kommentiert. Es war fast so, als hätte er ihr Zeit gelassen.

Während sie ihm ins Gesicht sah, seine offene Körperhaltung musterte und das Bild in seiner Hand wahrnahm, fiel auch der letzte Zweifel von ihr, und Lauren wusste, dass sie Stuart vertrauen konnte.

Also streckte sie ihm die Hand entgegen und lächelte einladend. „Möchtest du mit nach oben kommen?“

„Wenn ich darf?“

„Du darfst.“

Als sie vor ihm die Treppen nach oben erklomm, war sich Lauren die ganze Zeit über seiner Anwesenheit bewusst und verfolgte in ihrer Wohnung, wie er die gemütliche Einrichtung musterte und sich interessiert umsah. Zwar liebte sie ihre Wohnung, weil sie sich hier wohlfühlen konnte und weil sie die alten Holzbalken und den offenen Wohnbereich mit der daran angeschlossenen Küche sehr schön fand, aber Stuart war vermutlich ein ultramodernes Loft mitten in der Stadt mit allem Komfort gewohnt.

„Schön hast du es hier. Und sehr gemütlich.“ Sein Blick fiel auf die gerahmten Fotos auf dem Kaminsims. „Sind das hier deine Eltern?“

Lauren trat neben ihn und nickte. „Ja, das sind sie. Das Foto ist ein paar Monate vor ihrem Unfall aufgenommen worden.“

„Du siehst deiner Mom sehr ähnlich.“

„Ich weiß. Das gleiche rote Haar.“

„Außerdem hast du ihren Mund geerbt und eure Kopfhaltung ist die gleiche.“

Verwundert darüber, dass er etwas zu ihrer Kopfhaltung sagen konnte, betrachtete sie sein Profil und schwieg. Sie schwieg vielleicht auch deshalb, weil sie verwundert darüber war, wie natürlich und entspannt es war, ihn in ihrer Wohnung zu haben. Es fühlte sich an, als gehöre er hierhin.

„Möchtest du einen Kaffee haben?“

„Gerne.“

Während Lauren in der Küche den Kaffee aufsetzte, lauschte sie auf Stuarts Schritte, die ihr verrieten, dass er durch das Wohnzimmer lief und sich umzusehen schien.

„Weißt du schon, wo du das Bild aufhängen willst?“

Über die Schulter rief sie in Richtung Wohnzimmer: „Ich bin mir noch nicht sicher – entweder über den Kamin oder an die freie Wand im Esszimmer.“

„Wenn du dich entschieden hast, sagst du mir Bescheid, damit ich das Bild aufhängen kann.“

„Gehört dieser Service zum All-inclusive-Paket?“ Lauren stellte die Maschine mit einem Schmunzeln im Gesicht an. „Ein Bild könnte ich auch alleine aufhängen. Ganz so ungeschickt bin ich nicht, weißt du?“

„Es geht doch nicht darum, ob du ungeschickt bist oder nicht.“ Stuart stand im Türrahmen und lehnte sich mit vor der Brust verschränkten Armen dagegen, während er mit der Zunge schnalzte. „Wir Männer haben früher Säbelzahntiger in die Flucht geschlagen, waren auf der Jagd und haben verstümmelte Gliedmaßen mit den eigenen Zähnen amputiert, ohne mit der Wimper zu zucken. Heute kaufen wir biologisch angebauten Tofu, lassen unsere Augenbrauen zupfen und machen Yoga zur Stressbewältigung.“

„Was willst du mir damit sagen, Stuart?“ Lauren lachte laut auf. „Dass du gerne zur Kosmetikerin deines Vertrauens gehst?“

Er schnaubte abfällig und stieß sich vom Türrahmen ab, um sich einen Apfel zu schnappen, der mit ein paar anderen Obstsorten in einer Schale auf dem kleinen Küchentisch gelegen hatte. Bevor er hineinbiss, verkündete er ernst: „Die Zivilisation hat uns alle Bereiche des Lebens weggenommen, in denen wir uns männlich fühlen können. Deshalb solltet ihr Frauen uns wenigstens das Privileg gestatten, Nägel in Wände zu schlagen und Bilderrahmen aufzuhängen." Anschließend biss er herzhaft in den Apfel hinein.

Entschuldigend hob sie die Hände. „Wenn das so ist ..." Räuspernd verstellte sie die Stimme und bat geradezu flehentlich: „Bitte, Stuart, bitte – kannst du mir dabei helfen, den Bilderrahmen aufzuhängen? Ich bin nur eine schwache Frau und brauche einen starken Mann, der seinen Hammer schwingen kann."

Voll diabolischer Freude konnte sie beobachten, wie er sich vor Schreck bei den letzten Worten verschluckte. Als er an dem Apfel zu ersticken drohte, schlug sie ihm gönnerhaft auf den Rücken.

„War das besser so?"

„Den Hammer schwingen." Er hustete und krächzte, schüttelte den Kopf und sah sie eindringlich an. „Das hast du mit Absicht gemacht! Gib es zu."

Unschuldig hob sie die Schultern an, ahnte jedoch, dass er ihr die Schadenfreude nur allzu deutlich ansehen konnte. „Ich weiß wirklich nicht, wovon du sprichst, Stuart. Ich dachte an Thor. Der schwingt doch auch immer seinen Hammer."

„Ha!" Seine Augen funkelten. „Irgendwann ... irgendwann."

„Nichts als leere Drohungen." Lauren zog ihre Hand von seinem Rücken zurück. „Kaffee?"

Wenig später fanden sie sich auf ihrer Couch wieder und tranken Kaffee, während Stuart ihr von seinen Geschäftsterminen erzählte, bevor sie ihm von ihren tierischen Patienten berichtete, die sie in den vergangenen Tagen behandelt hatte. Weil es immer später wurde und ihm vermutlich ebenso wie ihr der Magen bereits in den Knien hing, machte Lauren ein paar Sandwiches, die sie beide aßen, während im Fernsehen eine Wiederholung der ersten Staffel von *The Walking Dead* lief.

Lauren erwischte sich dabei, wie sie das Gesicht an seiner Schulter versteckte, wenn es besonders spannend wurde, und sich schließlich gemütlich an ihn schmiegte, wenn sie nicht damit rechnen musste, dass jemand von einem Zombie angegriffen wurde.

Es wurde immer später, während Lauren überlegte, ob sie nicht die Initiative ergreifen und den nächsten Schritt tun sollte. Stuart hatte zwar den Arm um sie gelegt und streichelte mit seiner rechten Hand ab und an geistesabwesend über ihren Oberarm, aber mehr tat er nicht.

„Es ist schon ganz schön spät“, murmelte er, als die Mitternachtsnachrichten gesendet wurden.

„Mhm.“

Was sollte sie schon sagen? Sollte sie ihn bitten, bei ihr zu bleiben, und ihm gleichzeitig sagen, dass sie verkorkst war, dass er der erste Mann seit langer Zeit war, den sie an sich heranließ, und dass sie Angst davor hatte, alles kaputt zu machen, weil er es eventuell nicht verstehen würde, wenn sie ihn abwies, obwohl sie dies gar nicht wollte?

Ihre Gedanken stoben in alle Richtungen und ließen sie kurz Panik empfinden.

„Dann sollte ich wohl gehen.“ Stuart entzog ihr vorsichtig den Arm, erhob sich und griff nach den

Autoschlüsseln, die er auf den Wohnzimmertisch gelegt hatte.

Genau in diesem Moment wusste Lauren, dass sie ihn nicht gehen lassen wollte. Beherzt kam sie ebenfalls auf die Füße, griff nach seiner Hand und hielt ihn davon ab, die Schlüssel an sich zu nehmen.

„Bitte bleib“, raunte sie ihm zu und trat dicht vor ihn. Ihre Augen wanderten millimeterweise nach oben, glitten über seinen kräftigen Hals, sein stoppeliges Kinn, seine kühn geschwungenen Lippen, über die klassische Nase bis zu seinen hellbraunen Augen, die nichts verrieten.

Lauren schluckte und wiederholte ihre Bitte. „Bleib bei mir, Stuart.“

Er sagte nichts, aber das musste er auch nicht, weil Lauren seine Antwort nicht abwartete, sondern ihn einfach küsste.

***

Genau diesen Moment hatte sie gefürchtet, seit sie gemerkt hatte, dass sie Gefühle für Stuart entwickelte.

Lauren schlug das Herz bis zum Hals, als sie mit ihm in ihrem dunklen Schlafzimmer stand und sie seine Hände auf ihren nackten Oberarmen spürte, während er sie federleicht auf den Mund küsste. Diesem Kuss konnte sie sich nicht entziehen und erwiderte ihn, doch gleichzeitig zuckte sie innerlich zusammen, weil er sie immer dichter an sich zog und seine Hände über ihre Haut streichelten.

Es war schön, gleichzeitig wurde sie so nervös, dass sie sich nicht entspannen konnte. Dabei wollte sie hier sein. Hier bei ihm. Und sie wollte ihn küssen, ihn berühren und ihn fühlen. Auf ihr. In ihr.

Lauren wollte sich einfach fallen lassen und seine Zärtlichkeiten annehmen und zurückgeben. Endlich wieder sie selbst sein. Leidenschaftlich sein und ohne Furcht mit jemandem zusammen sein, dem man vertraute und sich öffnete.

Stattdessen verkrampfte sie sich und konnte nur an eines denken. Ohnmacht – alles verschlingende Ohnmacht, die sie lähmte.

Sie wollte sich nicht so fühlen!

Sie wollte es hinter sich lassen, in einer Box verstauen, diese verschließen und wegwerfen, um niemals wieder daran zu denken.

„Ist alles okay, Liebling?"

Stuart streichelte noch immer über ihre Oberarme und stand direkt vor ihr, und auch sein Gesicht schwebte nah über ihrem. Aber er hatte den Kuss unterbrochen und sah sie lediglich an.

„Ich ... ich weiß nicht." Sie befürchtete, gleich in Tränen auszubrechen.

Obwohl er nicht wissen konnte, warum sie kurz vor einer Panikattacke stand, klang er völlig verständnisvoll. „Soll ich lieber wieder gehen?"

„Nein!" Hastig schüttelte sie den Kopf. Wenn sie eines nicht wollte, dann war es, jetzt allein zu sein.

Mit einem Mal ging ihr ein Licht auf. Ja, sie wollte nicht mehr allein sein, aber vor allem wollte sie ihr Leben nicht von einer Angst bestimmen lassen, die sie in den Griff bekommen würde, wenn sie sich ihr stellte. Und sie wollte Stuart.

Lauren holte Luft, schaute Stuart an und zog sein Gesicht zu sich hinunter, um ihn leidenschaftlich zu küssen. Nur auf seinen Kuss konzentrierte sie sich, erwiderte die Vorstöße seiner forschenden Zunge und verschmolz regelrecht mit seinen Lippen. Ihre Hände fuhren währenddessen über seinen Hals, streichelten über seine breiten Schultern und schlangen sich anschließend um seinen Nacken.

Nichts zählte mehr – nur sie beide, wie sie in ihrem Schlafzimmer gleich neben dem Bett standen und sich wie Teenager küssten.

Als seine Hände über ihren Rücken fuhren, stockte sie einen Moment. Und als er seine Hände auf ihre Hüften legte und er seine Finger sachte in ihrem Fleisch vergrub, kam ein leichtes Panikgefühl in ihr hoch, das sie jedoch bekämpfte.

Angriff war die beste Verteidigung, also knöpfte sie sein Hemd auf und küsste ihn geradezu verzweifelt.

Lauren stürzte sich regelrecht auf seinen nackten Oberkörper, nachdem das Hemd zu Boden gesegelt war, und entzog ihm den Mund, um ihre Lippen auf seinen Hals zu pressen, an dem sie seinen hektischen Puls fühlen konnte. Ihre zitternden Finger glitten zu seiner Hose, die sie öffnen wollte, als Stuart ihre Hände festhielt.

Er war ebenso außer Atem wie sie und krächzte mit heiserer Stimme: „Liebling, wenn du so weitermachst, ist es viel zu schnell vorbei. Ich möchte es genießen.“

Auch wenn es ihr schwerfiel, ließ sich Lauren darauf ein. Wieder küsste er sie und nahm ihr dabei so sehr den Atem, dass sie kaum bemerkte, wie seine Hände unter ihr Shirt schlüpften. Erst als sie seine warmen Hände auf ihrem Bauch und schließlich auf ihren Brüsten spürte, wurde ihr klar, dass er ihr das Shirt ausgezogen hatte.

Alle Anspannung wich, als seine Finger zärtlich über ihr nacktes Rückgrat glitten.

Lauren konnte gar nicht anders, als ihren nackten Oberkörper an seinen nackten Oberkörper zu schmiegen und das Gesicht an seinen Hals zu pressen, den sie sanft küsste. Stuart strahlte eine wundervolle Wärme aus, der sie sich nicht entziehen wollte. Das Gefühl seiner nackten Haut an ihrer war unbeschreiblich. Langsam ließ sie ihre Finger über seine breite Brust, das kurze Haar darauf und die ausgeprägten Muskeln seines Bauches fahren und sog gleichzeitig seinen Duft in die Nase, der sie nicht nur benebelte, sondern auch beruhigte.

Gleichzeitig pulsierte etwas durch ihre Blutbahnen und ließ sie erzittern, von dem sie geglaubt hatte, es verloren zu haben.

Lust.

Heiße Lust breitete sich in ihr aus und ließ sie schneller atmen.

Wie von allein rieb sie sich an ihm und spürte, wie hart ihre Brustwarzen wurden und wie sensibel jeder Quadratmillimeter ihrer Haut auf Stuarts Berührung reagierte.

Lauren seufzte seinen Namen und küsste ihn ein weiteres Mal, während sie nicht die Finger von ihm lassen konnte und ihn erst zögernd und dann mutiger erforschte. Sie ließ ihre Hände über seinen starken Rücken gleiten, war fasziniert von den harten Kerben seiner Muskeln und legte ihre Hände schließlich über der Hose auf seinen Hintern.

Stuart lachte leise und rau, nahm ihr Gesicht in seine Hände und erwiderte den tiefen Kuss. Dann stöhnte er und klang dabei so verzweifelt, wie sie sich fühlte, weil sie mehr wollte. Alles auf einmal wollte.

Langsam und bedächtig tastete sich Lauren zu dem Bund seiner Hose vor und spürte eine unglaubliche Hitze, als sie erst den Gürtel löste und dann den obersten Knopf öffnete. Auf diese Bewegung reagierte Stuart, indem sein Zungenschlag leidenschaftlicher wurde. Auch sie küsste ihn noch tiefer und verschlang seinen Mund mit ihrem, doch gleichzeitig zögerte sie, einen Schritt weiterzugehen, und verharrte mit ihrer Hand an seinem Hosenbund.

Er löste das Problem und nahm ihre Hand in seine. Quälend langsam führte er sie tiefer und presste sie gegen die Härte, die seine Boxershorts ausbeulte.

Sein Atem war ein Rasseln, seine Brust hob und senkte sich wie verrückt, und seine Stimme klang so rau und so kratzig, dass Lauren sie fast nicht verstanden hätte.

„Gott, ich will dich, Lauren“, verriet er ihr gequält. „Ich will dich so sehr, dass ich nicht mehr klar denken kann. Willst du mich auch?“

Ja, sie wollte ihn auch. Und wie sie ihn wollte.

Lauren entzog ihm ihre Hand und ließ sie unter die Boxershorts schlüpfen, wo sie auf seine Erektion traf. Als sie seinen harten Penis umfasste und sein unbeherrschtes Stöhnen hörte, begriff Lauren, welche Macht sie in diesem Moment über ihn hatte. Macht über diesen starken, selbstsicheren Mann, dessen Finger über ihre Brustwarzen glitten und dessen Mund sich gerade an ihrem Hals vergrub, um sie zärtlich in die Kehle zu beißen.

Das Feuer in ihren Adern versengte sie. Lauren stöhnte und massierte gleichzeitig über seinen harten Penis, den sie durch ihre Hand gleiten ließ und von der Wurzel bis zur samtig weichen Spitze erforschte.

Stuart flüsterte mit einem Krächzen ihren Namen und ließ seine zitternden Hände gleichzeitig über ihre Brüste, ihren Bauch und ihre Hüften fahren. Langsam ließ sie seinen Penis los und hielt sich an ihm fest, weil sie plötzlich schwankte.

Lauren verging beinahe vor Lust, als seine Hand unter den Bund ihrer Pyjamashorts fuhr. Sobald er ihr feuchtes Fleisch berührte, schloss sie seufzend die Augen, lehnte sich gegen ihn und merkte, wie kurzatmig sie wurde.

Eine Gänsehaut nach der nächsten zog sich über ihren Körper. Prickelnde Hitze stieg in ihr auf und nahm ihr jeden Gedanken.

Seine Finger, sein Duft, sein Kuss ... Lauren wurde schier verrückt und klammerte sich an ihn.

Als sie zusammen ins Bett fielen, waren sie beide nackt, atmeten schwer und klebten förmlich aneinander.

Von seinen Händen, die über ihren Körper wanderten und mal rau und dann mal wieder sanft über ihre Haut strichen, konnte sie nicht genug bekommen. Lauren presste ihre nackten Brüste gegen seine behaarte Brust und nahm ihm das Kondom ab, das er aus seiner Brieftasche gezaubert hatte.

Stuart vor sich zu sehen, wie er mit diesem kräftigen Körper, den sie stundenlang hätte bewundern können, vor ihr auf ihrem Bett lag, ließ ihren Herzschlag aussetzen. Sein blondes Haar war zerzaust, seine Augen funkelten hungrig und seine Brust hob und senkte sich hektisch.

Lauren genoss das Gefühl, ihn in dieser scheinbar wehrlosen Position vor sich zu haben und alles mit ihm machen zu können, was sie wollte. Sie beugte sich über ihn und drückte ihren Mund auf die Vertiefung zwischen Kehle und Schlüsselbein, schmeckte das Salz auf seiner Haut und setzte eine Spur von Küssen über seinen Oberkörper fort. Währenddessen lag er unter ihr und ließ sie bestimmen.

Erst als sie ihre Zähne in seinen flachen Bauch grub, hielt er den Atem an und zuckte merklich.

Bevor er sich aufsetzen konnte, rutschte Lauren über seinen Schoß und schob das Kondom über seine Erektion, die in ihrer Hand pochte. Sie nahm seine Hände und legte sie auf ihre Brüste, während sie sich langsam auf ihn senkte und ihm dabei in die Augen sah.

Es fühlte sich unbeschreiblich an.

Sie wurden eins, verschmolzen miteinander und gehörten zusammen. Lauren wusste, dass diese Wärme, diese Sicherheit und diese Hitze richtig waren.

Mit seinen Händen umschlang Stuart sie und setzte sich auf, als sich Lauren langsam und zurückhaltend zu bewegen schien. Er küsste sie und vergrub eine Hand in ihrem Haar. Und dann murmelte er gegen ihren Mund, dass er sterben müsste, wenn sie jetzt aufhörte.

Das war der Moment, in dem Lauren alle Ängste und alle Zweifel über Bord warf und sich ihr Leben zurückholte.

13. Kapitel

„Der verlorene Sohn kehrt nach Hause zurück."

„Stuart, da bist du ja! Wolltest du mir das Auto nicht gestern Abend zurückbringen?"

„Ja, Stuart – gestern Abend. Jetzt haben wir halb zwei nachmittags. Am nächsten Tag."

„Da du nicht hier geschlafen hast und Moms Auto die ganze Nacht nicht in der Garage stand, fragen wir uns alle, wo du gewesen bist."

„Barbara wollte eigentlich damit sagen, dass wir uns fragen, bei wem du gewesen bist."

Stuart sah sich der geballten weiblichen Macht seiner Familie gegenüberstehen, als er die Küche seines Elternhauses betrat. Eigentlich hatte er seiner Mom nur eben das Auto zurückbringen und anschließend eine Pizza kaufen wollen, um so schnell wie möglich zurück zu Lauren zu fahren, von der er sich nur schwer hatte trennen können. Doch beim Anblick seiner neugierigen Mutter, Schwester und Schwägerin befürchtete er, dass dieser Plan nicht durchführbar war.

Lässig nickte er ihnen zu, begrüßte sie mit einem schlichten *Hallo* und schenkte sich anschließend einen Kaffee ein, wobei er die neugierigen Blicke in seinem Rücken fühlen konnte.

Als er sich wieder umdrehte und sah, dass die drei Frauen wie auf heißen Kohlen saßen, erwiderte er schlicht: „Das geht euch gar nichts an."

Protest wurde laut.

Vor allem seine Mom beschwerte sich nachdrücklich. „Da leihe ich dir mein Auto und lasse mir von dir sagen, dass du es mir sofort zurückbringst, und wenn ich jetzt wissen will, wo du warst, sagst du mir, dass es mich nichts angeht?“

Er seufzte in seine Kaffeetasse und verdrehte innerlich die Augen. „Kann ich vielleicht erst meinen Kaffee trinken, bevor ich mich der Inquisition stellen muss?“

„Übermüdet, Bruderherz?“ Barbara, die am Küchentisch saß und ein Stück Schokokuchen vor sich auf einem Teller stehen hatte, grinste frech.

Die Frage kommentierte er nicht, auch wenn er tatsächlich kurz vor einem Gähnen stand.

Weder seine Mom noch seine Schwester oder seine Schwägerin mussten wissen, dass er in der vergangenen Nacht kein Auge zugemacht hatte. Er würde einen Teufel tun und ihnen erzählen, dass er mit Lauren geschlafen hatte und Stunden später so erschöpft gewesen war, dass er kaum seine Hand hatte heben können. Und er würde ihnen auch nicht erzählen, dass er nur deshalb aufgestanden war und sich angezogen hatte, weil er seiner Mom das Auto hatte vorbeibringen wollen. Eigentlich hatte er heute nicht eine einzige Minute ohne Lauren verbringen wollen.

„Er bekommt einen ganz glasigen Blick“, urteilte Amy verzückt. „Ungefähr so sieht Patrick aus, wenn die Zwillinge ihn Daddy nennen.“

Nun verdrehte er wirklich die Augen. „Habt ihr heute nichts zu tun, anstatt mich zu belästigen?“

„Es ist Sonntag“, betonte seine Schwester. „Jetzt sag schon: Bei wem hast du die Nacht verbracht?“

„Schon vergessen, dass ich ein erwachsener Mann bin?“ Stirnrunzelnd sah er seine Schwester an. „Mein Liebesleben geht dich gar nichts an.“

Und weil Barbara ihm mit ihrem stechenden Blick auf den Keks ging und er nach der letzten Nacht ziemlich ausgehungert war – trotz der Kekse, die Lauren und er heute Nacht im Bett gegessen hatten –, stellte er seine Kaffeetasse beiseite und nahm den Kuchenteller seiner Schwester hoch.

„Hey, das ist mein Kuchen!“

Stuart erwiderte nichts, sondern versenkte die Kuchengabel in der Köstlichkeit, von der er sich ein riesiges Stück hungrig in den Mund schob.

„Haben deine Schweigsamkeit und dein Hunger vielleicht etwas mit der hübschen Tierärztin zu tun, die du mit zu meiner Ausstellung genommen hast und die so nett war, den Pfadfinderausflug zu begleiten?“

Er kaute unvermindert weiter und wusste, dass er die drei in den Wahnsinn trieb, weil sie ihm keinerlei Reaktionen hervorlocken konnten. Das Problem dieser Familie war, dass sie sich alle gerne in die Angelegenheiten der anderen einmischten.

„Welche Tierärztin?“

„Sie heißt Lauren McPherson, Eleanore, und ist mit Abstand die netteste Frau, mit der Stuart jemals irgendwo aufgetaucht ist.“

„Lauren?“ Der überraschte Laut kam von Barbara, die sofort die Augen zusammenkniff. „Etwa die Lauren, von der Scott behauptet hat, dass du sie angesehen hast, als wolltest du sie küssen? Hast du nicht gesagt, sie sei nur eine Freundin?“

Die empörte Stimme seiner Mutter wurde laut. Anscheinend fiel bei ihr gerade der Groschen. „Mir hat Eliza Grishon vor Wochen erzählt, dass du dich mit ihrer Tierärztin, die zufälligerweise auch Lauren McPherson hieß, ausgesprochen nett und interessiert unterhalten hättest. Ist sie etwa deine neue Freundin? Und warum hast du sie mir noch nicht vorgestellt, wenn alle Welt schon Bescheid weiß und sie kennt? Ich bin immerhin deine Mutter, Stuart!“

Er schluckte den halb zerkauten Kuchen hinunter und fragte verärgert: „Wo zum Teufel sind die Männer dieser Familie, wenn man sie mal braucht?“

„Sie sind mit den Kindern im Garten und jetzt wechsele nicht das Thema“, beschied seine Mom und nahm ihm den Kuchenteller ab. „Ich will sie kennenlernen.“

Na wunderbar! Seine Mom hatte sich nie zuvor in sein Liebesleben eingemischt, aber ausgerechnet jetzt fing sie damit an?

Er nahm ihr den Teller wieder ab und erklärte fest: „Ich stelle sie dir vor, wenn du mir versprichst, nicht durchzudrehen und sie zu verschrecken.“

„Inwiefern soll ich sie verschrecken?“

Stuart schnaubte abfällig. „Keine Ahnung, Mom“, entgegnete er trocken. „Vielleicht zeigst du ihr peinliche Kinderfotos, wie du es bei Amy gemacht hast, oder du erzählst ihr von der Pubertätsakne, wie du es bei James gemacht hast ...“

„Hey, ich hatte keine Pubertätsakne“, beschwerte sich Barbara und trat ihm empört gegen das Schienbein. „Es waren nur ein paar Pickel, du Ekel!“

Während er die Zähne zusammenbiss, weil sein Schienbein schmerzte, fixierte er seine Mutter. „Oder vielleicht erwartest du sie mit einem Brautmodenkatalog und einem Namensbuch für deine potenziellen Enkelkinder und schlägst sie somit in die Flucht.“

Die Wangen seiner Mom röteten sich, schließlich hatte sie Amy tatsächlich Patricks peinliche Kinderfotos gezeigt, als sie sich kennengelernt hatten, und James hatte sie von Barbaras pubertären Pickeln erzählt, kurz nachdem sie ihn zum ersten Mal getroffen hatte. Stuart wusste zwar, dass seine Schwägerin und sein Schwager darüber lachten, aber er wollte die Gefahr nicht eingehen, dass seine Mutter Lauren in die Flucht schlug, weil sie zu schnell über das Ziel hinausschoss.

„Ich bin zufälligerweise die beste Schwiegermutter, die jemand nur haben kann. Frag ruhig Amy! Nicht wahr, Amy?“

„Amy zählt nicht“, warf er ein, bevor seine Schwägerin den Mund aufmachen konnte. „Sie ist ganz verrückt nach dir, also ist sie voreingenommen.“

„Himmel, Stuart!“ Amy lachte. „Stell dich nicht so an! Bring sie doch einfach mit, damit Eleanore sie kennenlernen kann.“

„Du machst vielleicht ein Drama“, stöhnte Barbara. „Man könnte fast meinen, dass du Schiss hast, sie könne dir weglaufen.“

Vielleicht hatte er das ja auch.

Erst in der letzten Nacht hatte er neben ihr gelegen und gespürt, wie wichtig sie ihm war. Stuart wollte sie nicht gehen lassen müssen.

„Wenn du sie mir nicht vorstellst, dann fahre ich eben in ihre Tierarztpraxis, wenn sie Sprechstunde hat, und stelle mich ihr vor.“

Das hatte ihm gerade noch gefehlt. „Du hast kein Haustier, Mom“, wies er sie auf das Offensichtliche hin.

„Mein Sohn, wenn es sein muss, besorge ich mir irgendwo eine Feldmaus.“ Ihre Entschlossenheit war zum Greifen nahe.

Seine Schultern sackten hinunter. „Mom, das ist Erpressung.“

„Wie du schon gesagt hast: Du bist ein erwachsener Mann.“ Sie grinste ihn an. „Und als erwachsener Mann solltest du damit klarkommen, dass deine Mom sich in dein Leben einmischt und die Frau kennenlernen will, derentwegen du anscheinend den Verstand verlierst.“

***

Stuart balancierte die Pizzaschachtel in seinen Händen, als er die Tür zu Laurens Wohnung aufschloss und anschließend die Treppen nach oben stieg.

Als er vor rund anderthalb Stunden ihre Wohnung verlassen und sich ihren Schlüssel gegriffen hatte, um das Auto seiner Mutter zurückzubringen, hatte Lauren ein Nickerchen gemacht. Sie hatte nackt, zerzaust und erschöpft neben ihm im Bett gelegen und war so verführerisch gewesen, dass es ihm schwergefallen war, sie zu verlassen. Allzu gerne wäre er neben ihr liegen geblieben und hätte sie beim Schlafen beobachtet.

Hilfe, er klang schon wie ein durchgeknallter Stalker.

Er selbst fühlte sich einerseits aufgekratzt und andererseits tierisch erschöpft an – was kein Wunder war. Wann hatte er sich beim Sex jemals so sehr verausgabt?

Während er vorsichtig die Treppen nach oben lief, damit der Käse nicht verlief, dachte er daran, was Lauren und er in der vergangenen Nacht miteinander getrieben hatten. Vom ersten zögerlichen Kennenlern-Sex über wilden Ich-will-es-sofort-Sex bis zum romantischen Liebe-Machen-Sex war alles dabei gewesen.

Insbesondere der letzte Sex war ihm durch sämtliche Glieder gefahren, weil sie sich in die Augen geschaut hatten und zusammen gekommen waren. Er hatte sich Lauren verbunden gefühlt. Irgendetwas hatte sich geändert. Beim ersten Mal hatte es noch Momente gegeben, in denen er befürchtet hatte, etwas Falsches zu tun, weil sie zurückgeschreckt war oder plötzlich völlig in sich gekehrt gewirkt hatte. Aber bei ihrem letzten Mal waren sie sich bereits so vertraut gewesen, dass Stuart nicht hätte sagen können, wo er aufhörte und sie begann.

„Stuart? Bist du das?“

„Ja, samt einer Familienpizza mit doppelt Käse“, rief er gut gelaunt und betrat das Wohnzimmer. „Hast du meinen Zettel entdeckt?“

Lauren kam aus der Küche und lächelte ihn an.

Zusammen mit ihren zerzausten Haaren und den nackten Beinen war sie ein himmlischer Anblick, der seine alte Pumpe ziemlich auf Trab brachte.

„Meinst du den Zettel, auf dem stand, dass du deiner Mom das Auto zurückbringen wolltest?“ Spielerisch rümpfte sie die Nase. „Ich habe es für die schlimmste aller schlimmen Ausreden gehalten, die Männer benutzen, um am nächsten Morgen das Weite zu suchen.“

„Ha!“ Er stellte die Pizzaschachtel auf dem Tisch ab und kam auf sie zu.

Lauren protestierte nur zum Schein, als er sie an sich zog und ihr einen Kuss auf die Lippen drückte. „Wenn meine Mom das Auto nicht gebraucht hätte, wäre ich nicht einmal unter Lebensgefahr aus deinem Bett gestiegen.“

„Lebensgefahr?“ Lauren legte ihre Hand auf seine Brust und schaute zu ihm auf. „Soll das heißen, dass du mehr Angst vor deiner Mom als vor dem Tod hast?“

Er gluckste und gab ihr einen Nasenstüber. „Sagen wir doch einfach, dass ich einen gesunden Respekt vor meiner Mom habe.“

„Okay.“

„Außerdem hielt ich es für eine gute Idee, einen Snack zu besorgen. Heute Morgen fühlte ich mich nämlich ziemlich ausgehungert“, fuhr er bedeutungsvoll fort.

„Wirklich?“, hakte sie verblüfft nach. „Also ich fühlte mich vor allem *entspannt*.“

Seine Antwort bestand darin, an ihrem T-Shirt zu zupfen. „Entspannt trifft es ganz gut.“

Ihre Hände legten sich auf seine Hüften. „War deine Mom böse, weil du ihr das Auto erst heute und nicht schon gestern zurückgebracht hast?“

„Meine Mom war vor allem gnadenlos“, erklärte er trocken.

Laurens Augenbrauen fuhren in die Höhe. „Gnadenlos?“

„Ja, ebenso wie meine Schwester und Schwägerin.“ Stuart schnitt eine Grimasse. „Sie wollten wissen, wo und vor allem bei wem ich die Nacht verbracht habe.“

Sie schien dies witzig zu finden, weil sie kicherte. „Standst du sozusagen vor einem Tribunal?“

„Das trifft es ziemlich gut. Auf meinen Kommentar, dass ich ein erwachsener Mann mit dem Recht auf ein Privatleben sei, reagierten sie gar nicht.“

Ihr Kichern wurde eine Spur lauter. „O Himmel, das klingt ja fast schon filmreif!“

„Kann sein.“ Zerknirscht verzog er den Mund. „Meine Mom würde dich gerne kennenlernen. Sie hat mich sogar skrupellos erpresst.“

„Inwiefern hat sie dich denn erpresst?“ Noch immer klang Lauren keinesfalls beunruhigt über die Tatsache, dass sich seine Familie für sie interessierte. Ehrlicherweise hatte Stuart befürchtet, dass sie Reißaus nehmen könnte, aber das tat sie nicht.

Seine Fingerspitzen tanzten über die samtweiche Haut ihres Rückens. „Sie meinte, sie würde sich eine Feldmaus besorgen und während deiner Sprechstunde auftauchen, wenn ich dich ihr nicht vorstellen würde.“

Ihr Glucksen war ansteckend. „Eine Feldmaus?“

„Vielleicht hätte sie sich auch Elizas Pudel ausgeliehen. Wer weiß?“

„Deine Mom klingt lustig. Ich würde sie gerne kennenlernen.“

„Das musst du jetzt sagen, schließlich haben wir dir keine Wahl gelassen.“

Lauren blinzelte zu ihm hoch. „Warum ist das so eine große Sache für deine Familie?“

„Was?“

Ungelenk zuckte sie mit den Schultern. „Deine Mom will mich unbedingt kennenlernen und schreckt nicht einmal davor zurück, eine wehrlose Feldmaus in

Schutzhaft zu nehmen. Hast du ihr deine früheren Freundinnen denn nie vorgestellt?“

„Nein, das habe ich tatsächlich nicht.“

„Warum nicht?“

Stuart überlegte einen Moment, wie er ihr am besten erklären sollte, wie seine früheren Verhältnisse zu Frauen ausgesehen hatten. Er seufzte schwer. „Weil ich zu den Frauen, mit denen ich mich vor dir getroffen habe, Beziehungen hatte, über die man vor seiner Mom nicht unbedingt reden will.“

Mit großen Augen sah sie ihn an. „Und das bedeutet?“

Er kratzte sich unschlüssig am Kopf. „Läufst du schreiend davon, wenn ich zugebe, dass meine Freundinnen vor allem Sexpartnerinnen waren, aber mehr nicht?“

„Ach, und ich dachte, hier ginge es ebenfalls nur um Sex.“

Ausgerechnet jetzt wollte er nicht über das, was sie beide hatten, Scherze machen, weshalb er die Stirn runzelte. „Hier geht es nicht um Sex, Lauren. Das weißt du. Es geht um viel mehr.“

„Ja, das weiß ich.“ Sie biss sich belustigt auf die Unterlippe. „Entschuldige.“

„Es war mir ernst, was ich gestern zu dir gesagt habe. Früher war es mir egal, dass die Frauen, mit denen ich ausgegangen bin, mehr Wert auf den Namen *Ashcroft* als auf den Namen *Stuart* gelegt haben, weil ich sowieso nichts anderes wollte als ...“ Stuart räusperte sich. „Du weißt schon.“

„Du meinst Sex.“

„Genau.“ Bedächtig senkte er den Kopf. „Das war alles völlig okay, bis ich mehr wollte und bis ich dich getroffen habe.“

Vermutlich musste sie ihn für den kitschigsten Idioten auf der Welt halten, sagte sich Stuart, aber Lauren reagierte auf seine Worte, indem sie sanft lächelte.

„Von mir möchtest du demnach mehr als nur Sex?“

„O ja.“ Gönnerhaft legte er den Kopf schief. „Was nicht bedeuten soll, dass ich keinen Sex von dir will, Lauren. Für eine gut funktionierende Beziehung ist der nämlich immens wichtig.“

„Ich weiß.“ Sie trat einen Schritt zurück und streckte ihm die Hand hin. „Kommst du?“

„Was?“

Lauren verdrehte die Augen. „Ich warte schon seit einer Stunde darauf, dass du zurück nach Hause kommst“, flüsterte sie ihm zu.

Er hatte da so eine Ahnung, fragte jedoch unschuldig: „Weshalb?“

„Weil ich mit dir unter die Dusche gehen wollte.“

„Und die Pizza?“

„Stuart.“ Lauren schnalzte ungeduldig mit der Zunge. „Musst du dich wirklich zwischen Pizza und Sex unter der Dusche entscheiden?“

Nein, das musste er nicht, schließlich schmeckte Pizza auch kalt noch ganz hervorragend.

Und wozu gab es Mikrowellen?

14. Kapitel

Stuart musste sich dazu zwingen, zuerst dem Reitplatz einen Besuch abzustatten, auf dem Audrey unterrichtet wurde und gerade vom Trab in den Galopp wechselte, anstatt sofort zu Lauren zu gehen. Das Bedürfnis, bei ihr zu sein, war übermächtig, obwohl er in den letzten Wochen beinahe jede Nacht bei ihr verbracht hatte.

Es war also doch kein Klischee, dass Frischverliebte wie die Kletten aneinanderhingen und es nicht ertrugen, für ein paar Stunden voneinander getrennt zu sein.

Er begrüßte Audreys Reitlehrerin, winkte seiner Nichte zu, die sich fabelhaft im Sattel hielt, und schaute ein paar Minuten zu, wie Audrey durch die verschiedenen Gänge parierte, bevor er den Reitplatz wieder verließ und sich in Laurens Wohnung begab. Die war zu seiner Überraschung jedoch leer. Weil er ihr Auto auf dem Parkplatz entdeckt hatte, wusste er, dass sie sich hier irgendwo herumtreiben musste, also stieg er die Treppen hinunter und versuchte es in ihrer Praxis. Selbst wenn sie keine Sprechstunde hatte, verbrachte sie dort viel Zeit und erledigte alle Arbeiten, die anfielen. Erst vor ein paar Tagen hatte er sich mit ihr hier die Nacht um die Ohren geschlagen, weil er ihr bei der Buchhaltung geholfen hatte. Stuart wusste nicht, wie sie es geschafft hatte, aber am nächsten Morgen hatte er sich dazu bereit erklärt, diese Aufgabe in Zukunft für sie zu erledigen.

Tatsächlich fand er sie in ihrer Praxis.

Lauren stand allein im Untersuchungszimmer und hörte gerade einen plüschigen sandfarbenen Welpen mit

Schlappohren ab, der in der Pose, für die Burt Reynolds berühmt geworden war, auf dem Untersuchungstisch lag und fröhlich mit dem Schwanz zu wedeln begann, als er Stuart entdeckte.

Der Kleine hatte ein solches putziges Gesicht und wirkte zugleich derart schlitzohrig, dass Stuart gar nicht anders konnte, als zu grinsen.

„Hey, wen hast du denn da?"

„Hey." Lauren zog die Enden des Stethoskops aus den Ohren und schenkte ihm zur Begrüßung ein Lächeln.

Stuart trat neben sie und küsste sie auf den Mund, während er seine Hand ausstreckte und dem Welpen den Kopf kraulte. „Ein neuer Patient? Was fehlt ihm denn?"

„Zum Glück gar nichts. Er ist kerngesund und putzmunter."

Der Kleine nagte freundlich an Stuarts Fingern und wedelte noch immer begeistert mit seinem Schwanz. „Das sieht man. Ein lustiges Kerlchen", urteilte er.

„Finde ich auch", murmelte Lauren mit einem Seufzen. Sie klang niedergeschlagen.

„Ist es denn nicht gut, dass er gesund ist?" Irritiert zog er die Augenbrauen in die Höhe.

„Doch, natürlich. Es ist nur ..." Lauren zuckte unschlüssig mit den Schultern. „Er ist angeblich ein Findelkind. Eine Frau hat ihn gerade hergebracht und behauptet, sie hätte ihn gefunden – ausgesetzt."

„Und das glaubst du nicht?"

„Nein, dafür ist er zu gut genährt, zu gepflegt und zu zutraulich. Keine Spur von Dehydration."

Auf seinen fragenden Blick antwortete sie gelassen: „Es wäre nicht das erste Mal, dass eine

Familie mit einem Welpen überfordert ist. Sie schaffen sich einen jungen Hund an, damit die Kinder mit ihm groß werden, und sind nach ein paar Tagen am Ende ihrer Kräfte."

„Meinst du?"

Lauren nickte und legte das Stethoskop beiseite. „Schlaflose Nächte, voll gepinkelte Wohnungen, angenagte Möbel, zerstörte Kleidung, Welpendurchfall, man kann den Hund nicht allein lassen, er jault die ganze Nacht und lässt einen nicht schlafen, manche sind so überdreht, dass man sie in der Toilette einsperren muss ... Ein Hund macht viel mehr Arbeit, als man denkt. Ich kenne viele Züchter und Tierheime, die ein Lied davon singen können, dass man ihnen die Welpen nach ein paar Tagen zurückbringt, weil man überfordert ist. Manche behaupten sogar, dass die Kinder eine Allergie entwickeln oder dass der Welpe die Kinder angegriffen hat, um eine Rechtfertigung zu haben, den Hund wieder abzugeben. Und andere wiederum bringen den Welpen zu einem Tierarzt oder ins Tierheim und behaupten, sie hätten das Würmchen irgendwo gefunden."

Stuart ließ zu, dass der Welpe seine Hand weiterhin als Kauspielzeug missbrauchte, und schüttelte verärgert den Kopf. „Wie kann man seinen Hund abgeben, nur weil er Arbeit verursacht?"

„Ich weiß es nicht."

„Dabei ist er doch ein liebenswerter Kerl."

„Der liebenswerte Kerl hat vorhin ein Häufchen in mein Wartezimmer gelegt", warf Lauren ein, klang dabei jedoch in keiner Weise verärgert.

Stuart schaute in die Knopfaugen des Welpen und zwinkerte ihm zu. „Wenn die Natur ruft, Kumpel, dann ruft sie, nicht wahr?“

„Setz ihm keine Flausen ins Ohr“, schalt sie ihn glucksend.

„Männer müssen zusammenhalten“, betonte er und entzog dem Welpen seine Hand, die der Kleine liebevoll angesabbert hatte. „Was machst du jetzt mit ihm?“

Laurens Miene nahm einen weichen Ausdruck an, als sie dem Welpen über das Köpfchen fuhr. Gleichzeitig nagte sie nachdenklich auf ihrer Unterlippe herum. Stuart ahnte, was ihr Kopfzerbrechen bereitete. Sie hatte den kleinen Hund bereits ins Herz geschlossen und haderte nun damit, ihn ins Tierheim zu bringen. O ja, seine Lauren gab sich gerne tough und gelassen, aber bei Kindern und Tieren wurde sie regelmäßig schwach.

Er grinste von einem Ohr zum anderen und legte ihr einen Arm über die Schulter. „Warum behalten wir ihn nicht?“

Überrascht öffnete sich ihr Mund. „Was?“

„Wir könnten ihn behalten. Ich meine ...“ Stuart hielt inne und wusste, dass er gerade etwas vorpreschte, wenn er davon sprach, dass sie beide zusammen den Hund behalten könnten. Deshalb relativierte er rasch: „Ich meine, warum behältst du ihn nicht? Du hast Platz, wohnst auf dem Land und bist Tierärztin. Wo könnte es der Hund besser haben als bei dir? Und da ich oft genug hier bin, kann ich dir helfen.“

Sie zögerte nur kurz, bevor sie nickte und sich an ihn schmiegte. „Kannst du Gedanken lesen?“

Seine Hand verfing sich in ihrem zerzausten Pferdeschwanz. „Bei dir gebe ich mir die größte Mühe."

Stuart senkte den Kopf und küsste sie ausgiebig, bis ein seltsames Plätschern ihn aufsehen ließ.

Da stand der Welpe mitten auf dem Untersuchungstisch, schaute ihnen interessiert beim Küssen zu und pinkelte, als hätte er keine Sorge auf der Welt.

„Vielleicht solltest du heute noch einmal halt im Supermarkt machen", flüsterte Lauren gegen seine Lippen und kicherte. „Am besten wäre es, wenn du eine Großpackung Küchentücher kaufst. Vielleicht auch zwei."

***

Lauren wurde wach und versuchte mit müden Augen irgendetwas in ihrem stockfinsteren Schlafzimmer zu erkennen. Ihre Hand tastete zur rechten Seite des Bettes, wo Stuart gelegen hatte, als sie eingeschlafen war.

Die Bettseite war leer, und das Laken war noch immer warm. So, als hätte dort vor wenigen Minuten noch jemand gelegen.

Mühsam setzte sie sich auf und fuhr sich gähnend über ihr Gesicht, während sie sich fragte, wo Stuart steckte und was sie geweckt hatte. Auf ihrem Nachttisch konnte sie nämlich erkennen, dass die digitale Anzeige ihres Weckers halb drei in der Nacht anzeigte. Zu dieser Zeit schlief sie normalerweise tief und fest.

Lauren sah sich um, konnte im Dunkeln jedoch nicht viel erkennen außer dem winzigen Lichtstreifen unter der Schlafzimmertür. Langsam schwang sie die Beine aus dem Bett und schlich auf nackten Sohlen durch das Zimmer. Es war komisch, denn sie hatte sich so schnell daran gewöhnt, dass Stuart bei ihr war, dass sie nicht mehr schlafen konnte, wenn er nicht neben ihr lag. Im vergangenen Monat hatte es nur wenige Nächte gegeben, in denen er nicht bei ihr geschlafen hatte. Von außen betrachtet hätte man sogar annehmen können, dass er bei ihr eingezogen war. Seine eigene Wohnung hätte er längst aufgeben können, überlegte Lauren schmunzelnd, denn er verbrachte kaum noch Zeit dort. Stattdessen fanden immer mehr seiner Sachen ihren Weg in ihre Wohnung.

Und ihr Kleiderschrank platzte aus allen Nähten, weil er nach und nach mit Stuarts Anzügen, Hemden und Krawatten gefüllt wurde.

Lauren dachte kurz daran, wie wunderbar sicher und beschützt sie sich fühlte, seit Stuart an ihrer Seite war, und sie dachte daran, dass sie nicht mehr aus dem Schlaf aufschreckte, seit er neben ihr schlief.

Als sie an Jaspers Körbchen vorbeikam, konnte sie selbst im Dunkeln erkennen, dass der Welpe nicht mehr darin lag, und runzelte die Stirn.

Vorsichtig drückte sie die Türklinke hinunter und blinzelte gegen die Helligkeit in ihrem Flur an, bevor sie den Geräuschen folgte, die aus ihrer Küche kamen. Und sie hörte Stuarts Stimme, die mit jemandem sprach. Telefonierte er etwa? Um halb drei Uhr nachts?

„Frauen mögen es nicht, wenn man ihre Schuhe anknabbert, Jasper. Unser Frauchen ist zwar eine besondere Frau, die zum Glück keinen Schuhtick hat, aber auch sie wird bestimmt böse werden, wenn du dich noch einmal an ihren Schuhen vergreifst."

Gebannt blieb Lauren im Türrahmen stehen und wagte nicht einmal zu atmen, weil das Bild vor ihr so herzerweichend schön und zugleich zum Lachen komisch war, dass sie es nicht stören wollte.

Stuart stand in seinen hellblauen Boxershorts und einem weißen T-Shirt in ihrer Küche und schnitt ein Stück Schinken klein, während der Welpe brav vor ihm saß und zu ihm nach oben sah, als würde er ihm genau zuhören.

Es war ein Bild für die Götter.

„Frauchen hat keinen Witz gemacht, als sie heute gesagt hat, dass sie dich entmannen wird, wenn du nicht lieb bist. Deshalb solltest du ganz brav sein, denn Herrchen wird dir in diesem Fall nicht helfen können, auch wenn er aus eigener Erfahrung weiß, wie sehr ein Kerl an seinen Eiern hängt, Kumpel."

Es kostete Lauren fast übermenschliche Überwindung, nicht vor Belustigung zu prusten oder laut zu lachen, aber sie war viel zu fasziniert von dem, was sie sah und hörte, dass sie noch ein bisschen länger den Lauscher an der Wand spielen wollte.

„Jetzt sieh mich nicht so an, Kumpel. Ich musste auch lernen, den Klodeckel nicht hochgeklappt zu lassen, um Frauchen nicht zu verärgern. Und du musst lernen, draußen zu pinkeln." Er reichte dem Kleinen ein Stück Schinken, den sich der Welpe glückselig schnappte. „Also abgemacht? Du pinkelst nicht mehr in die Bude, und ich sorge dafür, dass Frauchen deine Eier verschont."

Das Geräusch, das der Welpe daraufhin von sich gab, konnte man nur als Zustimmung deuten.

Lauren lehnte den Kopf gegen den Türrahmen und spürte, wie ihr das Herz aufging, Stuart dabei zu beobachten, wie er mit Jasper redete und dabei seine Zuneigung für den Welpen und für sie kundtat. Heiße Glücksgefühle durchrieselten sie, und ihre Augen brannten plötzlich, als ihr klar wurde, dass sie ihn liebte. Er war der Mann, bei dem sie sich fallen lassen konnte, ohne Angst haben zu müssen, hart auf dem Boden aufzuschlagen, weil sie wusste, dass er sie auffangen würde. Bei ihm konnte Lauren sie selbst sein und musste sich nicht verstellen. Und sie wusste, dass Stuart sie liebte. Nur ein Mann, der eine Frau liebte, konnte ihr gegenüber so rücksichtsvoll und einfühlsam sein, dass er seine eigenen Wünsche hintanstellte. Ihr hätte nichts Besseres passieren können, als Stuart Ashcroft mit seinem protzigen Sportwagen kennenzulernen.

„Was macht ihr beide denn da?", flüsterte sie den zwei Männern in ihrer Küche zu.

„Wir gönnen uns einen nächtlichen Snack." Er lächelte ihr weich zu und reichte Jasper ein weiteres Stück Schinken.

Lauren verließ ihren Posten an der Tür und schlenderte in die Küche hinein, wo sie sich sofort an Stuart schmiegte und die Arme um seine Hüften schlang.

„Du bist süß, wenn du mit dem Welpen über eure Eier redest", murmelte sie belustigt und vergrub die Nase an seinem Hals.

Sie konnte spüren, wie er sie auf die Stirn küsste, und hörte gleich darauf seine heisere Stimme, die lachend beschied: „Frauchen hat uns belauscht, Jasper."

„Frauchen ist wach geworden und hat ihre beiden Männer vermisst", konterte sie und fuhr mit ihrer Hand unter sein T-Shirt, weil sie seine warme Haut spüren wollte. „Ohne dich neben mir kann ich nicht schlafen."

Er zog sie noch näher an sich und murmelte entschuldigend: „Ich fürchte, es gab einen kleinen Unfall auf deinem Badezimmerteppich."

Seufzend schloss sie die Augen. „Okay. Das kommt vor. Bevor wir zurück ins Bett gehen, mache ich es weg."

„Das habe ich schon erledigt, Liebling."

Überrascht schaute sie ihn von unten an. „Was?"

Stuart nickte wie selbstverständlich. „Anschließend sind Jasper und ich uns einig geworden, dass das nicht mehr vorkommen wird."

Ihre Mundwinkel zuckten. „Wirklich?"

„Männerehrenwort."

„Na dann", murmelte sie. „Frauchen kann sich froh schätzen, zwei verständige Männer wie euch zu haben."

„Mhm, das kann sie." Er küsste sie auf die Stirn. „Lass uns wieder ins Bett gehen. Herrchen braucht eine Mütze Schlaf."

Eigentlich hatte Lauren eine neckende Bemerkung machen wollen, doch dann rutschte ihr einfach so raus: „Du bist wunderbar, Stuart. Ich liebe dich."

Sie stockte und hielt die Luft an, weil sie nicht fassen konnte, was sie ihm soeben offenbart hatte.

Auch Stuart war plötzlich bewegungslos. Lediglich sein rasselndes Luftholen war zu hören.

Seine Stimme klang heiser. „Lauren ..."

„Vergiss einfach, was ich gesagt habe“, bat sie ihn verlegen.

„Es vergessen?“, konterte er ungläubig. „Wie soll ich das vergessen?“

„Dann tu so, als hättest du es nicht gehört.“ Sie versteckte das Gesicht an seiner Schulter und spürte gleich darauf seine Hand, die beruhigende Kreise über ihren Rücken beschrieb.

„Das geht leider nicht, Liebling. Jasper und ich haben es ganz genau gehört.“ Stuarts Mund beruhigte ihr Ohr. „Zwar kann ich nicht für Jasper sprechen, aber ich liebe dich auch, Lauren. Sehr.“

Hier, um halb drei in der Nacht, mitten in ihrer Küche und mit einem Pyjama bekleidet, war Lauren so glücklich wie nie zuvor und wusste, dass alles gut werden würde.

Teil 2

1. Kapitel

„Dr. McPherson und ich kennen uns bereits, Richard. Sie hat meine Pferde betreut, als sie noch in Kentucky lebte. Und das hat sie sehr gut gemacht. Hallo, Lauren.“

Hallo, Lauren.

Hallo, Lauren?!

Lauren sah dem dunkelhaarigen Mann ins Gesicht und befürchtete, sich jeden Moment vor ihm und vor Richard Hollow zu übergeben. Bittere Magensäure stieg ihr bereits in die Kehle. Reflexartig machte sie einen Schritt rückwärts, nur um von der Boxentür gestoppt zu werden. Ihre Hände fühlten sich plötzlich eiskalt an, gleichzeitig schwitzten sie. Und während Lauren einen Flashback erlebte, der ihre Beine zu lähmen schien, plauderte der Verursacher ihrer schlimmsten Albträume unbefangen mit seinem Gastgeber weiter.

So als wäre nie etwas passiert.

Jeffrey Davis stand vor ihr und begrüßte sie, wie man einen alten Bekannten begrüßte, mit dem man früher Dinge unternommen hatte.

Das alles passierte nicht wirklich – sie musste es träumen, aber die Panik, die ihr die Luft zuschnürte und ihren Magen verkrampfen ließ, war zu real.

Sie musste hier weg. Und zwar sofort, bevor sie eine Panikattacke oder einen Schreikrampf bekam und Richard Hollows Aufmerksamkeit auf sich zog. Bis jetzt machte er nämlich nicht den Eindruck, ihr Verhalten merkwürdig zu finden. Dafür war er auch viel zu egozentrisch. Genau wie der Mann neben ihm, der ebenfalls dachte, dass sich die ganze Welt um ihn zu drehen hatte und sein Wunsch Befehl sei.

Ihre Hand zitterte, als sie ihre Tasche aufnahm, und für einen Augenblick fürchtete sie, dass sie die schwere Arzttasche nicht in die Höhe stemmen konnte, weil ihre Muskeln wie gelähmt waren.

„Ich ... ich muss los. Meine ... Patienten ... warten."

Richard Hollow sah nicht einmal in ihre Richtung und nickte lediglich herrisch, während er sich vor seinem Gast darüber ausließ, welchen exzellenten Stammbaum sein neustes Fohlen aufzuweisen hatte. Ihr sollte es recht sein, schließlich wollte Lauren so wenig Beachtung wie möglich von beiden Männern erhalten.

Sein Gast sah ihr jedoch ins Gesicht.

Jeffreys eiskalte Augen bohrten sich in ihre. Mit einem wissenden Lächeln, das Lauren abscheulich fand und das sie noch immer verfolgte, weil es so typisch für ihn war, verzog sich sein Mund.

Plötzlich war alles wieder da – der Schmerz, die Ohnmacht, die Wut.

Es war, als hätte es das vergangene Jahr nicht gegeben – als wäre sie wieder die verängstigte, hilflose Frau, die bis zu jenem Abend in einem Hotelzimmer in North Carolina geglaubt hatte, dass ihr so etwas nicht passieren würde.

„Wir sehen uns, Lauren."

Sie floh, weil sie sein grinsendes Gesicht nicht mehr ertrug und lieber sterben wollte, als länger in seiner Nähe zu sein.

In ihrem Auto brauchte sie eine halbe Ewigkeit, um den Schlüssel in die Zündung zu stecken, weil ihre zitternden Finger ihr nicht gehorchen wollten, und kaum lief der Motor, begann sie zu schluchzen.

Warum war sie so dumm gewesen, zu glauben, dass sie vor ihren Erinnerungen weglaufen konnte, wenn sie in einen anderen Bundesstaat zog und eine neue Praxis eröffnete? Und warum hatte sie nur auf Barbara gehört, die sie gebeten hatte, nach Richard Hollows trächtiger Stute zu schauen? Lauren hatte sich vor über einem Jahr geschworen, nichts mehr mit dem elitären Kreis aus Pferdezucht und Rennsport zu tun zu haben, weil sie weder das Risiko hatte eingehen wollen, Jeffrey Davis wiederzusehen, noch auf andere reiche Snobs zu treffen, die sich für unübertroffen hielten.

Doch da war diese trächtige Stute gewesen, die eine bestmögliche Betreuung verdiente, und es war Barbara gewesen, die sie gefragt hatte. Lauren hatte Stuarts Schwester ganz unmöglich einen Korb geben können.

Lauren japste nach Luft und wischte sich über die Augen, bevor sie das Auto endlich vom Hof fuhr und sich in den trägen Verkehr der wenig befahrenen Landstraße einfädelte. Während der rund zwanzigminütigen Fahrt herrschte in ihrem Kopf absolute Leere. Sie reagierte völlig mechanisch auf den Straßenverkehr, bremste, gab Gas und blinkte beim Abbiegen, aber das tat sie reflexartig.

Sie fühlte sich wie betäubt.

Erst als sie daheim ankam und ihr Auto vor ihrer Praxis abstellte, ließ dieses Taubheitsgefühl nach. Vielleicht hatte es auch etwas damit zu tun, dass sie Stuarts Auto entdeckte.

Einerseits war sie froh, dass er hier war, weil sie wusste, dass seine Nähe sie beruhigen konnte, andererseits wollte sie ihn jetzt nicht sehen. Er würde sofort merken, dass irgendetwas nicht stimmte. Stuart durfte nichts erfahren. Insbesondere er durfte nichts davon wissen.

Sobald sie aus dem Auto stieg, wurde ihr diese Entscheidung jedoch abgenommen, weil Stuarts Bruder auf den Parkplatz fuhr und ihr zuwinkte. Also musste Lauren gezwungenermaßen stehen bleiben und konnte sich nicht einfach in ihrer Praxis verkriechen.

„Hi, Lauren! Wie geht's dir?"

„Ganz gut. Und dir, Patrick?", fragte sie den Bruder ihres Freundes, als dieser aus seinem Auto ausstieg und grüßend die Hand hob.

„Sehr gut, vor allem da ich nächste Woche freihabe." Er zwinkerte ihr zu.

Lauren zwang sich zu einem Lächeln. „Wie gut, dass du der Chef bist."

„Das solltest du deinem Freund sagen", erklärte er lachend und schlug die Autotür zu. „Meistens will er mir nämlich Anweisungen geben und behandelt mich wie seinen Handlanger. Apropos: Wo ist der Taugenichts?"

So gelassen wie nur möglich entgegnete sie: „Ich bin gerade erst gekommen und habe ihn noch nicht gesehen."

„Vielleicht ist er ja auf dem Reitplatz und sieht Audrey zu."

Da Patrick sie auffordernd anschaute und Lauren keine passable Ausrede parat hatte, blieb ihr gar nichts anderes übrig, als neben ihm in Richtung Reitplatz zu gehen. Sie hatte Stuarts Familie in den vergangenen Wochen und Monaten sehr gut kennengelernt und sich vor allem mit seiner Schwester und seiner Schwägerin angefreundet. Und seine Mom mochte sie am liebsten von allen. Bei seinem Bruder hatte sie etwas Zeit gebraucht, weil er sie anfangs ziemlich eingeschüchtert hatte. Patrick Ashcroft war ihr körperlich nicht nur überlegen, sondern strahlte auch durch seinen Status und seine Position im Familienunternehmen ganz besonders viel Macht aus. Männer in solchen Positionen jagten ihr gehörigen Respekt ein – außerdem empfand sie gegenüber den meisten von ihnen augenblicklich Antipathie. Es hatte seinen Grund gehabt, weshalb sie Stuart anfangs gemieden hatte. Sie hatte ihn für einen dieser skrupellosen, machthungrigen und ihren Willen durchsetzenden Männer gehalten.

Sie hatte an Jeffrey Davis gedacht, der ebenfalls erfolgreicher Unternehmer und Geschäftsmann war. Ein Mann, der über Leichen ging, um das zu bekommen, was er haben wollte.

Woher hätte sie anfangs also wissen können, dass weder Stuart noch sein Bruder nicht so waren?

Doch genauso wie sein jüngerer Bruder war auch Patrick lustig, warmherzig und rücksichtsvoll. Ja, er mochte vielleicht in der Geschäftswelt knallhart verhandeln, aber zu Hause war er der Typ Mann, der seinen Kindern Lieder vorsang, während er ihnen die Windeln wechselte.

„Hast du heute keine Sprechstunde?“

„Doch, in einer Stunde.“ Während sie neben Patrick in Richtung Reitplatz lief, drängte etwas in ihr danach, unter die Dusche zu gehen, bevor sie ihre Praxis öffnete. Das Erlebnis, das sie gerade in den Stallungen von Richard Hollow über sich hatte ergehen lassen, hatte es geschafft, dass sie sich am liebsten gekratzt hätte, weil ihre Haut juckte und weil sie sich unsagbar schmutzig fühlte. Wenn es doch nur irgendetwas gegeben hätte, mit dem sie auch ihre Empfindungen hätte wegwaschen können.

„Läuft die Praxis noch immer gut?“

„Sogar sehr gut.“

Vermutlich ahnte es Patrick nicht einmal, aber weil er gerade ganz gewöhnlichen Small Talk mit ihr betrieb, verschwanden die dunklen Wolken über ihrem Kopf nach und nach. Dafür war sie ihm sehr dankbar.

„Das freut mich.“

„Danke.“

Er klang völlig beiläufig, als er vorschlug: „Vielleicht solltest du dir überlegen, nach einer größeren Wohnung zu suchen.“

„Was? Wieso das denn?“

„Ist deine Wohnung nicht etwas zu klein für euch beide?“

Lauren blinzelte ihn verwirrt an.

Patrick seufzte. „Stuart ist ja kaum noch in seiner eigenen Wohnung. Stattdessen ist er bereits quasi bei dir eingezogen. Jedenfalls ist das mein Eindruck. An deiner Stelle würde ich mir überlegen, ob du ihn nicht Miete zahlen lässt.“

Sie spürte, dass sich ihre Wangen leicht röteten, und hoffte, dass Patrick dies großzügig übersah. „Das wäre wohl etwas übertrieben. Außerdem ist er ja gar nicht immer nur bei mir. Ab und zu übernachte ich auch in New York." Nun ja, sie konnte an einer Hand abzählen, wann sie in seinem luxuriösen Loft mitten in Manhattan übernachtet hatte, aber das würde sie Patrick nicht auf die Nase binden.

Natürlich ließ er sich nicht aufs Glatteis führen. „Ha! Ich denke ja schon darüber nach, mit ihm eine Fahrgemeinschaft zu gründen, weil wir beide morgens den gleichen Weg bis nach New York haben. Wir hätten bis vor ein paar Monaten nicht gedacht, dass er freiwillig das Landleben der Stadt vorziehen würde."

Seine Worte ließen sie lächeln. „Wir?"

„Die Familie", erläuterte Patrick grinsend. „Mom rätselt außerdem darüber nach, ob er es mittlerweile schafft, die nassen Handtücher nach dem Duschen aufzuhängen und nicht einfach auf dem Boden liegen zu lassen. Das hat er als Teenager nämlich ausgezeichnet gekonnt."

Möglicherweise hätte Lauren ihm verraten können, dass Stuart nicht nur ein sehr ordentlicher Mitbewohner war, sondern sie an vielen Abenden auch mit köstlichen Gerichten verwöhnte, aber sie wollte nicht zu viel von ihrer gemeinsamen Privatsphäre preisgeben. Zudem war es klar, wie gerne Patrick seinen kleinen Bruder auf den Arm nahm und auf seine Kosten Witze riss.

Als der Reitplatz in Sichtweite kam, erkannte Lauren Stuart, der seiner Nichte zusah, wie sie auf dem wunderschönen Fuchswallach, den er ihr zu ihrem Geburtstag vor ein paar Wochen geschenkt hatte, ihre Runden drehte.

„Audrey ist so glücklich mit ihrem Pferd", raunte Patrick in ihr Ohr. „Den ganzen Tag hören wir zu Hause nur Max hier und Max da. Ihr habt wirklich das perfekte Pferd für sie ausgesucht. Amy und ich sind dir sehr dankbar."

„Ich habe doch gar nichts gemacht", widersprach sie leise.

„Da sagt mein Bruder aber etwas anderes."

Sein Bruder musste sie gehört haben, weil er sich zu ihnen umdrehte.

Woher die plötzliche Erleichterung kam, die in ihr aufstieg, als Stuart sie anlächelte, wusste Lauren nicht. Der Drang, zu ihm zu gehen und sich von ihm in den Arm nehmen zu lassen, wurde so groß, dass sie die Hände für einen Moment zu Fäusten ballte und die Zähne aufeinanderbiss. Er durfte ihr nicht ansehen, dass etwas nicht stimmte.

Sollte er erfahren ...

„Deine Freundin wollte mir nicht verraten, wie unordentlich oder ordentlich du bist, seit ihr zwei zusammenwohnt."

Stuart schnalzte mit der Zunge und trat einen Schritt vom Zaun weg, bevor er wie selbstverständlich den Arm um Laurens Schulter schlang und ihr zur Begrüßung einen zärtlichen Kuss auf die Lippen drückte.

„Lauren ist halt loyal." An seinen Bruder gewandt klagte er vorwurfsvoll: „Solltest du nicht per Videokonferenz den Takahashi-Fall verhandeln?"

„Auch wenn du nicht mein Babysitter bist, kleiner Bruder, kann ich dir gerne sagen, dass die Videokonferenz auf morgen verschoben wurde. Zufrieden? Lässt du mich jetzt in aller Ruhe zuschauen, wie sich meine Tochter im Sattel macht? Oder lässt du mich zum Diktat antreten?"

Lauren beobachtete, wie Stuart die Augen verdrehte. „Keine Sorge – Lauren und ich sind schon weg und lassen dich in Ruhe."

„Junges Glück", spottete sein Bruder.

„Nur kein Neid", spottete Stuart zurück und führte Lauren vom Reitplatz weg. „Ist alles in Ordnung mit dir?"

„Sicher", antwortete sie nervös. „Sicher ist alles in Ordnung."

„Hat Patrick irgendetwas Dummes zu dir gesagt?"

Lauren schüttelte den Kopf, bis sie einen Drehwurm hatte. „Nein, überhaupt nicht. Er war lustig und nett. Wieso auch nicht?"

„Lustig?" Stuart schnaubte. „Er denkt, er sei lustig. Manchmal schießen seine Witze übers Ziel hinaus." Seine Hand auf ihrem Oberarm drückte sie sanft. „Wie geht es der Stute und ihrem Fohlen?"

„Gut", antwortete sie mechanisch. „Gut."

Als er den Mund öffnete, befürchtete Lauren, dass er weiterhin über Richard Hollows Stute und das vielversprechende Fohlen reden wollte, aber das wollte sie nicht, weil es sie unweigerlich an Jeffrey Davis erinnert hätte.

Mitten im Schritt blieb sie stehen und vereitelte seinen Versuch, weiterhin Konversation zu betreiben. „Mist! Ich habe völlig vergessen, ein paar Medikamente zu bestellen, bevor die Sprechstunde anfängt. Das mache ich lieber jetzt, bevor sich der Versand verzögert. Warum gehst du nicht zurück zu Patrick und vertreibst dir mit ihm die Zeit?"

Sie musste energischer geklungen haben, als es Stuart von ihr gewohnt war, weil er sie mit großen Augen ansah.

Lauren wollte seine Reaktion gar nicht abwarten und schlüpfte aus seiner Umarmung. Mitten auf dem Reiterhof ließ sie ihn stehen und eilte in ihre Praxis, als stünde ein Leben auf dem Spiel.

2. Kapitel

Stuart hatte selten eine so unruhige Nacht erlebt.

Das war mittlerweile das sicherlich zehnte Mal, dass er wach wurde, weil Lauren ihn im Schlaf trat, sich neben ihm hin und her wälzte oder aus dem Schlaf schreckte und dabei einen leisen Schrei ausstieß.

Erschöpft fasste er sich an die Stirn und blinzelte in der Dunkelheit ihres Schlafzimmers, um den Schlaf aus seinen Augen zu vertreiben.

Er konnte hören, dass sie wach war, weil ihre Atmung viel schneller ging als im Schlaf. Außerdem stieß sie kleine Seufzer aus, was sie nie tat, wenn sie schlief. Lauren besaß nämlich die wundervolle Angewohnheit, ruhig neben ihm zu liegen und tief und entspannt zu schlafen. Meistens kuschelte sie sich währenddessen auch noch an ihn.

In dieser Nacht war alles anders.

Morgen war Stuart mit großer Sicherheit grün und blau, weil er so viele Tritte und Schläge abbekommen hatte, dass er sich bereits jetzt wie das Opfer eines Mittelschwergewichtsboxweltmeisters vorkam.

Da sie beide wach waren, legte er ihr eine Hand auf den Oberschenkel. Augenblicklich erstarrte sie.

„Es war eine dumme Idee, gestern Abend diesen Horrorfilm mit den mordenden Aliens zu sehen“, brummte er mit einer vor Müdigkeit kratzenden Stimme. „Ich werde das Gefühl nicht los, dass du mich für einen dieser glupschäugigen Invasoren aus dem All hältst, gegen den du dich verteidigen musst.“

„Entschuldige.“

„Macht nichts“, flüsterte er und ging dazu über, ihren Oberschenkel zu streicheln.

Der Film musste ihr mehr zugesetzt haben, als er hätte ahnen können, weil sie noch immer steif wie ein Brett neben ihm lag. Normalerweise war sie nicht zimperlich. Irgendwie war ihre Reaktion auf den Film, in dem Aliens die Gehirne ihrer Opfer fraßen, ziemlich süß, denn Lauren wirkte nicht wie eine Frau, die durch einen unrealistischen Film aus der Fassung zu bringen war.

„Beim nächsten Mal lasse ich wieder dich den Film aussuchen.“

„Mhm.“

Gähnend streckte er seine Beine von sich und liebte das Gefühl ihrer weichen Haut unter seinen Fingerspitzen. „Was fangen wir mit der angebrochenen Nacht an?“

Als sie nicht antwortete, drehte er sich auf die Seite und wollte sich über sie beugen, um sie zu küssen, aber sie legte ihm eine Hand gegen die Brust und hielt ihn auf Abstand. In der Dunkelheit des Schlafzimmers sah er schemenhaft ihr Gesicht und bemerkte, dass sie die Augen abgewandt hatte.

„Lieber nicht, Stuart“, raunte sie und klang gehemmt. „Ich ... ich glaube, ich brüte eine Blasenentzündung aus.“

Er streichelte ihr übers Haar und spürte einen Funken Besorgnis in sich aufsteigen. „Möchtest du, dass ich dir einen Tee mache, Liebling?“

„Nein. Ich ... ich werde einfach wieder zu schlafen versuchen.“

„Okay“, flüsterte er und schlang einen Arm um sie, während er sich zurücklehnte. „Soll ich dich morgen zum Arzt fahren?“

„Ich bin Ärztin.“

„Tierärztin“, schränkte er ein.

„Eine Blasenentzündung kann ich trotzdem alleine diagnostizieren und behandeln“, versetzte sie beinahe grob und wandte sich von ihm ab.

Stuart konnte sich keinen Reim auf ihr Verhalten machen, denn selbst wenn sie müde, hungrig oder frustriert war, wurde sie nie abweisend oder ruppig. Nachdenklich betrachtete er ihren Hinterkopf und schlief irgendwann ein.

Als er das nächste Mal wach wurde, war es kurz vor fünf, und Lauren lag nicht mehr neben ihm.

Er lauschte nach Geräuschen aus dem angrenzenden Badezimmer, aber dort war es totenstill. Stattdessen entdeckte er Jaspers leeres Körbchen und einen Lichtstreifen unter der Schlafzimmertür.

Langsam setzte er sich auf und schlich aus dem Raum heraus, bevor er auf nackten Sohlen durch den Flur lief.

Stuart entdeckte sie im Wohnzimmer, wo sie mit unterschlagenen Beinen auf der Couch saß und in den Fernseher starrte, obwohl der gar nicht eingeschaltet war. Jasper lag neben ihr auf der Couch, schlief selig und hatte seinen Kopf auf Frauchens Schoß gebettet.

Als er sich räusperte, um Lauren auf sich aufmerksam zu machen, sprang sie beinahe an die Decke und erschreckte nicht nur ihn, sondern auch Jasper, der mit einem winselnden Bellen von der Couch hüpfte.

„Verdammt noch mal! Willst du mich zu Tode erschrecken?“, herrschte Lauren ihn wütend an und presste sich eine Hand auf ihr Herz.

Ebenfalls verärgert runzelte Stuart die Stirn. „Und ich dachte, du willst mich zu Tode erschrecken! Und Jasper dazu. Was ist denn überhaupt los?“

Ihre Augen blitzten auf. „Du kannst dich doch nicht einfach so an mich heranschleichen!“

„Ich bin nicht geschlichen, sondern war auf der Suche nach dir“, stellte er fest und schüttelte den Kopf, sobald er bemerkte, dass jedes einzelne Licht in der Wohnung brannte.

„Was tust du da?“

Auf ihren feindseligen Tonfall reagierte er mit Spott: „Dich davon abhalten, ein halbes Vermögen an den Energielieferanten zu bezahlen. Oder besitzt du seit Neuestem ein eigenes Atomkraftwerk?“

„Das geht dich gar nichts an!“

Er stand kurz davor, die Augen zu verdrehen. „Eigentlich schon, weil ich zu arbeiten aufhören würde, wenn du dich als ein gut aussehender, junger, weiblicher Monty Burns herausstellen solltest, der nur zum Spaß Hunde kastriert.“

Ihre Mundwinkel zuckten kein bisschen.

„Sollte das witzig sein?“

„Nein, natürlich nicht“, erwiderte er trocken.

Unnachgiebig schaute sie ihn an und verschränkte feindselig die Arme vor der Brust.

Stuart bückte sich, um Jasper über den Kopf zu streicheln. Eigentlich wollte er die Situation entschärfen und erklärte dem Hund glucksend: „Das ist deine erste Lektion, wie man mit Frauen umgehen sollte, wenn sie unter PMS leiden, Jasper. Keine Witze über die Simpsons reißen."

Lauren ging nun wirklich an die Decke.

Das Ende vom Lied war, dass Jasper und er eine unbequeme Nacht auf der Couch verbrachten.

Geweckt wurde er vom Geruch nach frischem Kaffee und dem Gefühl, eine Rückenmassage zu brauchen, weil Laurens Couch so unbequem gewesen war, dass Stuart mitten in der Nacht zu dem Entschluss gekommen war, eine neue zu kaufen. Wenn er in näherer Zukunft die eine oder andere Nacht hier verbringen müsste, dann wollte er es wenigstens gemütlich haben und nicht einen Bandscheibenvorfall davontragen.

Ächzend erhob er sich und wäre dabei beinahe von der schmalen Sitzfläche gefallen. Während er sich streckte und dabei hören konnte, wie seine Knochen knackten, bemerkte er den fürstlich gedeckten Tisch, auf dem das wohl opulenteste Frühstück stand, das Stuart jemals zu Gesicht bekommen hatte.

Kaffee, frisch gepresster Orangensaft, Milch, frisches Brot, Eier mit Speck, Pancakes mit Sirup, ein Obstsalat ...

Er traute seinen Augen kaum.

„Guten Morgen."

Verwundert schaute Stuart auf und entdeckte Lauren, die gerade aus der Küche kam und ein kleines Schälchen mit Joghurt oder Frischkäse in den Händen hielt.

„Guten Morgen", erwiderte er und trat von der Couch weg.

Ihm fiel nicht nur auf, dass das gute Geschirr auf dem Tisch stand, sondern dass Laurens Wangen zart gerötet waren. „Ist das nicht das Geschirr deiner Großmutter?“

„Mhm.“

„Und sind das frische Pancakes?“

„Mit Sirup und Obstsalat.“ Sie zögerte einen Moment und murmelte zurückhaltend: „So wie du sie am liebsten isst.“

„Ich weiß.“ Grinsend legte er den Kopf schief. „Willst du alles alleine essen und mich foltern, weil ich nur zuschauen darf?“

„Nein.“ Lauren stellte das Schälchen auf den Tisch und senkte verlegen den Kopf, bevor sie auf ihn zukam und ihre Finger mit dem Saum seines T-Shirts spielen ließ. „Ich wollte mich bei dir entschuldigen.“

„Aha. Wofür?“

Sie blinzelte zu ihm hoch. „Das weißt du ganz genau.“

„Vielleicht will ich es einfach aus deinem Mund hören.“

Lauren seufzte schwer und rümpfte die Nase. „Es tut mir leid, dass ich dich heute Nacht so angebrüllt habe. Das war unfair.“

„Nicht zu vergessen, dass ich auf der Couch schlafen musste.“

„Ja, das auch.“

„Eine Couch, die furchtbar unbequem ist. Wir sollten eine neue kaufen.“

Scheu forschte sie in seinen Augen. „Bist du mir nicht mehr böse?“

„Nein, bin ich nicht“, erwiderte er ehrlich und erlebte nach dem reichlich gedeckten Frühstückstisch die nächste Überraschung an diesem Morgen, denn Lauren brach plötzlich in Tränen aus.

Hilflos sah er mit an, wie sie zu schluchzen begann, und streckte die Hände aus, um sie an sich zu ziehen.

Er wollte sie fragen, ob etwas nicht stimmte, als sie bereits das Wort ergriff.

„Ich würde es nicht ertragen, wenn du mir böse bist, Stuart."

„Natürlich bin ich dir nicht böse." Zärtlich rieb er über ihren Rücken und schmiegte seinen Kopf an ihren.

„Wirklich?"

„Scheiße, Lauren, das war doch gar nichts", murmelte er in dem hilflosen Versuch, sie zu beruhigen. „Gar nichts."

Es dauerte eine Weile, bis einer von beiden wieder etwas sagte. Es war Lauren, die so leise sprach, dass er sie kaum verstand.

„Bleibst du heute Nacht bitte wieder hier? Ohne dich ... dich habe ich Albträume."

„Klar." Er küsste sie auf die Schläfe, konnte seine Belustigung jedoch nicht wirklich verstecken. „Erinnere mich daran, dir zum nächsten Geburtstag die DVD mit E.T. zu schenken. Der gehört zu den guten Aliens."

Lauren blieb ihm eine Antwort schuldig.

3. Kapitel

Anderthalb Jahre zuvor

Lauren wusste nicht, ob sie das Richtige machte.

Seit einer halben Stunde saß sie in ihrem Auto und starrte auf die Polizeistation, die sich auf der anderen Straßenseite befand. Schon ein Dutzend Mal hatte sie sich befohlen, endlich aus ihrem Auto auszusteigen und hineinzugehen, aber ihre Beine wollten ihr nicht gehorchen. Sie konnte sich einfach nicht überwinden, aus dem Auto zu steigen, über die Straße zu laufen und die Polizeistation zu betreten, um Anzeige zu erstatten.

Wenn sie jemand dabei beobachtete, wie sie hier in ihrem Wagen fast bewegungslos saß und seit dreißig Minuten die Polizeistation fixierte, würde es vermutlich nicht mehr lange dauern, bis ein Einsatzkommando sie abführen würde, weil man befürchten müsste, dass sie einen Amoklauf plante.

Zitternd holte sie Luft.

Sie war fast eine Stunde gefahren, bis sie hier angekommen war.

Lauren ahnte, dass sie vermutlich kneifen und Jeffrey Davis nicht anzeigen würde. Deshalb war sie nicht zur Polizeistation im verschlafenen Gainsville gefahren, sondern hatte sich das sechzig Meilen entfernte Lexington ausgesucht – eine anonyme Großstadt, in der sich niemand das Maul zerreißen würde, dass sich Lauren McPherson bei der Polizei erkundigt hatte, wie man vorgehen müsste, wenn man eine Vergewaltigung anzeigen wollte.

Ihr wurde schon wieder eiskalt.

Es wäre gesellschaftlicher Selbstmord, in Gainsville zur Polizei zu gehen und Jeffrey Davis wegen Vergewaltigung anzuzeigen. Er war nicht nur der heimliche Herrscher der Kleinstadt, sondern auch der Cousin des Polizeichefs – eines feisten Mannes, der dank des Geldes seines Cousins und seines Einflusses überhaupt erst dieses Amt bekommen hatte. In der Kleinstadt kannte jeder Jeffrey Davis, den erfolgreichen Geschäftsmann und Gestütsbesitzer, der alles zu Gold machte, was er anfasste. Jeffrey Davis, der Millionär und der große Wohltäter, der der Highschool der Stadt eine Bibliothek und eine neue Sporthalle gestiftet hatte und der in der Stadt für viele Arbeitsplätze gesorgt hatte, indem er einen Countryclub hatte bauen lassen, der weit über die Stadtgrenzen bekannt und beliebt war.

Jeffrey Davis, der Vergewaltiger.

Lauren senkte den Kopf und starrte auf ihre Finger, die noch immer das Lenkrad umklammerten. Sie bekam diese Bilder einfach nicht aus dem Kopf. Es war erst zwei Wochen her, aber sie war sich sicher, dass sie selbst in zwanzig Jahren von ihnen verfolgt werden würde.

Seit zwei Wochen schlief sie kaum noch, schreckte bei dem leisesten Geräusch auf und traute sich nicht mehr unter Leute. Gleichzeitig bekam sie Beklemmungen und regelrechte Panikzustände, wenn sie allein war. Außerdem hatte sie rapide abgenommen.

Ein Polizeiauto hielt vor dem Gebäude.

Lauren verfolgte, wie zwei uniformierte Beamte ausstiegen und schließlich einen Mann in Handschellen in das Gebäude eskortierten.

Niemand würde ihr glauben.

Sie war eine rothaarige Tierärztin, die an sieben Tagen in der Woche Jeans und Gummistiefel trug und meistens Stroh in den Haaren sowie Tierhaare an der Kleidung hatte, während Jeffrey Davis eine Frau geheiratet hatte, die erschreckend schön, entsetzlich klug und extrem nett war. Lauren kannte die blondhaarige Millicent Davis persönlich und wusste, dass die kultivierte und wohltätige Ehefrau vor fünfzehn Jahren Miss Georgia gewesen war. Dann hatte sie ihren Mann kennengelernt, geheiratet und ihm zwei perfekte Kinder geschenkt – Jeffrey junior und Charlotte. Die Davis waren eine Musterfamilie.

Lauren dagegen war ledig, familienlos und noch immer neu in Gainsville.

In Kleinstädten machte das einen normalerweise zur Außenseiterin.

Dass sie zu gesellschaftlichen Anlässen eingeladen wurde und die Stadtbewohner ihr wohlwollend gegenübertraten, lag nun einmal daran, dass sie von den Davis protegiert wurde. Millicent hatte sie all ihren Freundinnen vorgestellt und zu zig Partys und Sonntagsbrunchs eingeladen und Jeffrey ...

Jeffrey Davis hatte ihr seine Pferde anvertraut und als medizinische Betreuung während der Rennen engagiert – in den Augen anderer Pferdebesitzer und Gestütsleitungen gab es kein größeres Lob und keinen größeren Vertrauensbeweis. Andere Rennstallbesitzer rannten ihr die Bude ein, seit sie gehört hatten, dass Jeffrey Davis Laurens medizinische Expertise so schätzte, dass sie ihn zu allen Rennen begleiten durfte.

Dass er sie auf dem letzten Rennen in North Carolina in ihrem Hotelzimmer überwältigt und zum

Sex gezwungen hatte, wusste natürlich niemand. Und niemand würde es glauben.

Viel eher würden sie alle glauben, dass Lauren undankbar, eifersüchtig und intrigant war.

Warum sollte ein Mann wie Jeffrey Davis eine Frau vergewaltigen, wenn er doch nur mit den Fingern schnipsen musste, um sie alle haben zu können, und wenn zu Hause eine der schönsten und nettesten Frauen des Landes auf ihn wartete?

Tränen der Wut und der Scham brannten ihr in den Augen.

Sie hätte sich mehr wehren müssen! Sie war stark und wendig und konnte sechzig Kilogramm schwere Hunde festhalten und temperamentvolle Pferde im Zaun halten. Sie war nicht schwach. Warum hatte sie sich also nicht deutlicher gegen ihn zur Wehr gesetzt? Wenn sie nur lauter geschrien hätte, dann hätte er vielleicht Panik bekommen, dass jemand sie hören konnte. Sie hätte ihm auch in die Hand beißen können, die er auf ihren Mund gepresst hatte, sobald sie zu schreien begann. Warum hatte sie ihm nicht einfach in die Hand gebissen?

Laurens Inneres krampfte sich zusammen.

Wieder und wieder ging sie jenen Abend gedanklich durch und fragte sich, ob sie vielleicht falsche Signale ausgesendet hatte. Vielleicht war es ja sogar ihre Schuld gewesen.

Sie hätte nicht mit nach North Carolina fahren müssen. Sie hätte auch nicht auf seinen Scherz mit einem Lachen reagieren müssen, als er gemeint hatte, dass ihre beiden Hotelzimmer nebeneinanderlagen und sie sich Klopfzeichen durch die Wände geben könnten, wenn ihnen nachts langweilig sei. Sie hätte seine

Einladung zum Abendessen nicht annehmen müssen. Und sie hätte ihn nicht zur Tür hereinlassen sollen, als er später unter einem fadenscheinigen Grund mit ihr hatte reden wollen, während sie bereits ihren Pyjama trug.

Als er sie plötzlich geküsst hatte, war sie im ersten Moment so verwirrt gewesen, dass sie es einfach hatte geschehen lassen – für ungefähr fünf Sekunden. Peinlich berührt hatte sie ihn anschließend weggeschoben und das Gesicht abgewendet.

Es hatte sich angefühlt, als hätte es *ihr* peinlich sein müssen, dass *er* sie geküsst hatte.

Verlegen war Lauren dazu übergegangen, ihm stotternd zu erklären, dass er ein netter und attraktiver Mann sei, den sie sehr schätzte, in dem sie jedoch lediglich einen Arbeitgeber und so etwas wie einen Freund sah. Er hatte sie reden lassen, und Lauren hatte tatsächlich geglaubt, dass er verstand, dass sie sich von ihm sexuell nicht angezogen fühlte, und dass sie beide über das Missverständnis lachen würde, bevor er ging und sie alleinließ.

Seine Reaktion war anders ausgefallen.

Denn er war wütend geworden.

Ein Jeffrey Davis kannte keine Zurückweisung.

Er bekam immer, was er wollte.

Das hatte er ihr ins Ohr geflüstert, als er später endlich ging.

Allein durch die Erinnerung an das, was in jenem Hotelzimmer passiert war, fühlte sie sich hilflos, ohnmächtig und erniedrigt.

Lautes Hupen hinter ihr ließ sie hochschrecken.

Lauren sah in den Rückspiegel und bemerkte ein anderes Auto, das schräg hinter ihrem stand. Der Fahrer war wohl auf der Suche nach einer Parklücke.

Ohne nachzudenken, schüttelte sie den Kopf, um zu signalisieren, dass sie nicht im Begriff war, wegzufahren und ihm den Parkplatz zu überlassen. Der Fahrer fuhr fort.

Sie holte tief Luft, schaute wieder in Richtung Polizeistation und zog mit bebender Hand den Schlüssel aus der Zündung.

Auf wackeligen Beinen lief sie über die Straße und betrat das Polizeirevier, wo sie im ersten Moment unschlüssig stehen blieb und sich umsah. Die Gesichter der Menschen um sie herum verschwammen. Zögerlich trat sie an die breite Anmeldung, hinter der ein genervt wirkender Mann stand und in irgendwelchen Papieren kritzelte. Als er endlich aufsah, brachte Lauren stotternd hervor, dass sie einen Polizisten suchte, mit dem sie wegen eines sexuellen Übergriffs sprechen könnte. Das Wort Vergewaltigung brachte sie in Gegenwart des unfreundlich wirkenden Polizisten einfach nicht über die Lippen. Seine Miene und seine Reaktion veränderten sich kein Stück, nachdem sie ihm ihr Anliegen geschildert hatte. Nein, mit lauter, ungehobelter und grober Stimme verwies er sie auf die zweite Etage.

Fast hätte Lauren kehrtgemacht.

Aber dann saß sie fünf Minuten später an einem Schreibtisch, der vor lauter Akten und Papieren überquoll, und schaute einem Beamten in Zivil ins Gesicht, der so abgearbeitet und gestresst aussah, dass man ganz unmöglich sagen konnte, wie alt er war. Für eine weibliche Beamtin hätte Lauren jetzt alles gegeben, weil sie einem Mann ganz unmöglich schildern konnte, was in jener Nacht passiert war. Außerdem hätte sie sich viel wohler gefühlt, wenn sie in einem abgelegenen Raum gesessen hätte und nicht in diesem Großraumbüro, in dem jeder Anwesende im Umkreis von zehn Metern mitbekommen würde, was sie erzählte.

„Miss ...?“

„McPherson“, brachte sie hervor und erschrak im gleichen Moment, weil Lauren ihren richtigen Namen eigentlich nicht hatte nennen wollen.

„Okay, Miss McPherson, wie kann ich Ihnen weiterhelfen?“ Der Officer sah nur für zwei Sekunden auf, bevor er wieder irgendwelche Papiere unterschrieb.

Der Kloß in Laurens Hals wurde immer größer. Es war keine gute Idee gewesen, hierherzukommen.

„Ich ... ich bin für eine Freundin hier. Sie würde ... würde gerne wissen, wie ... wie das Prozedere bei einer Anzeige wegen ... wegen Vergewaltigung ist.“

Der Officer namens Peterson blätterte eine weitere Seite um und setzte ans Ende des Dokuments seine Unterschrift. „Wurde Ihre Freundin denn vergewaltigt?“

„Was?“

Er schloss die Akte und knallte sie in ein Ablagenfach, bevor er sich die nächste Akte nahm und diese öffnete. Seine Stimme nahm eine leichte Ungeduld an. „Wenn Ihre Freundin vergewaltigt wurde, dann muss sie selbst herkommen und Anzeige erstatten, Miss McPherson. Das können Sie nicht für sie erledigen.“

Ihre Hände schwitzten so sehr, dass sie sie an ihren Hosenbeinen abwischen musste. „Sie ... sie möchte nur wissen, was passiert, wenn ... wenn sie Anzeige erstattet." Und weil der Beamte nichts weiter sagte, sondern weiterhin die Papiere vor sich bearbeitete, fuhr sie fort: „Der ... der Mann ist sehr einflussreich und ... und sie hat Angst, dass ..."

„Wann ist es zu der Vergewaltigung gekommen?"

Wieder erschrak sie wegen seiner ruppigen Art, sie zu unterbrechen, und zuckte innerlich zusammen. Mit tauber Zunge antwortete sie leise: „Vor zwei Wochen."

„Und ich gehe nicht davon aus, dass sie anschließend in einem Krankenhaus oder bei einem Arzt war, um die Vergewaltigung dokumentieren zu lassen, richtig?"

Starr vor Angst erinnerte sich Lauren an jene Nacht in einer fremden Stadt. In einem fremden Hotelzimmer. „Richtig."

Officer Peterson seufzte schwer. „Das war dumm. Sie hätte gleich nach der Vergewaltigung in ein Krankenhaus fahren müssen. Nach zwei Wochen gibt es keine vor Gericht verwertbaren Beweise für eine Vergewaltigung", trompetete er unsensibel.

Lauren wurde schlecht. Nichtsdestotrotz fragte sie leise nach: „Beweise?"

Er zuckte mit den Schultern. „Bei einer gynäkologischen Untersuchung hätte man nach Körperflüssigkeiten des vermeintlichen Täters gesucht, um die DNA bestimmen zu können, und etwaige Verletzungen wären dokumentiert worden, die darauf hätten hinweisen können, ob es sich tatsächlich um eine Vergewaltigung gehandelt hat oder ob es einvernehmlicher Sex war."

Sie suchte nach Worten, fand aber keine.

„Diese Beweise wären dann dem zuständigen Richter vorgelegt worden und dieser hätte nach der Aussage des Angeklagten und des Opfers entschieden."

Ihr Kopf zuckte hoch. „Aussage?"

Officer Peterson sah sie an. „Ja, eine Aussage. Das Opfer muss vor Gericht aussagen und die Fragen der Anwälte beantworten – die des Staatsanwaltes und des Verteidigers. Der Angeklagte dagegen kann von seinem Aussageverweigerungsrecht Gebrauch machen."

Bei der Vorstellung, in einem Gerichtssaal zu sitzen und vor allen anwesenden Personen darüber reden zu müssen, was in jener Nacht passiert war, wurde ihr übel. Lauren wusste, dass sie eine Befragung niemals durchstehen würde. Erst recht nicht, wenn Jeffrey Davis ihr dabei gegenübersaß.

„Ihre Freundin sollte wissen, worauf sie sich einlässt, wenn sie wirklich Anzeige erstattet. Ihr Wort stünde gegen seines. Der Verteidiger des Angeklagten würde ihr Privatleben unter die Lupe nehmen und behaupten, dass es einvernehmlicher Sex war und dass sie es gewollt hätte."

Das hier konnte nur ein Albtraum sein.

Lauren sprang von ihrem Stuhl auf und atmete nervös ein und aus. „D-danke für Ihre Zeit."

Der Polizeibeamte reichte ihr eine Karte. „Falls Ihre Freundin dennoch Anzeige erstatten will, soll sie sich an meine Kollegin wenden. Die bearbeitet die Vergewaltigungsfälle und ist gerade vor Gericht."

Die Karte warf Lauren in den Mülleimer, als sie die Polizeistation verließ.

4. Kapitel

„Du bist verrückt."

„Warum zum Teufel habe ich bloß dir davon erzählt?"

„Weil ich dein bester Freund bin – und der Einzige, der dich zur Besinnung bringen kann. Dein Unterbewusstsein hat gesagt: *Hey, wenn du J.T. erzählst, dass du mit dem Gedanken spielst, deinem Leben ein Ende zu bereiten, dann wird er dich zur Vernunft bringen*. Also konntest du gar nicht anders, als mir davon zu erzählen."

„Idiot", urteilte Stuart und nippte an seinem Gin Tonic, den der eifrige Barkeeper ihm gerade gemixt hatte.

Er ignorierte seinen Cousin, der sich darüber ausließ, wie perfekt sein Leben als Junggeselle war und wie großartig er es fand, auf niemanden Rücksicht nehmen zu müssen, während Stuart seinen Blick über die Gästeschar wandern ließ, die sich im weitläufigen Garten des Familienanwesens der Ashcrofts eingefunden hatte. Wenn seine Mom zu ihrem jährlichen Sommerfest einlud, kam halb Connecticut und halb New York, weil man sicher sein konnte, dass ihre Feste immer gelungen waren. Außerdem wusste man, dass das Essen ein Gedicht sein würde. Das war vermutlich auch der Grund, weshalb Miles Winston bereits um den Grill herumschlich, an dem drei Köche alles vorbereiteten, damit der kulinarische Teil der Festlichkeit gleich beginnen konnte.

„Stuart, sag mir, dass du nur einen Witz gemacht hast."

„Ich habe nur einen Witz gemacht“, erklärte er wie ein Roboter und schnaubte anschließend in sein Glas.

Finster verlangte J.T.: „Sag es so, dass ich dir glauben kann!“

Er hatte nicht die Absicht, ihm diesen Gefallen zu tun. „Warum holst du dir nicht noch einen Drink? Dein Glas setzt schon Staub an.“

Sein Cousin stellte sein leeres Glas auf der Steinmauer der Terrasse ab. „Mal ehrlich, wie lange seid ihr schon zusammen?“

„Ich wüsste nicht, was dich das anginge.“ Er trank einen weiteren Schluck.

„Komm schon!“

„Nächste Woche sind es vier Monate.“

Das Geräusch, das J.T. von sich gab, sollte Stuart anscheinend signalisieren, dass er wirklich verrückt war, aber Stuart hatte so gute Laune, dass er darauf nichts gab.

Weshalb er ausgerechnet J.T. erzählt hatte, dass er sich vorgestern bei Tiffany’s wiedergefunden hatte, um sich Verlobungsringe anzusehen, wusste er nicht. Das Bedürfnis, jemandem zu erzählen, dass er die Idee nicht loswurde, Lauren zu fragen, ob sie seine Frau werden wollte, war so groß, dass er noch ausflippte. Patrick hätte er nichts sagen können, weil er es vor Amy mit an Wahrscheinlichkeit grenzender Sicherheit nicht verheimlichen konnte. Und wenn es Amy wusste, wüssten es innerhalb einer Stunde seine Mom und seine Schwester. Nein, diesem nervtötenden Tribunal wollte er sich kein weiteres Mal stellen. Vermutlich hätten sie ihm eine Liste mit Dingen gemacht, die er berücksichtigen sollte, wenn er Lauren einen Antrag machte – und einen Ring hätten sie sicherlich auch aussuchen wollen. Von daher war ihm gar nichts anderes übrig geblieben, als J.T. einzuweihen.

Auch wenn der der größte Verfechter des Singlelebens war.

„Weißt du, wie hoch die Scheidungsrate ist?“

Stuart schenkte seinem Cousin einen lässigen Blick über sein Glas hinweg. „Und weißt du, wie hoch die Zahl ungewollter Schwangerschaften ist, die durch ein defektes Kondom verursacht wurden?“

Augenblicklich verfinsterte sich das Gesicht seines Cousins, der noch zwei Monate warten musste, bis das Baby seiner Ex geboren und ein Vaterschaftstest durchführbar sein würde. „Willst du mir die Laune verderben?“

„Wieso nicht? Du verdirbst mir ja auch gerade die Laune.“

„Du vergleichst Äpfel mit Birnen.“

Es wurde Zeit, J.T. abzulenken. „Barbaras Freundin Tammy will heute auch kommen – frisch geschieden und auf der Suche nach Zuneigung und Ablenkung. Meinen Segen hast du, wenn du kein abgelaufenes Kondom benutzt.“

Sein Cousin schien den letzten Halbsatz nicht gehört zu haben. Stattdessen hob er neugierig den Kopf. „In welcher Phase befindet sich Tammy?“

„Phase?“

„Ja, ist sie in der *Ich bin geschieden und tröste mich mit Kuchen*-Phase oder in der *Ich treibe exzessiv Sport, um meinem Ex zu zeigen, wie doof er war, sich von mir scheiden zu lassen*-Phase? In der ersten Phase nehmen sie zwischen fünf und zwanzig Kilo zu und in der zweiten Phase sehen sie wie Unterwäschemodels aus und wollen sich möglichst vielen Männern nackt präsentieren. Ich ziehe die zweite Phase vor."

Stöhnend hob Stuart sein Glas in die Höhe und rieb sich damit über seine Stirn. „Es ist ein Wunder, dass noch keine Frau auf die Idee gekommen ist, dich in einen Brunnenschacht zu sperren, dir lediglich Fischabfälle als Nahrung hinunterzuwerfen und dich regelmäßig mit eiskaltem Wasser abzuspritzen."

„Hey, sag das nicht zu laut. Ich habe hier schon die eine oder andere entdeckt, die dir sagen könne, wie gut bestückt ich bin – jedenfalls, wenn sie ehrlich sind. Du solltest sie nicht auf falsche Gedanken bringen."

„Ich schätze, dass jede von ihnen diesen oder einen ähnlichen Gedanken bereits hatte. Auch ohne mein Zutun."

„Jetzt wirst du mir gleich sagen, dass ich Frauen mehr Respekt entgegenbringen soll."

„Das würde ich vermutlich, wenn ich wüsste, dass es etwas brächte."

J.T. starrte ihn einen langen Moment an, bevor er beinahe verzweifelt und resigniert erklärte: „So eine Beziehung bekommt dir nicht, Alter. Du benutzt den korrekten Konjunktiv, schaust dir Schmuck an und bleibst abends bei deiner Liebsten, um für sie zu kochen. Vermutlich wirst du den Porsche bald verkaufen und zu einer dieser grässlichen Familienkarren wechseln – einem Volvo oder so."

Das Wort Volvo kam ihm nur schwer über die Lippen. Und er sprach es mit so viel Verachtung aus, als würde er über Genitalherpes reden.

Stuart grinste breit. „Nichts gegen einen Volvo. Der hat viel mehr Platz auf der Rückbank, um eine

Nummer zu schieben. Im Porsche geht das leider nicht."

„Hmrpf." J.T. gab ein undefinierbares Geräusch von sich. „Müsst ihr es schon im Auto treiben, weil ihr nicht vor den Augen eures Hundes Sex haben wollt?"

„Ich fürchte, Jasper hat schon viel mehr gesehen, als gut für ihn war."

„Bitte keine Einzelheiten." J.T. schnitt eine Grimasse, bevor er deutlich ernster nachfragte: „Bist du dir wirklich sicher, Stuart?"

Gute Frage.

Komischerweise hatte er sich die selbst noch gar nicht gestellt, weil es sich irgendwie richtig anfühlte, darüber nachzudenken, Lauren einen Antrag zu machen. Es war auch gar keine Absicht dahinter gewesen, sich Verlobungsringe anzuschauen. Plötzlich war er bei Tiffany's gewesen und hatte sich diverse Ringe zeigen lassen. Und einer hatte ihm besonders gefallen. Er hätte perfekt zu Lauren gepasst.

Schlicht. Unaufdringlich. Atemberaubend.

So wie sie.

Seither konnte er nur daran denken, ihr diesen Verlobungsring an den Finger zu stecken. Sie gehörte zu ihm und er gehörte zu ihr. Stuart wollte, dass es alle wussten.

„Ja, das bin ich."

„Okay." J.T. seufzte. „Ich werde mich schon damit abfinden. Irgendwie."

„Zu gütig", entgegnete Stuart trocken. „Außerdem solltest du nichts Falsches über Lauren sagen, schließlich kannst du froh sein, dass sie dir jenen Abend bei Carl nicht übel nimmt."

J.T. machte eine wegwerfende Handbewegung. „Da war ich betrunken. Außerdem mag ich Lauren und sie kann mich auch ziemlich gut leiden."

Lauren tolerierte ihn und lachte über seine Scherze, wenn sie nicht sexistisch waren – was J.T.s Scherze nur selten waren. Aber das behielt er für sich.

„Hey, Stuart, tolle Party."

Jemand klopfte auf seinen Rücken.

Als er sich umdrehte, erkannte er Richard Hollow, in dessen Schlepptau sich nicht etwa seine Frau befand, sondern ein dunkelhaariger Mann, der lässig ein Glas in der Hand hielt und sich interessiert umsah.

„Richard", begrüßte Stuart den Gast seiner Mom, den bestimmt Barbara eingeladen hatte, die mit dessen Frau Susan befreundet war. „Wie geht's?"

Persönlich konnte Stuart mit Richard Hollow nicht viel anfangen, weil er den grau melierten Mann ein wenig zu snobistisch fand, seit er miterlebt hatte, wie der einen neuen Kellner im Countryclub wegen fehlender Eiswürfel zusammengestaucht hatte. Aber Barbara und Susan waren alte Freunde, außerdem kümmerte sich Lauren um Richards Pferde, also machte er gute Miene und reichte ihm die Hand.

„Bestens, bestens. Das Geschäft wirft Profit ab und das Gestüt läuft hervorragend."

„Gut zu hören." Er deutete auf J.T., der gerade jemandem zuzwinkerte – vermutlich einer der Frauen, die ihn bereits nackt gesehen hatte. „Meinen Cousin J.T. kennst du ja."

„Ja, tue ich." Richard schüttelte J.T. die Hand und erklärte an seinen Begleiter gewandt: „J.T. ist der Sohn von Henry Ashcroft, dem Besitzer der

Luftfahrtgesellschaft, und Stuart sitzt mittlerweile im Vorstand von *Ashcroft Enterprise*."

„Natürlich weiß ich, wer er ist", erwiderte der Dunkelhaarige gut gelaunt und reichte ihm die Hand. „Jeffrey Davis, aber Jeff genügt."

„Jeff ist ein alter Freund aus Kentucky", führte Richard aus, während Stuart ihm die Hand schüttelte. „Rennstallbesitzer, ambitionierter Pferdezüchter und ganz nebenbei ist er in der Immobilienbranche tätig. Sehr erfolgreich."

„Sozusagen mein Steckenpferd", scherzte Richards Freund und hob sein Glas. „Irgendetwas muss ja die Rechnungen bezahlen, schließlich verschlingen die Pferde einen Haufen Geld. Ich hoffe, es macht Ihnen nichts aus, dass mich Richard mitgenommen hat."

Höflich, wie Stuart war, versicherte er dem anderen Mann, dass er herzlich willkommen sei, und leerte anschließend sein Glas.

Gleichzeitig hielt er Ausschau nach Lauren, die längst hätte hier sein müssen. Seine Liebste war von einem an Durchfall geplagten Kater aufgehalten worden und hatte versprochen, so schnell wie möglich nachzukommen. Wie er aus eigener Erfahrung sagen konnte, bedeutete *so schnell wie möglich* in ihrem Wortschatz etwas völlig anderes als in seinem.

„Es gefällt Jeffrey in Connecticut so gut, dass er darüber nachdenkt, sich hier ein Haus zu kaufen und eine Zweigstelle zu eröffnen."

„Noch ist es nur Zukunftsmusik, aber ich muss sagen, dass mir Connecticut unglaublich gut gefällt. Von den hiesigen Gestüten ganz abgesehen. Richards Stallungen haben mich enorm beeindruckt."

Im Gegensatz zu Richard Hollow, der sich nach diesem Kommentar stolz aufplusterte, wirkte Jeff Davis ziemlich normal, also begann Stuart mit ihm über sein Immobilienunternehmen, Kentucky, seine Vorstellungen eine Zweigstelle betreffend und über *Ashcroft Enterprise* zu sprechen, da sie immer neue Betätigungsfelder suchten.

Sie hatten gerade ausgemacht, sich in näherer Zukunft auf ein Mittagessen zu treffen, als Richard dazwischenfunkte. Vermutlich passte es ihm nicht, dass sich Stuart mit seinem Bekannten über Geschäftliches unterhielt und selbst außen vor blieb. Da außerdem J.T. bereits das Weite gesucht hatte, musste sich Richard wie das fünfte Rad am Wagen vorkommen.

„Vor ein paar Tagen haben Jeff und ich deine Freundin getroffen. Wusstest du, dass Lauren Richards Pferde betreut hat, als sie noch in Kentucky wohnte? So klein ist die Welt."

Erstaunt schaute er zu Jeff Davis, der keine Miene verzog. „Die Welt ist wirklich klein."

„Sie sind mit Lauren liiert?"

Stuart fand die Frage etwas merkwürdig, hatte aber keine Gelegenheit, darüber nachzudenken oder zu antworten, weil Richard den Kopf hob und in Richtung Terrasseneingang schaute.

„Ach, da ist sie ja."

Tatsächlich. Lauren stand gleich am Eingang der Terrasse und schaute in ihre Richtung. Da sie keine Anstalten machte, zu ihnen zu kommen, winkte er ihr lächelnd zu, damit sie nicht glaubte, ein geschäftliches Gespräch zu unterbrechen. Sie musste von den letzten Tagen, in denen sie einige Operationen hatte vornehmen müssen, noch ziemlich geschafft sein, weil sie so langsam zu ihnen kam, dass man hätte meinen können, sie würde schleichen.

Es dauerte eine Ewigkeit, bis sie endlich neben ihm stand.

Stuart kam sich äußerst besitzergreifend vor, als er ihr einen Arm um die Taille schlang. „Ich habe gerade deinen alten Brötchengeber kennengelernt, Liebling. Bisher hatte Jeff noch keine Gelegenheit, mir zu berichten, wie du dich in seinen Diensten angestellt hast."

„Sie hat vorbildliche Arbeit geleistet. Meine Tiere waren nie besser versorgt als unter Lauren." Jeff Davis sprach mit beinahe emotionsloser Stimme.

„Etwas anderes hätte ich auch gar nicht erwartet." Er küsste sie auf die Schläfe. „Wie geht es dem Kater?"

„Gut."

Irritiert schaute Stuart zu Lauren, die ihn starr anlächelte und steif wie ein Brett neben ihm stand. Was zum Teufel war nur los mit ihr? Ihr Verhalten hatte schon etwas Unhöfliches an sich.

Jeff Davis räusperte sich und lenkte Stuarts Aufmerksamkeit von Lauren zu den beiden Männern vor ihm. „Richard und ich wollen auch gar nicht weiter stören. Vielen Dank für die Einladung." Er reichte ihm ein weiteres Mal die Hand, die Stuart sofort nahm.

„Gern geschehen. Bleibt es bei einem Mittagessen?"

Man hätte meinen können, dass Jeff Davis einen Moment zögerte, bis er gelassen nickte. „Ich würde mich freuen."

5. Kapitel

Als es an der offenen Tür zu ihrem Sprechzimmer klopfte, wischte Lauren gerade über ihren Untersuchungstisch und hoffte, dass es ein friedliebender Patient war, den sie untersuchen würde, weil sie Monica bereits nach Hause geschickt hatte. Die Ärmste litt unter Migräne, und das Gekläffe eines sechs Monate alten Beagles war für ihre Sprechstundenhilfe zu viel gewesen.

Obwohl ihre Sprechstundenzeiten eigentlich bereits beendet waren, würde sie auch diesen Patienten versorgen, bevor sie Feierabend machen würde, beschloss sie und sah mit einem freundlichen Lächeln auf, das ihr förmlich in der Kehle stecken blieb.

Jeffrey Davis stand nämlich in der offenen Tür.

Tausend Gedanken vernebelten ihr das Gehirn, als sie seinen selbstsicheren Blick auf sich ruhen fühlte. Seine eiskalten Augen machten ihr Angst. Aber die Gewissheit, dass sie völlig allein mit ihm war, versetzte sie in Panik.

„Störe ich?“

Ihre Stimme klang hoch und nach einem ängstlichen Krächzen. „Was willst du hier?“

„Ich war neugierig, was du hier so treibst und wie deine Praxis läuft.“ Er zuckte mit den Schultern und machte einen Schritt in den Raum hinein.

Prompt wich sie zurück und wäre fast über ihren kleinen Hocker gestolpert.

Sie glaubte ihm kein Wort. „Verschwinde.“

Dass er lachte, konnte Lauren sogar irgendwie nachvollziehen, weil sie keinerlei Nachdruck in ihre

Stimme gelegt hatte. Eigentlich hatte sie ängstlich, panisch und zurückhaltend geklungen. Davon würde sich ein Jeffrey Davis ganz bestimmt nicht einschüchtern lassen.

„Nett hast du es hier, auch wenn es kein Vergleich zu deiner Praxis in Connecticut ist. Ach“, seine Augen glitzerten bösartig. „Ich soll dich von Millicent grüßen. Sie ist ganz aus dem Häuschen, dass du hier lebst, und lässt ausrichten, dass sie dir auch nicht mehr böse ist, wie überhastet du aus Gainsville weggezogen bist. Sollten wir uns hier ein Haus kaufen, werdet ihr euch sowieso öfter über den Weg laufen.“

Lauren hatte das Gefühl, den Boden unter den Füßen zu verlieren.

Die Vorstellung, dass er nach Connecticut ziehen könnte, machte sie ganz krank.

Er war krank, denn aus seinen Worten sprach so viel perverse Befriedigung, als er seine eigene Frau ins Spiel brachte, dass Lauren glaubte, einem Psychopathen gegenüberzustehen. O ja, er konnte ganz anders sein – höflich, geschäftsmäßig und lustig. Sie hatte es selbst gesehen, als er auf der Gartenparty der Ashcrofts mit Stuart geredet hatte. Da war er der umgängliche Mann gewesen, mit dem man sich nett unterhalten konnte und von dem niemand annehmen würde, dass er Frauen zu Sex zwang, wenn er seinen Willen nicht bekam.

Als Stuart seine Hand geschüttelt hatte, war das für sie unerträglich gewesen.

Und als Stuart ihn an ein gemeinsames Mittagessen erinnert hatte, wollte Lauren einfach nur wegrennen und sich irgendwo verkriechen.

Sie hätte ihm sagen sollen, wer Jeffrey Davis wirklich war und was er ihr angetan hatte, aber das hätte bedeutet, dass Stuart es erfahren hätte. Um nichts auf der Welt wollte sie, dass Stuart erfuhr, was in jener Nacht in North Carolina passiert war. Obwohl sie wusste, dass es nicht ihre Schuld war, schämte sie sich dafür.

Alles würde sich ändern, wenn Stuart wüsste, dass sie vergewaltigt worden war.

Er würde sie mit anderen Augen sehen.

Weil es unerträglich wurde, dass Jeffrey Davis noch immer wie selbstverständlich in ihrem Sprechzimmer stand, ballte sie die Hände zu Fäusten. „Verschwinde endlich!“

„Oder was?“

Lauren schluckte gegen ihre trockene Kehle an. „Oder ich rufe die Polizei!“

„Warum?“ Er lachte amüsiert und schüttelte den Kopf. „Was willst du der Polizei sagen? Dass ich hier stehe und mich mit dir unterhalte?“

Er hatte recht. Trotzdem setzte Lauren eine undurchsichtige Miene auf und entgegnete voller Überzeugung: „Ich könnte sagen, dass der Mann, der mich zum Sex gezwungen hat, hier ist und mich bedroht. Du würdest nicht glauben, wie ernst die hiesige Polizei Sexualstraftaten nimmt.“

Für einen kurzen Moment schien er zu zögern und wirkte unsicher, aber er musste wissen, dass sie bluffte.

„Nein, du wirst nichts sagen.“ Er fixierte sie hart. „Wir beide wissen es. Oder willst du Gefahr laufen, dass dein Freund dich für beschädigte Ware hält?“

Seine Worte waren grausam und voller Spott. Lauren zuckte zusammen und spürte, wie sich ihr Magen umdrehte. Er hatte ihre größte Angst ausgesprochen.

„Du würdest nicht wollen, dass er es weiß, Lauren. Jedes Mal, wenn er dich anfasst, würde er daran denken, was zwischen dir und mir war. Willst du das?"

„Du kennst Stuart nicht."

„Er ist ein Mann und ich bin ein Mann." Er zuckte mit den Schultern. „Es kommt auf dasselbe raus."

„Stuart ist kein bisschen wie du!" Sie stieß den Atem aus und konnte nicht anders, als mit wütender, bebender Stimme zu fauchen. „Er ist ein guter Mensch, der keinen Spaß daran hat, anderen Schmerzen zuzufügen – so wie du, du widerliches Arschloch!"

„Oho!" Überrascht lachte er auf. „Du hättest damals in North Carolina so viel Feuer zeigen sollen. Dann hätte es dir vielleicht auch Spaß gemacht."

Sie wollte sich übergeben. Und sie wollte nicht hören, was er sagte. War er nur hergekommen, um ihre alten Wunden aufzureißen und sie dabei zu verspotten? Am liebsten hätte sie sich die Hände über die Ohren gelegt und die Augen fest geschlossen. Sein Anblick und seine Worte ...

Es war wirklich so, als hätte es die vergangenen Monate nicht gegeben, in denen sie begonnen hatte, wieder zu leben. In denen die Erinnerung an jene Nacht langsam verblasst war. Doch nun kam sie mit aller Macht zurück, drängte sich in ihr Leben und war allgegenwärtig.

„Ich hatte schon immer lieber eine Wildkatze im Bett als ein winselndes Kuschelkätzchen." Jeffrey Davis ließ seine Augen über sie hinwegwandern. „Schätzt das dein Freund an dir? Dass du eine Wildkatze sein kannst?"

„Stuart wird gleich hier sein", log sie und ignorierte seine böswillige Frage.

„Wird er nicht." Sein widerliches Grinsen war kaum zu ertragen. „Ich habe meine Hausaufgaben gemacht. Dein Freund ist heute in Toronto und kommt erst morgen zurück."

Sie atmete schwer und hastig und erlaubte ihrer Panik nicht, das Kommando zu übernehmen. „Wenn du mich anfasst, ich schwöre es, rufe ich die Polizei und schreie hier alles zusammen!"

„Ach, Lauren, du solltest wissen, dass ich immer das bekomme, was ich will."

Innerlich erstarrte sie, denn genau das hatte er zu ihr gesagt, als er in jener Nacht endlich fertig gewesen war.

Übelkeit brach in Wellen über sie hinein.

Sie würde ihn eher umbringen, als ihm zu erlauben, noch einmal Hand an sie zu legen.

„Aber keine Sorge, heute bin ich nur hergekommen, um mit dir zu reden." Lässig schlenderte er zu ihrem Sideboard, in dem Dutzende Ampullen und Medikamente aufbewahrt wurden.

Lauren ließ ihn nicht aus den Augen und schaffte es, dass zumindest der Untersuchungstisch zwischen ihnen stand, um etwas Distanz zu wahren. Sollte er sich ein paar Meter von der Tür entfernen, würde sie sofort nach draußen rennen und sich irgendwo verbarrikadieren, schwor sie sich.

„Es ist interessant, dass du ausgerechnet mit Stuart Ashcroft zusammen bist. Weißt du eigentlich, was für einen dicken Fisch du an der Angel hast?"

„Mein Privatleben geht dich nichts an", erklärte sie kämpferisch und hielt sich an den Ecken des Tisches fest, weil ihre Beine wie Gummi waren.

„Du bist so kratzbürstig, Lauren, das gefällt mir." Er drehte sich wieder zu ihr um und musterte sie nachdenklich. Plötzlich wechselte er das Thema und wirkte wie ein nüchterner Geschäftsmann. „Die Sache ist die: Ich will meine Immobilienfirma verkaufen und habe Interesse, sie von *Ashcroft Enterprise* erwerben zu lassen. Solltest du mir in dieses Geschäft hineinpfuschen, würdest du es bereuen."

In ihren Ohren klang es wie eine Drohung.

Irgendeine selbstmörderische Ader war dafür verantwortlich, dass sie das Kinn hob und ihn scharf musterte. „Was denkst, du denn, könnte ich tun?"

„Spiel nicht mit mir, Lauren", knurrte er plötzlich.

„Hast du Angst, Stuart könnte ablehnen, mit dir Geschäfte zu machen, wenn er wüsste, dass du ein Vergewaltiger bist?"

Seine eiskalten, blauen Augen wurden zu Schlitzen. „Ich bin kein Vergewaltiger."

Sie schnappte nach Luft. „Doch, das bist du!"

„Weißt du nicht, wer ich bin? Ich bin Jeffrey Davis und habe es nicht nötig, eine Frau zum Sex zu zwingen. Erst recht nicht eine wie dich, die sich mir förmlich an den Hals geworfen hat, seit sie mich zum ersten Mal sah."

Lauren konnte nicht glauben, was sie da hörte. Sprachlos verfolgte sie, wie er die Arme vor der Brust verschränkte.

„Du wolltest es doch so, Lauren. Warum hättest du mich sonst nach North Carolina begleiten und mich abends in dein Hotelzimmer hineinlassen sollen?"

Irgendetwas in ihr zerplatzte. „Ich habe Nein gesagt! Die ganze Zeit über habe ich Nein gesagt, aber dir war es egal!"

„Du hast vielleicht Nein gesagt, aber dein Blick sagte etwas anderes. Du wolltest es so."

Wenn sie eine Waffe in der Nähe gehabt hätte, hätte sie ihn erschossen. „Ich wollte *nicht*, dass du eine Hand auf meinen Mund presst und mich dabei beinahe erstickst, während du meine Kleidung in Fetzen reißt! Nichts davon wollte ich!"

„Das kannst du dir ja weiterhin gerne einreden, aber du und ich wissen, dass du nur allzu willig mitgemacht hast. Du stehst doch darauf, etwas härter angefasst zu werden. Aber keine Sorge ..." Er lächelte fast schon onkelhaft. „Dein Geheimnis ist bei mir sicher. Keiner muss erfahren, was in jener Nacht passiert ist."

„Du hast mich vergewaltigt – das ist passiert."

„Du solltest solche Lügen nicht allzu laut von dir geben", zischte er ihr warnend zu. „Das könnte dir schlecht bekommen."

„Und dir könnte schlecht bekommen, mich zu bedrohen", entgegnete sie prompt. „Stuart ..."

„Deinen Freund solltest du da lieber rauslassen, wenn du nicht willst, dass er von unserer gemeinsamen Nacht erfährt."

Da war sie wieder – die Angst, dass Stuart wissen würde, was passiert war. Dass er Mitleid mit ihr haben könnte und sie als ein Opfer betrachten würde. Und dass er ihren Anblick vielleicht nicht mehr ertragen könnte, weil er sie für missbraucht und beschmutzt hielt.

„Er würde dich umbringen, wenn er wüsste, dass du mich gezwungen hast", erklärte sie mit belegter Stimme.

„Wieso sollte er glauben, dass du es nicht auch wolltest?“

„Weil Stuart mir vertraut“, erwiderte sie mit felsenfester Überzeugung. „Er weiß, dass ich ihn nicht anlüge.“

„Viele Frauen behaupten später, es sei eine Vergewaltigung gewesen, aber eigentlich haben sie nur bereut, was passiert ist.“ Er zuckte mit den Schultern. „Ich kann einem Eskimo sogar Eis verkaufen, also würde ich auch deinen Freund davon überzeugen können, dass unsere gemeinsame Nacht völlig einvernehmlich war.“

Gemeinsame Nacht.

Was dort passiert war, war keine gemeinsame Nacht gewesen.

Lauren erinnerte sich an das Geräusch, als er ihren Pyjama zerrissen hatte, an sein gieriges Stöhnen, während er sie überall angefasst hatte, und an die Regentropfen, die gegen die Fensterscheibe geprasselt waren, als sie endlich allein in ihrem Hotelzimmer gelegen hatte. Und sie erinnerte sich an das heiße Wasser, das ihre Haut verbrannte, als sie schier stundenlang unter der Dusche stand, um seinen Geruch und seine Berührungen abzuwaschen.

„Geh endlich“, würgte sie hervor und begann zu zittern.

Jeffrey Davis schlenderte zur Tür, wo er sich noch einmal umdrehte und fast schon freundlich lächelte. „Solange du mir das Geschäft mit den Ashcrofts nicht versaust, muss niemand erfahren, wie sehr du unser Zusammensein genossen hast, Lauren. Quid pro quo.“

Dann war er verschwunden.

6. Kapitel

Vermutlich musste er Lauren extrem auf den Keks gehen, schließlich fragte Stuart sie nun schon zum gefühlt hundertsten Mal, ob ihr das Essen nicht schmeckte.

Normalerweise aß sie mit großem Appetit, aber ausgerechnet heute stocherte sie lustlos in der köstlichen Pasta mit Hummersoße herum, die er für sie gekocht hatte. Auch den himmlischen Wein oder die leckeren Antipasti rührte sie kaum an. Ihr zurückhaltendes Essverhalten schlug auch ihm auf den Magen, schließlich hatte er den heutigen Abend minutiös geplant und nicht damit gerechnet, dass Lauren derart wortkarg und lustlos sein würde.

Er war eh extrem nervös und bekam schon seit Tagen Nervenflattern, wenn er an den heutigen Abend dachte. Es sollte der Abend aller Abende werden, an dem er Lauren fragen wollte, ob sie seine Frau werden wollte.

Seine Wohnung war blitzblank geputzt, Champagner lag auf Eis, Jasper übernachtete bei Audrey, leise Musik spielte im Hintergrund, im Kühlschrank wartete ihr Lieblingsdessert – Schokoladenmousse mit Erdbeeren – und ein riesiger Strauß roter Rosen stand neben ihrem Teller. Heute wollte er sie wie eine Königin behandeln, bevor er vor ihr auf die Knie ging und den Ring präsentierte, den er in seiner Hosentasche aufbewahrte.

Einerseits konnte er es kaum erwarten, ihr glühendes Gesicht zu sehen, wenn er ihr einen Antrag machte, andererseits wurde sein Muffensausen immer größer, denn Lauren machte bisher nicht den Eindruck, seine Bemühungen zu registrieren.

Gedankenverloren saß sie ihm gegenüber, sagte kaum ein Wort und wirkte nicht sehr glücklich, während er seine schweißnassen Hände zum wiederholten Mal an seinen Hosenbeinen abwischen musste.

Weil die Pasta langsam kalt wurde und Stuart mit seinem Zeitplan schon völlig in Verzug geraten war, schließlich wollte er ihr zum Dessert den Antrag machen, schritt er zur Tat.

Nach außen hin gab er sich gelassen, als er nach seinem Weinglas griff und einen winzigen Schluck nahm, nach innen hin bebte er jedoch vor Anspannung.

„Ich habe mir überlegt, die Wohnung zu verkaufen."

„Mhm."

Er runzelte die Stirn, denn ein *Mhm* war nicht unbedingt die Reaktion gewesen, mit der er gerechnet hatte. Vielleicht hatte Lauren ihn auch einfach nur nicht richtig verstanden.

Stuart versuchte es ein weiteres Mal. „Es wäre sinnlos, die Wohnung zu behalten, schließlich steht sie eh ständig leer."

„Mhm, stimmt."

Auch diese Reaktion war wenig vielversprechend.

Er schaute über den Tisch zu Lauren, deren Augen wie festgesaugt auf dem Teller vor ihr wirkten. Sie hatte nicht einmal aufgeschaut, als er ihr offenbart hatte, dass er seine Wohnung verkaufen wollte. Er schluckte hart. „Ich meine, es bringt doch nichts, dass meine Wohnung die meiste Zeit leer steht, weil ich so gut wie zu dir gezogen bin."

„Sicher."

Verstand sie nicht, worauf er hinauswollte? „Inoffiziell wohne ich ja bereits bei dir. Wir könnten es also offiziell machen."

„Okay."

Stuart zerbrach sich den Kopf und scherzte: „Manchmal bin ich so lange nicht hier, dass mein Postfach überquillt und der Joghurt im Kühlschrank abläuft. Wenn wir zusammenziehen würden, müsste ich mir nie wieder Gedanken um verschimmelte Lebensmittel machen."

„Mhm, ja."

„Außerdem sucht J.T. momentan eine Wohnung in Manhattan. Er würde sie sofort kaufen."

„Gut."

„Zu ihm passt sie eh viel besser, immerhin will ich keine wilden Junggesellenpartys mehr feiern. Ich weiß zwar nicht, was die Nachbarn sagen werden, wenn mein Cousin hier einfällt, aber das ist dann deren Problem."

Dieses Mal bestand ihre Antwort aus einer Geräuschkonstellation, die Stuart nicht deuten konnte.

Langsam wurde er ungehalten.

Er stellte das Glas so fest auf der Tischplatte ab, dass etwas von dem Wein überschwappte.

Wenigstens sicherte er sich damit ihre Aufmerksamkeit. Lauren sah nämlich zum ersten Mal seit mindestens zehn Minuten auf und wirkte, als sei sie überrascht, sich hier an seinem Esstisch vorzufinden und ihm gegenüberzusitzen.

„Was ist denn?"

Frustriert fuhr er sich durch sein Haar. „Lauren, ich wollte dich gerade fragen, ob du mit mir zusammenziehen willst – in deine Wohnung."

„Oh.“ Erstaunt öffnete sich ihr Mund. „Es tut mir leid, ich habe nicht zugehört.“

Stuart schnaubte. „Das habe ich gemerkt.“

Ihre Augenlider flatterten, als sie den Blick senkte. „Entschuldige ... ich war ... in Gedanken woanders.“

„Ist irgendetwas passiert? In der Praxis?“

Ihr Kopfschütteln sagte vielleicht Nein, aber ihre starre Körperhaltung sprach eine andere Sprache.

„Nein ... nein ... ich bin nur müde und etwas ... ausgelaugt.“

„Vielleicht sollten wir in den Urlaub fahren“, schlug er vor.

„Vielleicht.“ Lauren legte die Gabel auf den Teller und schob diesen ein Stück beiseite. „Das Essen schmeckt ausgezeichnet, aber ich habe leider keinen Hunger.“ Entschuldigend lächelte sie ihn an.

„Schon gut“, murmelte er und versuchte, sich seine Enttäuschung nicht anmerken zu lassen. Nachdenklich musterte Stuart sie. „Sei ruhig ehrlich, Lauren. Willst du, dass ich zu dir ziehe?“

„Natürlich will ich das“, entgegnete sie prompt und klang dabei so ehrlich, dass sich der Knoten in Stuarts Magen ein bisschen lockerte. „Wieso glaubst du, dass ich nicht mit dir zusammenziehen möchte? Wir wohnen doch eh schon zusammen in meiner Wohnung.“

Jetzt hätte er ihr vorhalten können, dass sie gerade ganz und gar nicht begeistert gewirkt hatte, als er mit dem Vorschlag um die Ecke kam, aber das wollte er jetzt nicht ein weiteres Mal aufwärmen. Stattdessen lächelte er sie an. „Ich musste dich doch wenigstens offiziell fragen, bevor ich meinem Cousin die Wohnung verkaufe und mit Sack und Pack bei dir auf der Matte stehe. Auch wenn es für die psychische Entwicklung unseres Hundes gesünder ist, wenn Frauchen und Herrchen dauerhaft aufeinander hocken."

Endlich entlockte er ihr ein Lächeln.

„Geht es hier um Jasper?"

„Natürlich, schließlich soll er nicht mit dem Stigma aufwachsen und in die Hundeschule gehen, dass seine Eltern nicht zusammenwohnen."

„Du Spinner", erwiderte sie fröhlich.

Zufrieden lehnte er sich zurück. „Also kann ich J.T. anrufen und ihm sagen, dass er die Wohnung haben kann?"

„Ja, kannst du", entgegnete sie weich. „Und lass dich von ihm nicht übers Ohr hauen, wenn ihr den Preis verhandelt. Ich hätte nämlich gerne einen neuen Duschvorhang und der, der mir gefällt, kostet ein Vermögen."

Pure Erleichterung durchströmte ihn, denn sobald Lauren scherzte und fröhlich war, war er es auch. „Ich schaue mal, was sich machen lässt."

Sein wunderbarer und dezidiert ausgeklügelter Plan war sowieso hinfällig, also servierte er Lauren das Dessert auf der Couch, wohin sie beide sich verzogen hatten, um die neueste Folge von *Game of Thrones* zu schauen.

Nichts fühlte sich besser an, als mit der Frau, die er liebte, gemütlich auf der Couch zu sitzen, Schokoladenmousse zu essen und dabei ihre beider Lieblingsserie zu schauen.

„Deinen Großbildfernseher werde ich schon vermissen, wenn du die Wohnung aufgibst", erklärte sie unvermittelt und schmiegte ihren Kopf gegen seine Schulter.

Eine widerspenstige Haarsträhne kitzelte dabei sein Kinn.

„Der passt leider nicht in deine Wohnung hinein."

„Ja, leider."

Vor ihnen metzelten sich wilde Krieger gegenseitig ab, durchbohrten einander mit Schwertern und lachten triumphierend, wenn der Gegner seinen Kopf verlor, während sich Stuart in romantischen Zukunftsvisionen ergoss.

Er musste schlucken, weil seine Zunge und seine Kehle staubtrocken waren.

Vorsichtig nahm er ihre Hand in seine, streichelte über sie und murmelte glücklich: „Ich liebe deine Wohnung, Lauren, aber vielleicht können wir in naher Zukunft ja nach etwas Eigenem suchen. Nach einem Haus ganz in der Nähe deiner Praxis und meiner Familie, in dem es Platz für einen großen Fernseher, einen Garten für Jasper und vielleicht für Kinderzimmer gibt."

Ihre grünen Augen wurden kreisrund, als sie den Kopf zurücklegte und ihn ansah. „Stuart ..."

Plötzlich war es ganz einfach. „Ich liebe dich, Lauren."

Er holte den Ring aus seiner Tasche und zögerte nicht lange, sondern streifte ihr das Schmuckstück über den Finger, während er mit ernster Stimme erklärte: „Ich liebe dich und möchte für immer mit dir zusammen sein, mit dir ein Haus kaufen und mit dir Babys bekommen. Bitte heirate mich, Liebling."

Sein Antrag verschlug ihr die Sprache.

Genau so hatte er sich diesen Abend vorgestellt.

Sprachlos schaute sie den Ring an, blickte zu ihm und wieder zu dem Ring, der ihr wie angegossen passte. Er war wie für ihn gemacht.

Das musste auch Lauren denken, weil sie sich ihn anscheinend genauer ansehen wollte. Warum sonst sollte sie ihn von ihrem Finger streifen, wenn nicht aus dem Grund, um ihn von allen Seiten zu betrachten?

Weshalb sie ihm den Ring zurück in die Hand legte, verstand Stuart jedoch ganz und gar nicht.

„Ich kann nicht, Stuart."

Er musste sich verhört haben.

„Es tut mir leid. Ich ... ich kann einfach nicht."

Auf dem Fernseher lachte ein Krieger triumphierend, weil er seinem Gegner die Zunge herausgerissen hatte, während Lauren von der Couch aufsprang und aus seiner Wohnung stürmte.

7. Kapitel

Lauren war nicht überrascht, als Stuart hinter ihr auftauchte, während sie eines der Schulpferde striegelte.

Ehrlicherweise hatte sie ihn seit gestern Abend erwartet, nachdem sie aus seiner Wohnung geflohen und mit seinem Auto zurück nach Hause gefahren war. Sie mochte seinen Porsche protzig genannt haben, aber als Fluchtauto war er ideal.

Vermutlich war Stuart wütend, dass sie sein Auto ohne zu fragen genommen hatte.

Und wahrscheinlich war er ebenfalls wütend, dass sie auf seinen Antrag mit einer Abfuhr reagiert hatte.

Gestern Abend war sie in Panik geraten und hatte sich nicht anders zu helfen gewusst, als fluchtartig das Weite zu suchen. Es hatte ihr im Herzen wehgetan, Stuart vor den Kopf zu stoßen, aber nach allem, was geschehen war, konnte sie ihn nicht heiraten. Sie liebte ihn, aber sie konnte ihn nicht heiraten.

Wie hatte es Jeffrey Davis ausgedrückt?

Sie war beschädigte Ware.

„Du hast die Praxis heute geschlossen?“ Seine ruhige Stimme fuhr ihr warm über den Rücken.

Mit kräftigen Bürstenstrichen striegelte sie das Fell des Schimmels und nickte. „Ja, ich muss mir über einiges klar werden.“

„Aha.“

Die Boxentür knarzte, als sich Stuart dagegen lehnte, wie sie über den Rücken des Pferdes sehen konnte.

Bei seinem Anblick wurde ihr ganz anders zumute.

Sehnsucht, zu ihm zu gehen und sich in seine Arme zu schmiegen und ihn nie wieder loszulassen, pulsierte durch ihre Adern und breitete sich in jeder Nervenzelle ihres Körpers aus. Der Mann, der aussah, als hätte er in der letzten Nacht kaum ein Auge zugetan, bedeutete ihr einfach alles. Ihr Herz zog sich schmerzlich zusammen, als sich ihre Blicke trafen.

Gestern hatte er von einem Haus mit Garten und Babys gesprochen, und Lauren hatte instinktiv Ja sagen wollen, weil das Bild eines blondhaarigen Knirpses mit Grübchen in den Wangen und dem verschmitzten Lächeln seines Dads, der an Stuarts Hand durch einen Garten lief und einen bellenden Jasper verfolgte, vor ihrem inneren Auge entstanden war. Das Bild hatte ihr vor lauter Glück den Atem genommen, aber dann hatte sie realisiert, dass es nur ein Bild bleiben würde.

Wie konnte sie mit Stuart eine Familie gründen, wenn sie ihm gegenüber nicht ehrlich gewesen war?

Er hielt sie für die Frau, mit der er seine Zukunft planen konnte, aber würde er sie immer noch so betrachten, wenn er wüsste, wie es wirklich in ihrem Inneren aussah?

Wenn er wüsste, was mit ihr geschehen war?

Und was würde passieren, wenn er erfuhr, was zwischen ihr und Jeffrey Davis vorgefallen war, und wenn Stuart glaubte, dass sie es darauf angelegt hatte?

Unter diesen Voraussetzungen konnte sie ihn nicht heiraten, also hatte sie ihm den Ring zurückgegeben, auch wenn es ihr das Herz gebrochen hatte.

„Entschuldige, dass ich einfach deinen Wagen genommen habe“, murmelte sie und war der Wärme des Pferdes dankbar. Seit gestern Nacht war ihr nämlich eiskalt. „Er steht auf dem Parkplatz und hat keine Schramme abbekommen.“

Seine Stimme klang noch immer ruhig und geradezu gefasst. „Dir sollte langsam klar sein, dass mir der Wagen scheißegal ist, Lauren. Du bist mir wichtig.“

Tränen brannten in ihrer Kehle. Mechanisch striegelte sie das Pferd weiter, das leise schnaubte und den Kopf in ihre Richtung drehte, als wolle es sie trösten.

„Ich hätte es gestern nicht einfach nehmen dürfen …“

„Du hättest nicht einfach weglaufen dürfen, ohne mir eine Möglichkeit zu geben, mit dir zu reden.“

Ihre Unterlippe zitterte. Sie biss darauf herum und bemerkte anschließend den metallischen Geschmack von Blut. „Was gab es denn da noch zu reden?“

„Ich weiß auch nicht“, entgegnete Stuart trocken. „Vielleicht hättest du mir erklären können, warum es in Ordnung wäre, wenn wir zusammenziehen, aber warum du aus der Wohnung gestürmt bist, als wären sämtliche Höllenhunde hinter dir her, wenn ich dir sage, dass ich dich liebe und dich heiraten möchte?“

Zögerlich hob sie den Kopf. „Willst du jetzt und hier darüber reden?“

Stuart zuckte mit den Schultern. „Warum nicht.“

„Weil wir das vielleicht lieber unter uns bereden sollten.“

Er schenkte ihr einen langen Blick. „Mir macht es nichts aus, wenn ein paar der Pferde zuhören.“

„Stuart.“ Sie fand seinen Kommentar nicht hilfreich.

„Am liebsten wäre ich dir gestern sofort hinterhergefahren, aber dann dachte ich mir, es wäre besser, wenn wir beide eine Nacht Zeit haben, um uns Gedanken zu machen, und heute darüber reden, warum du mich nicht heiraten willst." Bisher hatte er ziemlich gefasst und ruhig geklungen, aber sein brennender Blick und der mühsam beherrschte Klang seiner Stimme zeugten davon, wie viel Überwindung es ihn kostete, hier zu stehen und ruhig zu bleiben.

„Also?"

„Also was?"

„Warum willst du mich nicht heiraten?"

Beklommen schaute sie in seine Richtung und griff auf die erste Ausrede zurück, die ihr einfiel. „Es ist zu früh ..."

„Wir wohnen zusammen", betonte Stuart.

„Ja, wir wohnen zusammen, aber ein Ehegelübde ist etwas anderes." Sie bückte sich, um den Striegel in den Putzkasten zu legen und um einen Moment Zeit zu haben, in dem sie ihre Gedanken sammeln konnte.

„Inwiefern ist es etwas anderes?"

O Gott, seine Stimme klang geradezu kämpferisch und unnachgiebig.

Mit wackeligen Beinen erhob sich Lauren langsam und begann, die zerzauste Mähne des Pferdes zu kämmen. Sie erinnerte sich daran, wie sie vor einem halben Jahr ebenfalls so getan hatte, als sei sie mit der Versorgung eines Schulpferdes beschäftigt, um einem Gespräch mit ihm aus dem Weg zu gehen.

Damals hatte sie ihn für einen Snob gehalten.

Heute wollte sie ihm aus dem Weg gehen, weil sie ihn für den großartigsten Menschen der Welt hielt und sich selbst nicht trauen konnte. Wer wusste schon, ob sie ihren Entschluss nicht über Bord warf, wenn er nicht aufhörte, ihr zu sagen, dass er sie liebte?

„Wenn man zusammenwohnt, kann einer problemlos wieder ausziehen, wenn es nicht klappt“, begründete sie mit lahmer Stimme. „Eine Hochzeit ist für immer.“

„Soll das heißen, dass du denkst, es würde zwischen uns beiden nicht klappen?“

„Das habe ich nicht gesagt“, entgegnete sie ausweichend.

„Wie meinst du es dann?“

Lauren seufzte leise. „Ich meine, dass wir uns erst seit einem halben Jahr kennen, Stuart. Was ... was wissen wir denn voneinander?“

Sie konnte sehen, wie er grimmig den Mund verzog und finster die Stirn runzelte. „Meinst du den Unsinn wirklich ernst?“

„Das ist kein Unsinn.“

„Nein, aber es ist eine faule Ausrede.“

Ungehalten holte sie Luft. „Meine Gefühle sind keine faulen Ausreden! Du hast mich mit dieser Frage überfallen, Stuart, und hast mir keine Zeit gegeben, darüber nachzudenken!“

„Und du bist einfach davongerannt, anstatt mir zu sagen, was zum Teufel noch einmal los ist!“

Ihre Stimmen hallten von den Dachbalken des Stalles herunter.

„Ich fühlte mich eingeengt“, blaffte Lauren ihn an. „Du hast mir einen Ring an den Finger geschoben, ohne meine Antwort abzuwarten, und du hast nicht verstanden, dass ich über diese Entscheidung nachdenken muss.“

„Liebst du mich oder liebst du mich nicht, Lauren?“

Hilflos schüttelte sie den Kopf. „Ich habe dir gerade schon einmal gesagt, dass es nicht darum geht!“

„Du hast meine Frage nicht beantwortet“, entgegnete er leise. „Liebst du mich oder liebst du mich nicht?“

Es wäre so einfach gewesen, ihm zu sagen, dass sie ihn nicht liebte, aber sie konnte ihn nicht anlügen. Lauren sah in seine hellbraunen Augen und wusste, dass sie ihn einfach nicht anlügen konnte.

„Ich liebe dich, Stuart, aber ...“

„Wenn du mich liebst, begreife ich nicht, warum du mir gestern den Ring zurückgegeben hast!“

Ein Kloß bildete sich in ihrem Hals. „Ich habe ihn dir zurückgegeben, weil ich mich nicht kopflos in etwas hineinstürzen möchte, was wohl durchdacht sein sollte.“

„Wohl durchdacht?“ Er presste die Lippen aufeinander und schien mit sich zu kämpfen. „Glaub mir, Lauren, ich habe lange darüber nachgedacht und den gestrigen Abend lange und ausführlich geplant. Alles sollte perfekt sein – so wohl durchdacht war alles.“

Verzweifelt rang sie um Fassung. „Ja, du hast lange darüber nachgedacht, Stuart. *Du*! Aber nicht ich!“

„Das war gestern“, hielt er ihr vor. „Aber mittlerweile wirst du darüber nachgedacht haben. Also?“

Lauren fühlte sich entsetzlich in die Enge getrieben und schnappte nach Luft. „Du kannst nicht einfach herkommen und mir die Pistole auf die Brust drücken. So geht das nicht!“

Stuart beugte sich über die hölzerne Tür und fixierte sie. „Bist du nicht glücklich mit mir? Liegt es daran?“

„Darum geht es doch überhaupt nicht!“

„So ein Schwachsinn!“ Er funkelte sie wütend an. „Es geht nur darum, ob du und ich glücklich sind. Ich für meinen Teil kann die Frage problemlos mit Ja beantworten. Und bei dir war ich mir auch sicher, dass es dir genauso geht.“

Weil das Pferd unruhig wurde und nervös mit dem Schweif um sich schlug sowie ungehalten wieherte, hielt es Lauren für besser, die Box zu verlassen.

Stuart jedoch genau gegenüberzustehen, ohne die Boxentür zwischen sich zu haben, machte sie wiederum nervös. Am liebsten wäre sie ihm ausgewichen, aber er musste es vorausgesehen haben, weil er ihr den Weg versperrte und somit zwang, vor ihm stehen zu bleiben. Sie konnte gar nicht anders, als mit ihm zu reden.

„Wieso kannst du nicht einfach sagen, ob du glücklich bist oder nicht?“

Lauren rang die Hände. „Hör mir doch zu! Ich habe gesagt, dass ich eine solche Entscheidung nicht übers Knie brechen kann. Es ist egal, ob ich dich liebe und glücklich bin – ich brauche einfach Zeit, um mir über ein paar Dinge klar zu werden.“

„Die da wären?“

Ihre Schultern sackten hinunter.

Sie drehten sich im Kreis.

Lauren sah ein, dass es so nicht weiterging. Sehr bedächtig fügte sie hinzu: „Ich weiß ja nicht einmal, ob ich hierbleiben werde.“

Sein Kopf schnellte in die Höhe. „Was?“

Zwar hatte Lauren ein Problem damit gehabt, ihn anzulügen, als er sie gefragt hatte, ob sie ihn liebte, aber jetzt hatte sie keine Skrupel, auf eine Lüge zurückzugreifen. Fest sah sie ihm in die Augen. „Ich habe ein gutes Angebot aus Oregon bekommen, über das ich nachdenke. Eine renommierte Tierklinik ..."

„Warum höre ich davon zum ersten Mal?" Misstrauisch kniff er die Augen zusammen.

Unsicher leckte sie sich über die Lippen. „Du hast nicht gefragt."

Stuart ließ sich nicht so einfach aufs Glatteis führen. „Gestern Abend warst du damit einverstanden, dass ich meine Wohnung verkaufe und zu dir ziehe, aber gleichzeitig hast du darüber nachgedacht, nach Oregon zu ziehen? Willst du mich für dumm verkaufen?" Eine Ader pochte auf seiner Stirn. „Du willst mich nicht heiraten. Sag es doch einfach!"

„Verdammt, ich ..."

„Sag es doch einfach und ..."

„Okay!" Sie schrie fast. „Ich will dich nicht heiraten, Stuart! Ich will nicht!"

Die plötzliche Stille im Stall war gespenstisch.

Und der Schmerz in seinen Augen nahm ihr die Atemluft.

„Gut", raunte er leise und machte einen Schritt zurück. „Jetzt weiß ich wenigstens Bescheid."

Als er ging, konnte sie den Anblick seines gesenkten Kopfes nicht ertragen und schaute in die andere Richtung.

8. Kapitel

„Ich weiß es wirklich zu schätzen, dass Sie so kurzfristig einen Termin für mich hatten, Stuart. “

Stuart nickte Jeff Davis stoisch zu, während er die Rechnung für das Geschäftsessen beglich und seine Unterschrift unter die Kreditkartenquittung setzte. Und weil der Service in dem ruhigen Countryclub nördlich von Manhattan ganz ausgezeichnet gewesen war, war er nicht knausrig, was das Trinkgeld betraf.

Wenigstens der kompetente Kellner hatte dieses Essen halbwegs erträglich gemacht.

Auch wenn Stuart seiner Sekretärin vor ein paar Tagen gesagt hatte, dass sie seinen Kalender vollpacken sollte, war er nicht begeistert gewesen, diesen Termin in seinem Kalender vorzufinden. Videokonferenzen, Vorstandssitzungen und Verhandlungen waren in Ordnung, weil er dabei hochkonzentriert sein musste und keine Zeit hatte, um seinen Gedanken nachzuhängen. Mittägliche Geschäftsessen waren etwas anderes.

Beim Small Talk über einem Teller Fischfilet auf Zucchinibett konnte man ins Grübeln geraten und über die Frau nachdenken, der man vor einer Woche einen Heiratsantrag gemacht hatte und die man seither weder gesehen noch gesprochen hatte. Wenn man von der unerfreulichen Begegnung in jenem Stall absah.

Weil er Lauren vermisste und befürchtete, durch sein Drängen und seine Forderungen alles kaputt gemacht zu haben, zerbrach er sich seither den Kopf und steckte diesen lieber in Arbeit.

Deshalb auch der volle Terminkalender.

Und deshalb auch dieses Geschäftsessen mit Jeff Davis, der an *Ashcroft Enterprise* seine Immobilienfirma verkaufen wollte.

An und für sich wäre es eine gute Gelegenheit, im inländischen Immobiliengeschäft noch weiter Fuß zu fassen, und das Portfolio der Davis' Group konnte sich sehen lassen, aber Stuart zögerte noch. Irgendetwas passte ihm nicht.

Vielleicht war es das fast schon winselnde Geschleime des dunkelhaarigen Mannes, der sich heute grauenvoll ehrerbietig benommen hatte und Stuart damit das eine oder andere Mal beinahe ein abfälliges Schnauben abgerungen hätte.

Stuart kannte ein solches Verhalten nur zu gut.

In der Grundschule hatte es im Sommer immer unzählige andere Kinder gegeben, die plötzlich mit ihm befreundet sein wollten, weil seine Eltern einen Pool hatten. In der Highschool waren es die Streber gewesen, die ihm anboten, seine Hausaufgaben zu machen, weil sie sich ein Praktikum bei seinem Dad versprachen, das sich auf ihrer Collegebewerbung gut gemacht hätte. Und auf dem College waren es die langbeinigen und leicht bekleideten Kommilitoninnen gewesen, die sich an ihn gehängt hatten, um einen Gratisurlaub auf der Familienjacht oder Einladungen zu seinen Partys abzustauben.

Egal, welche kumpelhaften Lobhudeleien Jeff Davis von sich gegeben hatte, um Stuart zu signalisieren, wie sehr er ihn schätzte und respektierte, Stuart kannte sie alle.

Ganz klar: Jeff Davis hatte sich benommen wie ein Viertklässler, der seinem Klassenkameraden seinen Lieblingssnack schenkte, weil er ihn zum Freund haben wollte. Stuart hasste Arschkriecherei, zumal es der andere Mann überhaupt nicht nötig hatte.

Irgendwie passte dieses Verhalten auch nicht zu einem erfolgreichen Geschäftsmann wie Jeff Davis.

Wer Erfolg hatte, musste nicht bei anderen um Aufmerksamkeit und Respekt buhlen.

Wer schleimte, kannte seinen eigenen Wert nicht. Und so schätzte er ihn nicht ein. Jeff Davis wusste genau, was er wert war und was sein Unternehmen wert war. Wenn *Ashcroft Enterprise* nicht interessiert war, würde sich ein anderer liquider Käufer finden.

Sein Instinkt sagte ihm, dass mit dem anderen Mann irgendetwas faul war.

Stuart klappte die Rechnungsmappe zu und schob sie an die Tischkante, bevor er nach seiner Kaffeetasse griff und einen Schluck nahm.

Nach dem Gespräch brauchte er Koffein, um nicht einzuschlafen.

„Und natürlich möchte ich Ihnen für die Gelegenheit danken, persönlich mit Ihnen über eine mögliche Übernahme zu reden."

Da war sie wieder: die Arschkriecherei.

Anstatt zu antworten, brummte er lediglich in seine Tasse.

„Sie sind ein vielbeschäftigter Mann und werden sicherlich bald zurück in Manhattan erwartet."

O Gott, ihm wurde noch schlecht. Kurz und bündig erwiderte er: „Kein Problem."

„Auf jeden Fall würde ich mich freuen, wenn ich mich für Ihre Einladung bald revanchieren könnte."

Er sollte ein weiteres Essen mit Jeff Davis über sich ergehen lassen? So viel war kein Geschäft dieser Welt wert.

„Bis dahin wird mein Anwalt sicherlich alle relevanten Informationen zusammengetragen haben, damit Sie sich einen genaueren Überblick über die Davis’ Group verschaffen können.“

„Sie verstehen sicherlich, dass es seine Zeit dauern wird, bis wir zu einem Ergebnis bezüglich Ihres Unternehmens gekommen sind. Die Abteilung, die für die Akquise fremder Firmen zuständig ist, arbeitet sehr genau. Und dann werden mein Bruder und ich sowie ein paar Mitarbeiter den Fall besprechen“, taktierte er kühl, weil er im Gegensatz zu Jeff Davis seinen Wert kannte und von seinem Dad gelernt hatte, wie er in geschäftliche Verhandlungen einzusteigen hatte.

Der andere Mann beeilte sich, ihm zu versichern, dass er vollstes Verständnis für dieses Vorgehen hatte.

Lauren hätte ihm sicherlich gegen das Schienbein getreten, weil sie es hasste, wenn er sich geschäftsmäßig gab, aber er schaute trotzdem mit hochgezogener Augenbraue auf seine Uhr und entgegnete fast schon brüsk: „Sie werden mich entschuldigen müssen, da ich nicht zu meinem nächsten Termin zu spät kommen möchte.“

Jeff Davis schob seinen Stuhl eilig zurück. „Dann begleite ich Sie zum Parkplatz und werde ebenfalls fahren.“

Während sie nebeneinander durch den Countryclub liefen, schwafelte Jeff über den fabelhaften Golfplatz in der Nähe von Hartford, den er bereits häufig besucht hatte, und wollte ihn zu einer Partie einladen, was Stuart höflich ablehnte. Er spielte nämlich gar kein Golf.

Daraufhin schwieg der andere Mann.

Gerade als sie das Clubgebäude verließen und dem Parkservice ihre Karten gaben, damit dieser ihre Autos holen konnte, stieg Jeff sichtlich nervös von einem Fuß auf den anderen und rang seine Hände.

„Stuart, ich fürchte, ich muss etwas klarstellen."

„So?" Nur mäßig interessiert schaute er den anderen Mann an und schob die Hände in die Hosentaschen. Gedanklich war er bereits bei seinen Nachmittagsterminen und schob die Vorstellung, spätabends in seine einsame Wohnung zu kommen, in der weder Lauren noch Jasper auf ihn warteten, weit von sich. Er vermisste nämlich nicht nur die Frau an seiner Seite, sondern auch den kleinen knopfäugigen Hund, der ihn morgens weckte, indem er ihm über das Ohr leckte.

„Ja, es ist mir sehr unangenehm, aber Sie werden eine solche Situation sicherlich kennen. Ich möchte nicht, dass persönliche Differenzen, die auf falschen Informationen beruhen, unsere geschäftliche Beziehung stören."

Irritiert runzelte er die Stirn und schwieg.

Persönliche Differenzen?

Nur weil der Mann ein Arschkriecher war und mit Richard Hollow befreundet war, den Stuart ebenfalls nicht sonderlich gut leiden konnte, würde er nicht von *persönlichen Differenzen* sprechen.

Das Schweigen musste sein Gegenüber missdeuten, weil er hastig das Wort ergriff und sich teilweise verhaspelte. „Sie sollten wissen, dass ich meine Frau sehr liebe. Und so etwas ist zuvor auch nie vorgekommen, das müssen Sie mir glauben."

Wovon zum Teufel sprach der Mann überhaupt?

Stuart öffnete den Mund, um ihn zu fragen, was er ihm sagen wollte, als Jeff rasch fortfuhr: „Es war auch nur das eine Mal. Ich muss zugeben, dass wir beide ein bisschen Wein getrunken hatten. Es war ein anstrengendes Wochenende, und wir waren aufgeregt, weil es das erste Rennen meines Hengstes war. Und dann bat sie mich in ihr Hotelzimmer. Ich war so dumm, ihre Einladung anzunehmen. Sie ist eine schöne Frau – und klug und humorvoll dazu. Das wissen Sie selbst." Er redete sich richtig in Rage und gestikulierte wild, während er sich aufplusterte. „Für mich war es eine einmalige Sache ohne Bedeutung, aber Lauren hat vermutlich geglaubt, dass ich meine Frau für sie verlassen würde. Das muss sie gekränkt haben. Deshalb erfand sie anscheinend diese Geschichte. Ich ... ich mache ihr gar keinen Vorwurf, weil sie sicherlich enttäuscht war. Möglicherweise hat sie sich auch geschämt, weil ich immerhin ihr Arbeitgeber war. Aber Sie sollten wissen, dass ich eine Frau niemals zu etwas zwingen würde, Stuart. Allein die Vorstellung ..." Empört stockte er.

Stuart brauchte einen Moment, bis er begriff, was der andere Mann ihm sagen wollte. Und was er ihm gerade verraten hatte.

Ihm wurde eiskalt und sein Herz setzte aus.

Was hatte er damit gemeint, dass Lauren eine Geschichte erfunden hatte und er niemals eine Frau zwingen würde?

Die flammende und gestotterte Verteidigungsrede des Dunkelhaarigen konnte nur eines bedeuten, und Stuart wusste nicht, was er zuerst fühlen sollte.

Eventuell hielt Jeffrey Davis sein Schweigen für Zustimmung. Eventuell sah er sich wirklich im Recht.

Keine Ahnung, was er dachte, aber sein nächster Satz, zusammen mit der überheblichen Geste, ließ bei Stuart alle Lichter durchbrennen.

„Frauen können ab und zu hysterisch werden, damit komme ich klar, aber womit ich nicht klarkomme, ist dieser ungeheure Vorwurf einer Vergewaltigung, der sich schädigend auf unsere Geschäftsbeziehungen auswirken könnte."

Das war seine größte Sorge? Er sollte sich lieber darum sorgen, dass Stuart ihn umbrachte.

Er starrte den anderen Mann an und registrierte, wie groß und kräftig er war und dass eine Frau wie Lauren keine Chance hätte, sich gegen einen Mann dieser Körpergröße zu wehren. Ihm wurde regelrecht schlecht.

Stuart war selbst erstaunt über seine emotionslose Tonlage. „Wollen Sie sich bei mir dafür entschuldigen, dass Sie Lauren vergewaltigt haben?"

Jeffrey Davis stockte und wirkte irritiert, bis er ungehalten und indigniert flüsterte: „Um Himmels willen, das habe ich natürlich nicht getan! Und ich weiß nicht, warum Lauren Ihnen das erzählt hat. Sie wollte es auch – das können Sie mir glauben!"

„Ist das so?"

„Natürlich! Viele Frauen behaupten später, es wäre eine Vergewaltigung gewesen, weil sie etwas anderes erwartet haben oder nicht mit den Konsequenzen leben können. *Ich* bin das Opfer – nicht Lauren. Sie hat mich richtiggehend verführt, sonst hätte ich doch nie meine Frau betrogen! Hat sie Ihnen nicht erzählt, dass sie sich mir förmlich an den Hals geworfen hat?"

„Lauren hat mir gar nichts erzählt.“ Starr fixierte er den anderen Mann. „Bis Sie vor zwei Minuten Ihre Rede heruntergerasselt haben, wusste ich nichts davon.“

Das Gesicht seines Gegenübers wurde bleich – seine Augen riesig. „Hat Lauren Ihnen denn nichts erzählt?“

„Nein, sie hat mir nichts erzählt.“ Eine erschreckende Ruhe legte sich über seine Stimme. In seinem Inneren brodelte es. Die Vorstellung, dass der Mann, der vor ihm stand und seine Hände nervös rang, Lauren etwas angetan hatte, brachte ihn fast um.

„Ich ... ich hatte geglaubt, dass ... dass Lauren etwas zu Ihnen gesagt haben muss, weil Sie so ... so kühl und abweisend waren, Stuart.“

Er antwortete nicht.

Er konnte nur daran denken, wie hilflos und verängstigt Lauren gewesen sein musste.

Seine Lauren.

Ihm war es egal, ob irgendjemand der Gäste, die sich mehrere Meter hinter ihnen im Foyer befanden, oder der Portier, der unten an den Treppenstufen stand, hörte, was er sagte, als er Jeffrey Davis mit glasklarer Stimme erklärte: „Sie haben meiner Frau wehgetan? Wenn ich mit Ihnen fertig bin, können Sie keiner Frau mehr etwas antun.“

Mehr sagte er nicht, bevor er ihm die Faust ins Gesicht rammte.

9. Kapitel

Lauren hatte gerade Patty erklären wollen, weshalb sich Stuart seit einigen Tagen nicht mehr hatte blicken lassen, als ihr Telefon klingelte.

Es war Stuart, der sie bat, ihn von einem Polizeirevier abzuholen.

Sie war so sprachlos und entgeistert, dass sie gar nicht auf die Idee kam, nicht hinzufahren und ihm seine Bitte zu verweigern. Also bat sie Patty, auf Jasper aufzupassen, und griff nach ihrer Tasche und den Autoschlüsseln und setzte sich in ihren Wagen.

Während der Fahrt rätselte sie darüber nach, was passiert war und was er auf einem Polizeirevier zu suchen hatte.

Und sie rätselte darüber nach, warum er sie angerufen hatte.

Seit fast einer Woche hatten sie sich nicht gesehen und nicht miteinander geredet. Er fehlte ihr entsetzlich. Wie oft hatte sie allein zu Hause gesessen und das Telefon angestarrt, weil sie ihn hatte anrufen wollen? Nachts konnte sie nicht schlafen, weil sie über jeden Satz und jedes Wort nachdachte, das sie miteinander gewechselt hatten, und sie fragte sich, wie sie in seiner unmittelbaren Nähe leben sollte, ohne bei ihm zu sein.

Als sie bei dem Polizeirevier ankam, regnete es in Strömen.

Weil Lauren in ihrer Hast nicht nur einen Schirm, sondern auch eine Jacke vergessen hatte, war sie von oben bis unten nass, als sie das kleine Revier betrat und den Empfang nach Stuart absuchte. Doch dort war er nicht.

Er saß hinter Gittern – in einer Zelle.

Wenn Lauren nicht derart fassungslos und schockiert gewesen wäre, hätte sie über den Anblick, der sich ihr bot, vielleicht schmunzeln können, immerhin saß er auf einer an der Wand angeschraubten Bank gleich neben einem bulligen Typen in Netzhemd, der sich ein Kühlpack ans Auge hielt. Weniger zu schmunzeln fand sie Stuarts Anblick, denn auf seinem Hemd erkannte sie Blutflecken, sein rechter Handknöchel war aufgeschürft und sein linkes Auge wirkte angeschwollen.

Was zum Teufel war nur geschehen?

Als er aufblickte, konnte sie auch sehen, dass sein Auge blutunterlaufen war.

Trotz seiner eingeschränkten Sicht musste er ihre besorgte Miene erkannt haben, weil er mit einem winzigen Lächeln erklärte: „Du solltest erst den anderen sehen."

Wie er lächeln konnte, verstand Lauren nicht, denn seine Oberlippe sah aus, als wäre sie am rechten Mundwinkel eingerissen. Das musste furchtbar schmerzen.

„Sie sollten so etwas nicht zu laut sagen, Mr. Ashcroft", warnte der Polizeibeamte neben Lauren, der die Zelle aufschloss. „Sie können froh sein, dass das Opfer keine Anzeige erstatten will, obwohl es noch im Krankenhaus liegt."

Entsetzt schnappte Lauren nach Luft.

Krankenhaus?

Sie wusste nicht, was sie sagen sollte, während Stuart sich mit einem Ächzen erhob und durch die Zelle humpelte. Er wirkte angeschlagen und er musste Schmerzen haben.

„Kann ich endlich gehen? Nach sechs Stunden wird die Bank doch etwas unbequem.“

Lauren hätte ihn fast gegen das Schienbein getreten, weil er in Gegenwart des Beamten sein loses Mundwerk nicht im Zaun hielt.

Der Polizist brummte und murmelte etwas davon, dass die Kollegen das Opfer erst hatten befragen müssen, bevor Stuart aus dem Gewahrsam entlassen werden konnte.

Am liebsten hätte sie ihn augenblicklich mit Fragen überfallen, aber kein Wort kam aus ihrem Mund. Außerdem war sie von der Umgebung so eingeschüchtert, dass sie wartete, bis Stuart ein paar Papiere unterschrieben hatte, seine persönlichen Gegenstände wie Handy, Autoschlüssel und Brieftasche ausgehändigt bekam und schweigend neben ihr das Revier verließ.

Auch Stuart wurde nass, als sie die Straße überquerten und endlich ins Auto stiegen.

Während Regen auf das Dach trommelte, war es im Auto mucksmäuschenstill.

Laurens Kopf war voll mit Fragen, und sie konnte noch immer nicht glauben, dass sie gerade ausgerechnet Stuart aus dem Polizeigewahrsam ausgelöst hatte, in den er geraten war, weil er jemanden krankenhausreif geprügelt hatte. Stuart prügelte sich nicht. Und er war auch nicht der Typ, der neben netzhemdtragenden Männern in einer Zelle saß und aussah, als wäre er selbst durch den Fleischwolf gedreht worden.

Ja, es gab so viel zu fragen, aber am wichtigsten war ihr momentan Folgendes: „Geht es dir gut?“

„Ich bin okay“, stöhnte er. „Nichts Dramatisches.“

Sie schnaubte und schaute durch die Windschutzscheibe auf den verregneten Parkplatz. „Nichts Dramatisches? Ich musste dich gerade von der Polizei abholen, und ein Mensch liegt im Krankenhaus, weil du ihn verprügelt hast. Für mich klingt das sehr dramatisch."

Er antwortete nicht.

Lauren lehnte sich in ihren Sitz zurück und drehte den Kopf nach rechts, um ihn anzusehen. Da Stuart weiterhin starr nach vorn sah, musterte sie sein Profil. Der Anblick der Rötungen auf seiner Haut machte ihr zu schaffen.

„Hast du einen Anwalt angerufen?"

„Nein, habe ich nicht", seufzte er. „Das *Opfer* erstattet keine Anzeige, also brauche ich keinen Anwalt. Außerdem bin ich selbst einer."

Sie begriff einfach nicht, was mit ihm los war und warum er so abfällig über denjenigen sprach, der seinetwegen im Krankenhaus lag.

„Vielleicht solltest du doch einen Anwalt konsultieren. Wer weiß, ob der andere Mann nicht seine Meinung ändert? Möglicherweise solltest du dich bei ihm entschuldigen und ...?"

„Ganz bestimmt entschuldige ich mich nicht bei ihm!" Das kam so plötzlich, wütend und unbeherrscht aus seinem Mund, dass Lauren sichtlich erschrak.

Verstört beobachtete sie die Anspannung in seinem Körper und die greifbare Wut, die er ausstrahlte.

„Stuart ..."

„Ich habe keinen Anwalt angerufen, weil ich nicht wollte, dass irgendjemand den Grund für diese Prügelei erfährt", entgegnete er mühsam beherrscht.

Er sprach in Rätseln. „Ich habe keine Ahnung, wovon du sprichst."

Stuarts Stimme vibrierte vor Anspannung und Zorn. „Jeffrey Davis liegt im Krankenhaus, Lauren. Ihn habe ich krankenhausreif geschlagen. Er wird nie wieder in deine Nähe kommen, Lauren. Nie wieder."

Als sie diesen Namen hörte, zuckte sie zusammen.

Es gab nur einen Grund für Stuarts Wut und dafür, dass er den anderen Mann so sehr verprügelt hatte, dass er nun im Krankenhaus war.

Und die Erkenntnis, dass Stuart Bescheid wusste, brachte sie beinahe um.

Sie bekam kaum Luft, fühlte Panik in sich aufsteigen und bemerkte die unbeschreibliche Übelkeit, die über sie hereinbrach. Mit gebrochener Stimme fragte sie: „Du weißt es?"

„Ich weiß es." Stuart klang gequält. „Ich weiß es, Lauren."

Innerlich war sie erstarrt und nahm am Rande wahr, wie er sich zu ihr drehte und stöhnend Luft holte.

„Sieh mich nicht an", bat sie ihn und konnte es nicht ertragen, ihn neben sich zu wissen, während er alles wusste.

„Lauren ..." Seine Stimme hörte sich an, als würde er jeden Moment in Tränen ausbrechen und gleichzeitig vor Wut herumbrüllen. „Warum ... warum hast du nichts gesagt?"

Bittere Magensäure drängte in ihre Kehle. Anstatt auf seine Frage einzugehen, flüsterte sie unglücklich: „Woher weißt du es?"

„Ist das denn wichtig?"

Sie wandte das Gesicht ab und schaute verloren aus dem Seitenfenster. „Für mich schon."

Wiedcr war nur der Regen zu hören, der gegen das Dach trommelte, weil sie beide schwiegen. Stuarts heftiges Atmen wurde lauter, bevor er angespannt erklärte: „Das Arschloch dachte wohl, du hättest mir bereits etwas von dem erzählt, was ... was vorgefallen ist. Mich wollte er überzeugen, dass du dir nur eine Geschichte ausgedacht hättest.“ Verächtlich stöhnte er.

Lauren schloss die Augen und presste ihre Stirn gegen die kühle Fensterscheibe. „Du hast ihm nicht geglaubt?“

Nun war es an ihm, erstickt nach Luft zu schnappen. „Natürlich habe ich ihm nicht geglaubt!“

„W-warum nicht?“

„Weil ich dich kenne.“

Sie biss sich auf die Unterlippe, um nicht zu schluchzen.

„Wieso hast du es mir nicht gesagt?“

Zitternd schüttelte sie den Kopf. „Ich will nicht darüber reden.“

Er ignorierte ihren Wunsch. „Du hättest mir sagen müssen, wer das Arschloch war, als ich ihn auf der Gartenparty meiner Mom kennengelernt habe, Lauren.“ Stuart atmete schwer. „Scheiße, ich habe ihm sogar die Hand geschüttelt! Weißt du, wie ich mich fühle, dass ich mit diesem Mistkerl auch noch essen gegangen bin? Da sitzt mir dieser Widerling gegenüber und will mir sein Unternehmen anbieten, obwohl er meine Freundin ...“

„Sag es nicht!“ Sie schrie beinahe und drehte sich abrupt zu ihm um. „Sag es nicht!“

Seine Augen schwammen in Tränen und seine Nase wurde rot. „Du hättest es mir sagen können, Lauren. Du hättest es müssen!“

„Wieso?“ Sie fühlte eine Träne, die ihr über die Wange lief, und dann noch eine und noch eine. „Wieso hätte ich es dir sagen sollen? Damit du mich so angeschaut hättest, wie du mich jetzt anschaust?“

Stuart flüsterte ihren Namen.

„Ich wollte nicht, dass es irgendjemand weiß.“ Lauren schniefte.

„Ich bin nicht irgendjemand – ich bin der Mann, der dich liebt.“

Japsend schnappte sie wieder nach Luft und hatte das Gefühl, vor lauter Angst nicht mehr klar denken zu können. „Das ist es ja! Du sagst, du liebst mich, aber jetzt gerade empfindest du vor allem Mitleid mit mir. Ich wollte nicht, dass du es erfährst, damit du kein Mitleid mit mir hast. Und ... und damit du nicht irgendwann ...“ Sie stockte.

„Damit ich nicht was irgendwann?“

Schmerzlich schluckte sie gegen den riesigen Kloß in ihrem Hals an. „Damit du ... du mich nicht als ... beschädigte Ware betrachtest.“

Ihm war der Schock über diese Worte anzusehen.

Stuart beugte sich zu ihr und legte eine Hand auf ihr Knie. Eindringlich starrte er sie an. „Du bist keine beschädigte Ware! Das ist der größte Unsinn, den ich je gehört habe. Das weißt du doch!“

„Ich weiß nur, was ich sehe. Hast du eine Ahnung, wie du mich gerade anschaust?“ Lauren begann zu weinen. „Du siehst mich mit anderen Augen! Genau das wollte ich nicht. Deshalb habe ich nichts gesagt!“

Gequält erwiderte er: „Für mich bist du noch immer du.“

„Nein, das bin ich nicht mehr!“

Aufgebracht schüttelte er seinen Kopf. „Das ist Unsinn – du bist noch immer Lauren. Meine Lauren, die kleinen Kälbern auf die Welt hilft, mein Chili con carne liebt und mir mehr bedeutet, als ich in Worte fassen kann.“ Seine Miene wurde weich. „Daran wird sich nie etwas ändern.“

„Das sagst du jetzt“, klagte sie. „Aber wenn wir zusammen im Bett liegen werden, dann wirst du anfangen, nachzudenken, was du tun kannst und wie du mich anfassen sollst, weil du mir keine Angst einjagen willst und weil du selbst Angst hast, etwas falsch zu machen. Plötzlich wirst du Hemmungen haben, weil ... weil du nicht willst, dass ich an ihn denke, und du wirst den Spaß daran verlieren, mit mir zu schlafen. Ständig würde die ...“ Sie holte Luft und musste sich dazu zwingen, das Wort laut auszusprechen. „Die Vergewaltigung würde ständig über uns schweben.“

Nachdenklich forschte er in ihrem Gesicht. „Hast du deshalb meinen Antrag abgelehnt?“

„Hast du mir überhaupt zugehört?“

„Ja.“ Er streckte die Hand aus und fuhr mit seinem Daumen über ihre tränennasse Wange. „Das habe ich.“

„Und?“

„Es stimmt nicht.“

Es war zum Verzweifeln.

Lauren wollte ihm deutlich machen, dass sich von jetzt auf gleich alles geändert hatte und dass er sich selbst belog, wenn er meinte, dass sich für ihn nichts geändert hätte. „Wie könntest du mich jemals wieder ansehen, ohne dabei daran zu denken, was er ...“ Sie unterbrach sich erstickt und wandte beschämt den Blick ab.

Mit zärtlicher Hand umschloss er ihr Kinn und zog es langsam in seine Richtung, damit sie ihn ansehen musste. „Wenn ich dich ansehe, dann sehe ich *dich* – niemanden sonst. Und wenn ich mit dir im Bett liege, dann denke ich nur an dich. Nichts anderes zählt. Nur wir beide sind wichtig."

Sie konnte sich seinem Blick nicht entziehen.

Eingesunken saß sie auf dem Fahrersitz und fragte sich, was sie tun sollte. Lauren hatte furchtbare Angst, dass sich Stuarts Gefühle für sie ändern würden und dass er aus Mitleid oder aus einer Art Verpflichtung bei ihr bliebe.

Stuart beugte sich zu ihr und küsste sie zärtlich auf den Mund. „Lass mich dir beweisen, dass sich nichts geändert hat. Ich sehe in dir noch immer die gleiche Frau. Die Frau, die ich liebe."

Flehentlich seufzte sie seinen Namen und wusste selbst nicht, ob sie wollte, dass er aufhörte oder sie wieder küsste.

„Es ... es hat mich viel Überwindung gekostet, weiterzumachen und neu anzufangen", verriet sie ihm und ballte eine Hand zur Faust. „Ich weiß nicht, ob ich das noch einmal schaffe."

„Du vergisst, dass du nicht mehr allein bist, Liebling. Außerdem musst du nicht noch einmal neu anfangen." Seine hellbraunen Augen waren so sanft, dass ihr ganz schwindelig wurde. „Du bist stark, Lauren. Nein, ich habe kein Mitleid mit dir. Ich habe Respekt vor dir – mehr Respekt als vor jedem anderen Menschen, den ich kenne."

Wie von selbst schlang sie ihm die Arme um den Nacken und schmiegte ihr Gesicht an seines, während sie weinte.

Auch seine Stimme klang nach Tränen, und seine Schultern zuckten, als er heiser raunte: „Solltest du noch immer mit dem Gedanken spielen, nach Oregon zu ziehen, musst du wissen, dass ich dir hinterherziehen würde. Ich könnte es nämlich nicht ertragen, nicht mehr in deiner Nähe zu sein."

Seine Worte entzündeten einen winzigen Funken in ihrem Bauch, der sich plötzlich ausbreitete und ein glückliches Gefühl in jede Faser ihres Körpers transportierte.

10. Kapitel

Etwas weckte ihn.

Etwas Pelziges mit Schlappohren und Knopfaugen, das leise winselte und über sein Ohr leckte.

„Jasper", murmelte Stuart mit kratziger Stimme und drehte sich in Laurens Bett um. Augenblicklich protestierten seine Muskeln, und einige Stellen seines Körpers schmerzten so sehr, dass er zischend Luft holte.

„Ich wollte dich gestern Nacht mit meiner Spezialsalbe verarzten, aber du hast dankend abgelehnt", ertönte eine amüsierte Stimme. „Wenn du auf mich gehört hättest, dann würdest du jetzt nicht wie ein greiser Mann stöhnen."

Stuart hob den Kopf nur für ein paar Zentimeter und entdeckte Lauren, die im Türrahmen stand, die Arme vor der Brust verschränkt hielt und ihn anlächelte.

Das Lächeln ließ ihn kurz alle Schmerzen vergessen.

Stimmt, er hatte gestern Abend darauf verzichtet, von ihr verarztet zu werden, aber das hatte einen guten Grund gehabt. Stuart hatte sie nämlich nicht loslassen wollen. Es war ihm wichtiger gewesen, sie im Arm zu halten und sich davon zu überzeugen, dass sie okay war.

Er selbst hatte den Schock, den der gestrige Tag gebracht hatte, noch nicht verdaut, auch wenn er das Lauren nicht sagen würde. Ihre Angst, er würde immer daran denken, dass jemand sie vergewaltigt hatte, wenn er sie ansah, war völlig grundlos. Wenn er sie ansah, dann sah er wirklich nur sie und das, was sie ausmachte – ihre Natürlichkeit, ihren Humor, ihre rührende Sorge um ihre Patienten und ihre unnachahmliche Art, ihm ein gutes Gefühl zu geben.

Nein, er betrachtete sie nicht mit anderen Augen.

Das hieß jedoch nicht, dass die Tatsache, dass jemand ihr Gewalt angetan hatte, ihm nicht zu schaffen machte.

Stuart konnte den Gedanken kaum ertragen, was seine Lauren erlebt haben musste. Und dass sie gezwungen gewesen war, diesem Menschen gegenüberzutreten und mit anzusehen, wie Stuart mit ihm sprach und ihm die Hand schüttelte, fühlte sich wie ein Faustschlag in die Magengrube an.

Ja, es war ihm ernst gewesen, als er ihr gestern in ihrem Auto gesagt hatte, dass sie diesen Mistkerl nie wiedersehen musste. Stuart hatte den Kerl nämlich nicht nur zusammengeschlagen, sondern ihm den Tipp gegeben, sich nie wieder an der Ostküste und insbesondere in seiner oder Laurens Nähe blicken zu lassen, wenn ihm etwas an seinem Leben lag.

Als er gestern ein paar Stunden in der Zelle des Polizeireviers verbracht hatte, hatte er bereits Pläne geschmiedet, wie er ihn geschäftlich ruinieren könnte. Er war so voller Rachegelüste gewesen, dass er nicht nur sein Blut, sondern auch seinen Ruin wollte.

Aber dann hatte er seine Pläne verworfen, weil Lauren das sicherlich nicht gewollt hätte. Und sie hätte nicht gewollt, dass irgendjemand erfuhr, warum Stuart das Arschloch aus Kentucky ruinieren wollte.

Stuart wollte sich lieber auf Lauren konzentrieren. Sollten alle anderen doch zum Teufel gehen!

„Ein greiser Mann?“ Er blinzelte sie an, auch wenn sein linkes Auge so geschwollen war, dass er es kaum öffnen konnte. Der andere lag zwar im Krankenhaus, aber das hieß nicht, dass nicht auch Stuart einiges abbekommen hatte.

„Deinem Stöhnen nach zu urteilen: ja.“

„Angeschlagen, Liebling, aber nicht alt.“

Er konnte sehen, wie sie die Augen verdrehte. „Wenn du mich gestern gelassen hättest, dann würdest du dich jetzt nicht fühlen, als wärst du von einem Zug überfahren worden.“

„Es war kein richtiger Zug“, schränkte Stuart ein. „Eher eine Bimmelbahn.“

Lauren kicherte leise.

Anstatt sie Ärztin – also *Menschen*ärztin – spielen zu lassen, hatte er sie gestern im Arm gehalten und ihrem Atem gelauscht. Über das Gefühl purer Zufriedenheit und Erleichterung, weil er sie wiederhatte, war er irgendwann eingeschlafen. Jetzt musste er sich ihren gutmütigen Spott anhören und sich gleichzeitig von Jasper das Ohr ablecken lassen.

Er war wirklich der glücklichste Kerl auf dem Planeten.

„Komm zu mir“, bat er mitleidsheischend. „Und zieh dich vorher aus.“

„Kommt gar nicht infrage.“

„Ich brauche Streicheleinheiten und eine liebevolle Hand.“

Lauren lachte heiser. „Geht nicht, wir haben nämlich viel vor. Die Streicheleinheiten müssen wir auf heute Abend verschieben.“

Neugierig und in keiner Weise enttäuscht zog er sich auf die Ellenbogen hoch und musterte sie fragend.

Dass sie bereits vollständig angezogen war, hatte er zuvor gar nicht bemerkt.

„Was haben wir denn vor?“

„Ach, so einiges. Keine Sorge, ich habe bereits in deinem Büro angerufen und durchgegeben, dass du heute nicht kommst.“ Laurens Gesicht glühte vor Aufregung, und sie hob eine Hand, um aufzuzählen: „Zuallererst suchen wir nach einem Umzugsunternehmen, das deine Sachen zu mir transportieren kann, dann verhandeln wir mit J.T. über einen angemessenen Preis für deine alte Wohnung, anschließend holen wir deinen Porsche ab und ...“ Sie leckte sich über die Lippen. „Und dann, dachte ich, könnten wir beide uns zusammensetzen und darüber nachdenken, wann und wo wir heiraten wollen. Also ... wenn du überhaupt noch willst.“

Kein doppelter Espresso dieser Welt hätte ihn dermaßen wach machen können.

Trotz seiner Schmerzen setzte er sich kerzengerade im Bett auf und glotzte Lauren an. „Was?“

Verlegen zuckte sie mit den Schultern. „Wir sollten heiraten, Stuart.“

„Sollten wir das?“ Sein Herz raste, und er musste sich kneifen, weil er fürchtete, das alles zu träumen.

„Ja, das sollten wir – allein wegen Jasper“, belehrte Lauren ihn glucksend. „Die anderen Hunde in der Hundeschule könnten ihn ärgern, weil Herrchen und Frauchen in wilder Ehe leben. Willst du ihm das wirklich antun?“

Fast hätte er gelacht. „Du willst mich wegen Jasper heiraten?“

„Ja.“ Sie trat ans Bett und kniete sich auf die Matratze. „Unter anderem.“

Wie von selbst schlang Stuart die Arme um ihre Hüften und küsste sie auf die Nasenspitze. „Unter anderem?“

„Mhm. Weißt du, trotz deines protzigen Sportwagens bist du ziemlich liebenswert ...“

„Haha!“

„Nein, ernsthaft“, murmelte Lauren und legte den Kopf schief, um ihm direkt in die Augen zu schauen. „Ich liebe dich und wäre eine Idiotin, wenn ich den wunderschönen Ring, dich und die Babys verschmähen würde, die wir vielleicht irgendwann bekommen würden.“

Stuart musste tief Luft holen, während sich seine Kehle vor Rührung verengte.

Er nickte. „Stimmt, du wärst wirklich eine Idiotin, Liebling.“

„Also heiratest du mich?“

Während er in ihre grünen Augen schaute und dabei lediglich Hoffnung, Liebe und Glück sah, flüsterte er ihr zu: „Unter einer Bedingung.“

„Die da wäre?“

„Zwing mich später bitte nicht dazu, unsere Kinder in einem Volvo durch die Gegend fahren zu müssen.“

Ihr Lachen wurde nur noch von Jasper übertönt, der bellend in die Höhe sprang, als sich Frauchen und Herrchen küssten.

Epilog

Lauren betrachtete ihren frisch gebackenen Mann mit purer Belustigung, weil er auf dem Waldboden herumkrabbelte und dabei fluchte.

Sie selbst hielt in ihrer eigenen Arbeit inne und musterte selbstvergessen den ansehnlichen Hintern, der bereits in den engen Jeans eine tolle Figur abgab, nackt jedoch noch hübscher anzusehen war. Wenn Stuart Jeans trug, fiel es ihr schwer, die Finger von ihm zu lassen. Auch jetzt hätte sie den Proviant, den sie gerade auspackte, nur allzu gerne einfach fallen gelassen und Stuart ausgezogen, damit sie ihre Ehe zum wiederholten Male vollziehen konnten. Es war zwar nicht so, als hätten sie in den vergangenen zwei Tagen nicht miteinander geschlafen, aber es war noch so neu, verheiratet zu sein, dass Lauren nicht genug davon bekam, die Ehe zu vollziehen. So ein Honeymoon sollte sich ja auch lohnen.

Stuart schien ähnliche Gedanken zu hegen. Auf jeden Fall drehten sie sich ebenfalls um ihre heute angetretene Reise.

„Warum konnte ich nicht einfach eine Frau heiraten, die sich eine Hochzeitsreise in der Karibik gewünscht hätte?“

Lauren schnaubte und verdrehte die Augen, während sie einen der Äpfel nahm und diesen mit ihrem Shirt polierte. „Das habe ich gehört, Stuart.“

„Ja, das weiß ich, schließlich solltest du es auch hören, Liebling.“

„Ich finde diese Reise romantisch.“

Ächzend versuchte er sich darin, das Zelt aufzubauen. Vielleicht hätte Lauren ihm sagen sollen, dass es sich bei dem neuen Zelt um ein Wurfzelt handelte, aber weil sie es genoss, ihn und seinen Hintern beim vermeintlichen Aufbau zu beobachten, hielt sie vorerst den Mund.

„Wir hätten uns vor der Hochzeit über deine Vorstellungen von Romantik unterhalten sollen, Lauren."

„Dann kläre mich doch bitte auf. Was findest du romantisch?"

Noch immer krabbelte er auf dem Boden herum. „Ein Hotel, ein bequemes Bett, ein Whirlpool, Zimmerservice, Strand, Massagen ..." Er zuckte mit den Schultern und erhob sich schließlich.

Sie warf ihm den Apfel zu. „Das klingt ja schrecklich eintönig. Was hätten wir denn eine Woche lang in einem einsamen Hotel gemacht? Vermutlich wären wir uns so sehr auf den Wecker gefallen, dass einer von uns anschließend über eine Scheidung nachgedacht hätte."

„Eine Woche mit dir in einer luxuriösen Hotelsuite mit Whirlpool und Privatstrand?" Seine Augenbrauen bewegten sich anzüglich hin und her. „Das fragst du nicht wirklich, oder?"

„Doch, ich frage dich", foppte sie ihn, obwohl sie die Antwort natürlich längst kannte. Ihr Mann war nun einmal durchschaubar.

„Eine Woche in völliger Nacktheit mit Sex am Strand, Sex im Whirlpool, Sex im extragroßen Bett, und zwischenzeitlich hätten wir im Meer baden und uns die Wampe mit allerlei Köstlichkeiten vollstopfen können."

„Kaum zu glauben, dass ich einen reichen Schnösel geheiratet habe“, murmelte Lauren und schnalzte mit der Zunge.

„Das habe ich gehört, Lauren!“

„Das solltest du auch hören, Liebling. Apropos: Das Zelt ist ein Wurfzelt – ein Geschenk deiner Mom, weil Audrey ihr erzählt hat, wie schrecklich du dich im letzten Jahr mit dem Aufbau angestellt hast.“

„Und das sagst du mir erst jetzt?“ Seine Schultern sackten hinunter.

„Oops.“ Sie grinste breit. „Vielleicht fand ich deinen Anblick einfach zu hinreißend, wie du auf allen vieren herumgekrabbelt bist.“

Seine Augen glühten auf. „Ist das so? Kommen wir jetzt deinen Vorstellungen von Romantik näher?“

Sie seufzte wohlig, machte einen großen Schritt über den Zweimannschlafsack hinweg und schmiegte sich an ihn.

Glücklich schloss Lauren die Augen, sog seinen Duft in sich auf und überlegte, wie schön die schlichte Hochzeitszeremonie vor zwei Tagen gewesen war und wie sehr sie sich über seine Überraschung gefreut hatte – ein Honeymoon auf dem Zeltplatz. Nur sie zwei, die Wildnis und ganz viel Zeit für sie allein. Und dieses Mal ohne kichernde Achtjährige, die ins Zelt krabbelten, während man dabei war, auf Tuchfühlung zu gehen.

Kein Karibikurlaub kam dagegen an.

„Sag mir bitte nicht, dass deine Vorstellungen von Romantik proktologische Untersuchungen an Hunden beinhalten.“

Seine Stimme hatte so verzweifelt geklungen, dass ihre Schultern vor Gelächter bebten.

„Nein, keine Sorge – auf Archie kann ich während unserer Hochzeitsreise verzichten."

„Gut."

Sie sah ihm ins Gesicht und lächelte weich. „Für mich ist Romantik ein Lagerfeuer, ein kuscheliges Zelt, Sex im Schlafsack mit heruntergelassenen Thermounterhosen, Gespräche über tollwütige Waschbären und ..."

„Und?" Neugierig rundeten sich seine Augen.

Nachdenklich rümpfte sie die Nase. „Ich glaube, das war's."

„Bist du so einfach zufriedenzustellen?"

„Nun ja ... nicht wirklich. Ich fürchte, ich habe das Wichtigste vergessen." Lauren seufzte. „Du fehlst in der Aufzählung. Ohne dich ist nichts romantisch."

„Ah, das klingt wunderbar kitschig."

„Ich weiß." Lauren schenkte ihm ein zuckersüßes Lächeln. „Darauf steht ihr reichen Schnösel doch."

Das laute Lachen, das sie ausstieß, als Stuart sich anschließend auf sie stürzte, vertrieb hoffentlich alle tollwütigen Waschbären im Umkreis mehrerer Meilen.

Buchvorschauen

„Herzensbrecher gesucht"
(Hailsboro-Reihe)

Ein Mann ist so ungefähr das Letzte, was Maggie zu ihrem Glück braucht.

Mit ihrem Sohn Alex, einem notorisch abwesenden Exmann, einem nervenden Chef und einem neurotischen Kater hat sie genug mit Männern zu tun. Ihre geringe Freizeit investiert sie lieber in Schaumbäder anstatt in Dates, zumal sie in einer osttexanischen Kleinstadt wohnt und auf Klatsch verzichten kann.

Royce Carmichael kann auch darauf verzichten, im Mittelpunkt der Aufmerksamkeit zu stehen, immerhin ist er nach Hailsboro gekommen, um in Ruhe an seinem neuen Buch zu arbeiten und nicht gestört zu werden.

Leider geht sein Plan nicht auf, da der kleine Quälgeist von nebenan ständig seinen Fußball über den Zaun schießt und seine Aufmerksamkeit sucht. Auch dessen Mom Maggie scheint ein regelrechter Quälgeist zu sein, aber das findet Royce merkwürdigerweise sehr charmant.

Erscheint im Spätsommer 2017

„Vertraute Küsse“
(Fitzpatrick-Reihe)

Für Sienna brach an dem Tag eine Welt zusammen, als ihr Verlobter Brad erschossen wurde. Seit der Polizeibeamte im Dienst getötet worden ist, ist sie in ihrer Trauer gefangen, denn Brad war die Liebe ihres Lebens. Sie kann sich nicht vorstellen, jemals ohne ihn glücklich zu sein und ein erfülltes Leben zu führen.

Brads Familie kümmert sich zwar rührend um sie, aber auch sie kann den Verlust nicht ersetzen, den Sienna selbst nach über einem Jahr empfindet. Vor allem Luke, Brads Bruder, der ebenfalls als Polizist arbeitet, bemüht sich besonders aufopferungsvoll um sie.

Was Sienna jedoch nicht weiß, ist, dass Luke schon in sie verliebt war, bevor Brad und sie sich kennenlernten. Während er zusehen musste, wie sich Sienna und sein Bruder ineinander verliebten, sich verlobten und Zukunftspläne schmiedeten, konnte er immer nur daran denken, dass er sie zuerst nach einem Date hätte fragen sollen. Jetzt ist sein Bruder tot und die Frau, die beide Brüder liebten, versinkt in tiefer Trauer. Weil auch Luke um seinen toten Bruder trauert und ihn nicht verraten will, liebt er Sienna weiterhin aus der Ferne.

Plötzlich entwickelt jedoch auch Sienna Gefühle für Luke und kommt ihm näher. In seiner Gegenwart wird ihr das Herz leichter. Gleichzeitig erinnert er sie an das, was sie verloren hat. Es scheint, als würde Brad immer zwischen ihnen stehen.

Kann man einen Menschen lieben, auch wenn seine Küsse schmerzlich vertraut schmecken?

„Nur ein Hauch“
(Ashcroft-Saga)

Wenn man als hochbegabtes Kind groß wird und von seiner erwartungsvollen Familie ständig dazu angehalten wird, sein Potenzial auszuschöpfen, fügt man sich entweder dem Druck oder man rebelliert. J.T. Ashcroft hat sich für die zweite Methode entschieden. Er tut einfach nichts und lebt lieber in den Tag hinein. Mit einer einflussreichen Familie im Rücken, einem dicken Bankkonto und Frauen zu seinen Füßen genießt er das Jetset-Leben – und langweilt sich fast zu Tode. Keine Party, die er noch nicht mitgenommen hat, kein Abenteuerurlaub, den er nicht bereits erlebt hat, und kein Sportwagen, den er nicht bereits gefahren hat.

Bisher war es ihm egal, wenn ihm vorgeworfen wurde, sein Leben zu vergeuden, doch dann trifft er Gayle.

Die Schwägerin seines Cousins setzt sich nicht nur für den Naturschutz ein und hasst J.T.s Dreckschleuder, mit der er durch die Gegend rast, sondern hält auch nicht hinter dem Berg, dass er mit seinem Geld und seinem Juraexamen viel Gutes bewirken könnte – wenn er kein verwöhnter Idiot wäre.

Anfangs will J.T. die spröde wirkende Aktivistin nur in sein Bett bekommen, weil er hofft, dadurch seine Langeweile bekämpfen zu können, doch je mehr er Gayle kennenlernt, umso sympathischer und liebenswerter findet er sie. Aber würde sich eine ambitionierte Frau wie Gayle überhaupt auf einen verwöhnten Idioten wie ihn einlassen?

Alle Bücher von Poppy J. Anderson

New York Titans-Reihe:

1) Verliebt in der Nachspielzeit
2) Touchdown fürs Glück
3) Make Love und spiel Football
4) Verbotene Küsse in der Halbzeit
5) Knallharte Schale – zuckersüßer Kerl
6) Kein Mann für die Ersatzbank
7) Unverhofft verliebt
8) Auszeit für die Liebe
9) Hände weg vom Quarterback
10) Küss mich, du Vollidiot
11) Cheerleader küsst man nicht
12) Spiel ins Herz
13) Gleich und gleich küsst sich gern
14) Wer will schon einen Footballspieler?
15) Verrückt nach einem Tollpatsch

Die Fitzpatrick-Reihe

1) Brandheiße Küsse
2) Draufgängerische Küsse
3) Chaotische Küsse
4) Prickelnde Küsse
5) Charmante Küsse

Hailsboro-Reihe:

1) Beim zweiten Mal küsst es sich besser
2) Nachträglich ins Glück
3) Ein Hinterwäldler zum Verlieben
4) Hals über Kuss
5) Acht Pfoten und ein Traummann
6) Der und niemand sonst

Ashcroft-Saga:

1) Nur ein Kuss
2) Nur ein Augenblick
3) Nur ein Funke

Taste of Love-Reihe:

1) Geheimzutat Liebe
2) Küsse zum Nachtisch
3) Zart verführt (26. Oktober 2017)
4) Mit Sehnsucht verfeinert (21. Dezember 2017)

www.poppyjanderson.de

11882111R00190

Printed in Germany
by Amazon Distribution
GmbH, Leipzig